浙江文献集成

主　　编　刘正伟　薛玉琴

本卷主编　刘正伟　郑园园

夏丏尊全集

第一卷　教育

浙江大学出版社

ZHEJIANG UNIVERSITY PRESS

夏丏尊（1886-1946）

留学日本东京宏文学院（1907）

在东京高等工业学校窑业科学习
（1908）

在浙江官立两级师范学堂参加"木瓜之役"（前排左四为夏丏尊）（1909）

在浙江省立第一师范学校担任舍监（丰子恺作）

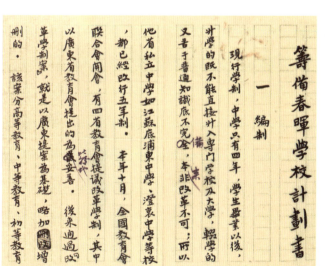

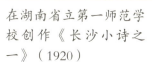

在湖南省立第一师范学校创作《长沙小诗之一》（1920）

拟《筹备春晖学校计划书》（1921）

在《暨南周刊》发表《中国文学系学程说明书》（1927）

为范寿康书龚自珍诗（1928）

创办《中学生》杂志并担任主编（1930）

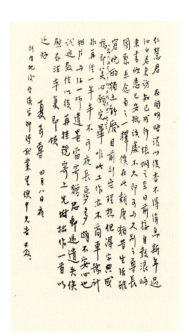

致陈仁慧信手迹（1943）

浙江省文化研究工程指导委员会

浙江文化研究工程成果文库总序

　　有人将文化比作一条来自老祖宗而又流向未来的河,这是说文化的传统,通过纵向传承和横向传递,生生不息地影响和引领着人们的生存与发展;有人说文化是人类的思想、智慧、信仰、情感和生活的载体、方式和方法,这是将文化作为人们代代相传的生活方式的整体。我们说,文化为群体生活提供规范、方式与环境,文化通过传承为社会进步发挥基础作用,文化会促进或制约经济乃至整个社会的发展。文化的力量,已经深深熔铸在民族的生命力、创造力和凝聚力之中。

　　在人类文化演化的进程中,各种文化都在其内部生成众多的元素、层次与类型,由此决定了文化的多样性与复杂性。

　　中国文化的博大精深,来源于其内部生成的多姿多彩;中国文化的历久弥新,取决于其变迁过程中各种元素、层次、类型在内容和结构上通过碰撞、解构、融合而产生的革故鼎新的强大动力。

　　中国土地广袤、疆域辽阔,不同区域间因自然环境、经济环境、社会环境等诸多方面的差异,建构了不同的区域文化。区域文化如同百川归海,共同汇聚成中国文化的大传统,这种大传统如同春风化雨,渗透于各种区域文化之中。在这个过程中,区域文化如同清溪山泉潺潺不息,在中国文化的共同价值取向下,以自己的独特个性支撑着、引领着本地经济社会的发展。

　　从区域文化入手,对一地文化的历史与现状展开全面、系统、扎实、有序的研究,一方面可以藉此梳理和弘扬当地的历史传统和文化资源,繁荣和丰富当代的先进文化建设活动,规划和指导未来的文化发展蓝图,增强文化软实力,为全面建设小康社会、加快推进社会主义现代化提供思想保证、精神动力、智力支持和舆论力量;另一方面,这也是深入了解中国文化、研究中国文化、发展中国文化、创新中国文化的重要途径之一。如今,区域文化研究日益受到各地重视,成为我国文化研究走向深入的一个重要标志。我们今天实施浙江文化研究工程,其目的和意义也在于此。

千百年来,浙江人民积淀和传承了一个底蕴深厚的文化传统。这种文化传统的独特性,正在于它令人惊叹的富于创造力的智慧和力量。

浙江文化中富于创造力的基因,早早地出现在其历史的源头。在浙江新石器时代最为著名的跨湖桥、河姆渡、马家浜和良渚的考古文化中,浙江先民们都以不同凡响的作为,在中华民族的文明之源留下了创造和进步的印记。

浙江人民在与时俱进的历史轨迹上一路走来,秉承富于创造力的文化传统,这深深地融汇在一代代浙江人民的血液中,体现在浙江人民的行为上,也在浙江历史上众多杰出人物身上得到充分展示。从大禹的因势利导、敬业治水,到勾践的卧薪尝胆、励精图治;从钱氏的保境安民、纳土归宋,到胡则的为官一任、造福一方;从岳飞、于谦的精忠报国、清白一生,到方孝孺、张苍水的刚正不阿、以身殉国;从沈括的博学多识、精研深究,到竺可桢的科学救国、求是一生;无论是陈亮、叶适的经世致用,还是黄宗羲的工商皆本;无论是王充、王阳明的批判、自觉,还是龚自珍、蔡元培的开明、开放,等等,都展示了浙江深厚的文化底蕴,凝聚了浙江人民求真务实的创造精神。

代代相传的文化创造的作为和精神,从观念、态度、行为方式和价值取向上,孕育、形成和发展了渊源有自的浙江地域文化传统和与时俱进的浙江文化精神,她滋育着浙江的生命力、催生着浙江的凝聚力、激发着浙江的创造力、培植着浙江的竞争力,激励着浙江人民永不自满、永不停息,在各个不同的历史时期不断地超越自我、创业奋进。

悠久深厚、意韵丰富的浙江文化传统,是历史赐予我们的宝贵财富,也是我们开拓未来的丰富资源和不竭动力。党的十六大以来推进浙江新发展的实践,使我们越来越深刻地认识到,与国家实施改革开放大政方针相伴随的浙江经济社会持续快速健康发展的深层原因,就在于浙江深厚的文化底蕴和文化传统与当今时代精神的有机结合,就在于发展先进生产力与发展先进文化的有机结合。今后一个时期浙江能否在全面建设小康社会、加快社会主义现代化建设进程中继续走在前列,很大程度上取决于我们对文化力量的深刻认识、对发展先进文化的高度自觉和对加快建设文化大省的工作力度。我们应该看到,文化的力量最终可以转化为物质的力量,文化的软实力最终可以转化为经济的硬实力。文化要素是综合竞争力的核心要素,文化资源是经济社会发展的重要资源,文化素质是领导者和劳动者的首要素质。因此,研究浙江文化的历史与现状,增强文化软实力,为浙江的现代化建设服务,是浙江人民的共同事业,也是浙江各级党委、政府的重要使命和责任。

2005 年 7 月召开的中共浙江省委十一届八次全会,作出《关于加快建设文化大省的决定》,提出要从增强先进文化凝聚力、解放和发展生产力、增强社会公共服务能力入手,大力实施文明素质工程、文化精品工程、文化研究工程、文化保护工程、文化产业促进工程、文化阵地工程、文化传播工程、文化人才工程等"八项工程",实施科教兴国和人才强国战略,加快建设教育、科技、卫生、体育等"四个强省"。作为文化建设"八项工程"之一的文化研究工程,其任务就是系统研究浙江文化的历史成就和当代发展,深入挖掘浙江文化底蕴、研究浙江现象、总结浙江经验、指导浙江未来的发展。

浙江文化研究工程将重点研究"今、古、人、文"四个方面,即围绕浙江当代发展问题研究、浙江历史文化专题研究、浙江名人研究、浙江历史文献整理四大板块,开展系统研究,出版系列丛书。在研究内容上,深入挖掘浙江文化底蕴,系统梳理和分析浙江历史文化的内部结构、变化规律和地域特色,坚持和发展浙江精神;研究浙江文化与其他地域文化的异同,厘清浙江文化在中国文化中的地位和相互影响的关系;围绕浙江生动的当代实践,深入解读浙江现象,总结浙江经验,指导浙江发展。在研究力量上,通过课题组织、出版资助、重点研究基地建设、加强省内外大院名校合作、整合各地各部门力量等途径,形成上下联动、学界互动的整体合力。在成果运用上,注重研究成果的学术价值和应用价值,充分发挥其认识世界、传承文明、创新理论、咨政育人、服务社会的重要作用。

我们希望通过实施浙江文化研究工程，努力用浙江历史教育浙江人民、用浙江文化熏陶浙江人民、用浙江精神鼓舞浙江人民、用浙江经验引领浙江人民，进一步激发浙江人民的无穷智慧和伟大创造能力，推动浙江实现又快又好发展。

今天，我们踏着来自历史的河流，受着一方百姓的期许，理应负起使命，至诚奉献，让我们的文化绵延不绝，让我们的创造生生不息。

2006 年 5 月 30 日于杭州

浙江文化研究工程成果文库序言

袁家军

浙江是中华文明的发祥地之一,历史悠久、人文荟萃,素称"文物之邦""人文渊薮",从河姆渡的陶灶炊烟到良渚的文明星火,从吴越争霸的千古传奇到宋韵文化的风雅气度,从革命红船的扬帆起航到新中国成立初期的筚路蓝缕,从改革开放的敢为人先到新时代的变革创新,都留下了弥足珍贵的历史文化财富。纵览浙江发展的历史,文化是软实力、也是硬实力,是支撑力、也是变革力,为浙江干在实处、走在前列、勇立潮头提供了独特的精神激励和智力支持。

2003年,习近平同志在浙江工作时作出"八八战略"重大决策部署,明确提出要进一步发挥浙江的人文优势,积极推进科教兴省、人才强省,加快建设文化大省。2005年7月,习近平同志主持召开省委十一届八次全会,亲自擘画加快建设文化大省的宏伟蓝图。在习近平同志的亲自谋划、亲自布局下,浙江形成了文化建设"3+8+4"的总体框架思路,即全面把握增强先进文化的凝聚力、解放和发展文化生产力、提高社会公共服务力等"三个着力点",启动实施文明素质工程、文化精品工程、文化研究工程、文化保护工程、文化产业促进工程、文化阵地工程、文化传播工程、文化人才工程等"八项工程",加快建设教育、科技、卫生、体育等"四个强省",构建起浙江文化建设的"四梁八柱"。这些年来,我们按照习近平同志当年作出的战略部署,坚持一张蓝图绘到底、一任接着一任干,不断推进以文铸魂、以文育德、以文图强、以文传道、以文兴业、以文惠民、以文塑韵,走出了一条具有中国特色、时代特征、浙江特点的文化发展之路。

文化研究工程是浙江文化建设最具标志性的成果之一。随着第一期和第二期文化研究工程的成功实施,产生了一批重点研究项目和重大研究成果,培育了一批具有浙江特色和全国影响的优势学科,打造了一批高水平的学术团队和在全国有影响力的学术名师、学科骨干。2015年结束的第一批浙江文化研究工程共立研究项目811项,出版学术著作千余部。2017年3月启动的第二期浙江文化研究工程,已开展了52个系列研究,立重大课题65项、重点课题284项,出版学术著作1000多部。特别是形成了《宋画全集》等中国历代绘画大系、《共和国命运的抉择与思考——毛泽东在浙江的785个日日夜夜》等领袖与浙江研究系列、《红船逐浪:浙江"站起来"的革命历程与精神传承》等"浙100年"研究系列、《浙江通史》《南宋史研究丛书》等浙江历史专题史研究系列、《良渚文化研究丛书》等浙江史前文化研究系列、《儒学正脉——王守仁传》等浙江历史名人研究系列、《吕祖谦全集》等浙江文献集成系列。可以说,浙江文化研究工程,赓续了浙江悠久深厚的文化血脉,挖掘了浙江深层次的文化基因,提升了浙江的文化软实力,彰显了浙江在海内外的学术影响力,为浙江当代发展提供了坚实的理论支撑和智力支持,为坚定文化自信提供了浙江素材。

当前,浙江已经踏上了实现第二个百年奋斗目标的新征程,正在奋力打造"重要窗口",争创社会主义现代化先行省,高质量发展建设共同富裕示范区。文化工作在浙江高质量发展建设共同富裕示范区中具有决定性作用,是关键变量;展现共同富裕美好社会的图景,文化是最富魅力、最吸引人、最具辨识度的标识。我们要发挥文化铸魂塑形赋能功能,为高质量发展建设共同富裕示范区注入强大文化力量,特别是要坚持把深化文化研究工程作为打造新时代文化高地的重要抓手,努力使其成为研究阐释习近平新时代中国特色社会主义思想的重要阵地、传承创新浙江优秀传统文化革命文化社会主义先进文化的重要平台、构建中国特色哲学社会科学的重要载体、推广展示浙江文化独特魅力的重要窗口。

新时代浙江文化研究工程将延续"今、古、人、文"主题,重点突出当代发展研究、历史文化研究、"新时代浙学"建构,努力把浙江的历史与未来贯通起来,使浙学品牌更加彰显、浙江文化形象更加鲜明、中国特色哲学社会科学的浙江元素更加丰富。新时代浙江文化研究工程将坚守"红色根脉"，更加注重深入挖掘浙江红色资源，持续深化"习近平新时代中国特色社会主义思想在浙江的探索与实践"课题研究，努力让浙江成为践行创新理论的标杆之地、传播中华文明的思想之窗；擦亮以宋韵文化为代表的浙江历史文化金名片，从思想、制度、经济、社会、百姓生活、文学艺术、建筑、宗教等方面全方位立体化系统性研究阐述宋韵文化，努力让千年宋韵更好地在新时代"流动"起来、"传承"下去；科学解读浙江历史文化的丰富内涵和时代价值，更加注重学术成果的创造性转化，探索拓展浙学成果推广与普及的机制、形式、载体、平台，努力让浙学成果成为有世界影响的东方思想标识；充分动员省内外高水平专家学者参与工程研究，坚持以项目引育高端社科人才，努力打造一支走在全国前列的哲学社会科学领军人才队伍；系统推进文化研究数智创新，努力提升社科研究的科学化水平，提供更多高质量文化成果供给。

伟大的时代，需要伟大作品、伟大精神、伟大力量。期待新时代浙江文化研究工程有更多的优秀成果问世，以浙江文化之窗更好地展现中华文化的生命力、影响力、凝聚力、创造力，为忠实践行"八八战略"、奋力打造"重要窗口"，争创社会主义现代化先行省，高质量发展建设共同富裕示范区，提供强大思想保证、舆论支持、精神动力和文化条件。

出版说明

　　夏丏尊(1886—1946),我国现代著名教育家、新文学家、翻译家和出版家。出生于浙江上虞,早年求学于上海中西书院、绍兴府学堂。1906年初赴日本留学,曾就读于东京宏文学院普通科,之后在东京高等工业学校窑业科预科学习。1908年留学归国,先后在浙江官立两级师范学堂、浙江高等学堂、浙江省立第一师范学校(以下简称浙江一师)、湖南省立第一师范学校、上虞春晖中学、浙江省立第四中学、上海立达学园、复旦大学、国立暨南大学从事教育工作。1926年8月,夏丏尊参与创办开明书店,"以学生为对象","以启牖青年智慧为己任",先后担任总编辑、编译所所长,创办《中学生》《新少年》《月报》等杂志,编辑出版中外文学名著及中小学各科教科书。1946年4月23日在上海病逝。

　　综观夏丏尊的一生,从清末在浙江官立两级师范学堂参加反对封建主义的斗争开始,到新文化运动时期在浙江一师投身于新式教育改革,译介西方教育理论著作、社会主义理论著作,再到30年代编辑出版新文学作家作品、中外文学名著,中小学教科书,他始终抱定"认真为学生着想"的宗旨。在长达四十年的教育与文化活动中,夏丏尊涉猎广泛,在文学、教育、社会、宗教、编辑出版及翻译等众多领域均有卓越的建树,尤其是在教育、文学、语文教学及出版等方面做出了开创性的贡献。

　　夏丏尊是一位教育家。从清末民初翻译卢梭、杜威的教育理论,宣传民主主义教育思想,提倡人格教育始,到20年代中期翻译意大利亚米契斯的《爱的教育》、孟德格查的《续爱的教育》,夏丏尊致力于将西方先进的教育理论译介至中国,为中国的教育改革提供可资借鉴的理论资源和思想工具。译介之外,夏丏尊积极投身于教育改革实践,在浙江一师提倡人格教育,发展学生个性,率先进行中等国文教授法改革,译介和引进日本文章学理论,进行现代读写教学的探索,编写中学国文教科书。夏丏尊既是现代语文教育的勇猛精进的开拓者、建设者,也是躬行实践的教育工作者。他先后撰写并出版了《文章作法》《文艺论 ABC》《文心》《文章讲话》等语文教学理论著作,并编制了《开明国文讲义》《国文百八课》《初中国文教本》等教科书,通过这些著述,他深入阐述了现代语文教育的基本原理,探讨了中学国文科框架及知识体系,也为现代语文教学实践树立了样式、标准和典范。

夏丏尊是一位新文学家。在从事教育工作之余,积极投身新文学创作,从早期的白话新诗,到小说、随笔,"寄意深远,清澹冲和",虽无华丽的辞藻,却在平淡朴实的文笔中蕴含着浓郁的情趣,在简单、平凡的写实中寄予对生活的深切体验,以他和朱自清、丰子恺等为中心,形成了现代文学史上著名的"白马湖作家群"。1935 年,他的散文集《平屋杂文》出版,成为现代散文的地标之一和现代文学史上一道独特的风景。

夏丏尊是一位翻译家,从早期翻译俄国文学作品,到新文化运动时期译介社会改造和妇女问题的理论著作,如《社会主义与进化论》《女性中心说》《近代的恋爱观》,再到 20 年代中期翻译日本自然主义作家田山花袋、国木田独步、芥川龙之介的小说,如《绵被》《国木田独步集》,以及俄国盲诗人爱罗先珂的童话,其译笔"极流利动人",被称为"国内第一流之译作",在思想与方法、内容与题材等方面为中国现代文艺、教育及文化学术输入了新的知识资源及积极健康的营养。

夏丏尊是一位编辑出版家。他发起创办开明书店,先后担任总编辑、编译所所长,积极投身于文化教育出版事业长达二十年。在他的主持下,开明书店"以出版各种有价值之新思想、新文艺书籍杂志"为职志,以中等教育程度的青年为读者对象,不仅编辑出版了《中学生》《新女性》《新少年》《月报》等优秀的青少年读物与进步期刊,还出版了大量中外文学名著、学生读物,以及极具特色的"开明风"中小学教科书。30 年代中期以后,夏丏尊与人合作编辑出版了三种具有先进教育理念的中学国文教科书,以新知识哺育青少年一代,产生了广泛的影响。

作为现代新式教育的积极参与者、浙江一师新文化运动的中坚、早期社会主义理论的译介者、新文学作家、现代语文教学重要奠基人和建构者、"民主文化战线上的一名老战士",夏丏尊在中国现代文化运动和民主运动中"曾建树不可磨灭的功绩",其作品具有重要的研究价值与学术意义。因而,编纂出版《夏丏尊全集》将有助于传承、发扬"五四"新文化的反封建思想和革命精神,为建设新时代中国特色社会主义、探索和构建具有中国特色及气派的学术话语提供重要的借鉴与参考。

编辑出版《夏丏尊全集》是一项浩大的工程。不仅因为夏丏尊创作的时间跨度较长,不少作品多以笔名发表,而且文章发表的刊物众多,这给全集的编纂增加了难度。《夏丏尊全集》编纂完成,幸赖浙江省人民政府启动的首批省文化工程——"浙江文献集成"项目的支持与资助。自2005 年《夏丏尊全集》获得立项,全集编纂工作获得了重要的支持与保障始,历经十数载终告功成。编纂团队近二十名成员奔走于杭州、上虞、上海、长沙,东京等地各大图书馆、档案馆,广泛搜罗、发掘资料,整理和辨析文献,请教专家,根据他的生平活动及所从事的领域划分类别,最终完成了近 450 万字,迄今为止最为全面反映夏丏尊一生丰硕的教育文化成果的全集编纂工作。全集根据夏丏尊在教育、文艺、语文教学、教科书编制、翻译等领域的著述,将其著作分为十卷。所选文献一般以首次发表为依据,同时参照他生前修订出版的单行本进行校勘,除对原文有明显的错误及误植订正外,一仍其旧,保留作品原貌。对于夏丏尊生前编订出版的单行本,语文教学类整本录入,其他类别则依照文章发表及出版的时间顺序重新编排,以更加清晰地展现其创作的历程。

另外,对若干著作在编排体例上作了统一。限于编者水平,编纂工作难免会有疏漏缺失的地方,敬请读者批评指正。

《夏丏尊全集》编纂委员会

凡　例

一、收录夏丏尊的各种体裁的文字，包括以其名义（含与同人共同署名）发表的电文、言论、书信等。

二、依据内容分类编辑，每一类按照作品首次发表的时间顺序排列。篇末注明文章出处。

三、力求保持著作原貌，所选文献以首次发表为底本，入集者大多选用初版本，未入集者采用初刊版本。

四、各篇一般用原标题；个别标题不合适的，由编者酌改；原无标题的，由编者另拟。

五、原文繁体字改为简体字，异体字改为通用字。明显错字径改；删除衍字；增补脱字，置于"＜＞"内；原文缺字，可明确的补之，不明确的用"□"代替。

六、原文为旧式句读，重新标点；原文为新式标点，保持原貌；明显错误之处径改；原文无标点，增补标点。

七、原文直行编排改为横行排印。原文因直排出现"左""右"字样，改为"下""上"。

八、原文中的外国专名，包括人名、地名、著作名、报刊名、组织机构名等，均原文照录。

九、原文中的数字用法维持原貌。

十、原文为夹注，一般仍采用夹注；原文为尾注，改为脚注。编者补充的注释，列入脚注。

十一、原文署名"夏丏尊"的，不再标注作者；署名"丏尊""默之"及其他笔名的，予以标注。

《夏丏尊全集》编纂委员会

总　目

各卷主编

前　言

　　夏丏尊(1886—1946)，原名夏铸，字勉旃，后改字丏尊，浙江上虞人，是我国现代著名教育家、新文学家、翻译家和出版家。

　　1886 年 6 月 15 日，夏丏尊出生在浙江上虞崧厦镇一个商人家庭。祖上世代经商，家道殷实，到他祖父辈时，由于经商失败，逐渐衰落。夏丏尊的父亲夏寿恒曾考取过秀才。在夏丏尊五个兄弟中，据说唯有夏丏尊的八字可以读书，因而夏寿恒对他寄予厚望。家中坐馆的先生也对夏丏尊另眼相看，兄弟们读完《四书》，就读《幼学琼林》和尺牍书类，而夏丏尊则被要求非读《左传》《诗经》《礼记》等不可，还要做八股文。1901 年，夏丏尊考取了秀才。这一年，清王朝在八国联军的沉重打击下被迫实行新政。全国改书院设学堂。在这一形势下，夏丏尊开始进入新式学堂学习。1902 年，夏丏尊进入上海中西书院学习。上海中西书院是一所教会学校，学制六年，其中初等科、高等科各三年，功课依学生程度编级。夏丏尊入初等科学习，英文初读入甲班，算学入乙班，国文入甲班。夏丏尊后来回忆说："各种学科中，最被人看不起的是国文，上课与否可以随便，最注重的是英文。时间表很简单，每日上午全读英文，下午第一时板定是算学，其余各科则配搭在数学以后。"夏丏尊在上海中西书院初步接受了现代教育的启蒙。一学期以后，由于支付不起学费，不得不中途辍学。1903 年，经友人推荐，夏丏尊进入绍兴府学堂学习。绍兴府学堂是在戊戌变法前一年创立的一所中等性质的新式学堂。捐资创办者徐树兰思想开明，追求新学，在上谕颁布以后，即按照现代中学堂要求开设了相关科目及教科内容，如伦理、经学、国文、英文、史学、舆地、算学、格致、体操、测绘等，并依照学生程度编级。绍兴府学堂所选聘的教师大多学有所长,讲求时务,思想开明,教学比较民主,有些教师还在课堂上介绍西方资产阶级政治学说,抨击时弊,宣扬革命思想。夏丏尊进入绍兴府学堂时,因为有上海中西书院学习基础,英文插入了学堂的最高一级,算学、国文也编入相应级别。在绍兴府学堂,夏丏尊进一步接受了现代科学知识的熏陶,同时,接触到了各种西方新的知识、思想和学说,特别是资产阶级政治理论及革命学说,如卢梭、罗兰夫人、马志尼等人的思想和革命学说。在绍兴府学堂,国文课教师推荐阅读魏源编辑的《皇朝经世文编》,经学课教师推荐阅读《公羊传》。经学课教师徐锡麟对课文微言大义的阐发,加之课外阅读《新民丛报》《浙江潮》等进步报刊,以及同学对当时社会现实的议论、批判与抨击,激发了夏丏尊关心时务、投身社会、改革政治的思想。半年以后,夏丏尊因代父亲坐馆再次辍学。

1906年初,夏丏尊东渡扶桑。4月,夏丏尊在专门学习日语语言课程以后,插班进入东京宏文学院普通科学习。夏丏尊在宏文学院学习的课程有修身、日语、地理历史、理科示教、算术、几何、代数、理化、图画、体操、三角、历史及世界形势、动物学、植物学、英语等。1907年9月,夏丏尊考入东京高等工业学校窑业科特别预科学习。在东京高等工业学校学习一年后,由于浙江省留学日本人数众多,夏丏尊申请浙江省官费名额没有获得批准,因不堪经济负担而不得不中途辍学回国。两年的留学岁月,夏丏尊比较熟练地掌握了日文,接触到了世界现代科学知识,开阔了眼界,认识并亲身感受了日本现代文化与文明,看到了教育之于现代民族国家发展的重要作用。

1908年5月14日,夏丏尊应浙江官立两级师范学堂监督王廷扬之聘请,担任该学堂教育科日本教习中桐确太郎的通译助教。同年10月,又兼任浙江高等学堂图画科日籍教员吉加江宗二的助教员。作为留学日本归来的新式知识分子,夏丏尊怀抱着现代教育的理念和抱负投身教育界,并矢志革新封建教育。1909年,浙江官立两级师范学堂新任监督夏震武要求全体教师必须穿袍服"谒圣"和"庭参",夏丏尊和留日归来的鲁迅、许寿裳等教员一起发起罢课等抵制行动,最后逼得夏震武辞职,取得了"木瓜之役"(夏震武被学生称为"夏木瓜")的胜利。夏丏尊在担任教育科日本教习中桐确太郎的通译助教期间,除负责课堂上口头翻译以外,还认真编写讲义,辅导教学。夏丏尊不仅和中桐确太郎结下了友谊,还因中桐确太郎赠送他一只谢罪袋,与宗教结缘。当然,更重要的是,夏丏尊由此系统地了解并掌握了近代教育学理论,阅读了西方教育史上有代表性的教育家的理论著作,譬如卢梭的自然主义教育学说及其教育名著《爱弥尔》,裴斯泰洛齐的小说《醉人之妻》,等等,这成为他日后批判旧教育、建构新教育的重要工具和理论基础。

1913 年 7 月,浙江官立两级师范学堂改名为浙江省立第一师范学校(以下简称浙江一师)。执教期间,夏丏尊为学校作《浙江省立第一师范学校校歌》,由李叔同谱曲。同年,夏丏尊在《教育周报》连载了译作《爱弥尔》,介绍了卢梭的自然主义教育学说。卢梭的关于教育首先在于成人的思想,以及提倡自由平等的观念,在自然状态下根据孩子的天性培养社会的公民等主张,都对夏丏尊新教育思想的形成产生了重要影响。

在浙江一师,夏丏尊和校长经亨颐等同人始终坚信教育事业是人类神圣的、进步的事业,而非保守的、复古的事业。因为它和社会有着密切的关系,不能离开社会而独立。所以,改造社会就必须从改造教育开始,而身处教育界,每个人都有责任参与教育事业的改造。夏丏尊指出,教育事业必须"与时俱进"。1919 年 8 月,夏丏尊翻译了日本学者帆足理一郎的《杜威哲学概要》一文,概括性地介绍了杜威的民本主义教育思想及其哲学基础。夏丏尊和经亨颐等浙江一师同人十分赞同杜威的观点:教育本没有什么新旧,一味强调宗旨或主义,只能演变为某种教育流派,与教育的本义——"人如何教"相去甚远。教育的根本问题是研究"人如何教"的问题,而非"如何教人"的问题。

夏丏尊积极提倡人格教育学说,并提出"以人为背景"的命题。和实用主义教育学理论的不同在于,夏丏尊等人所提倡的人格教育并非哲学上的个人主义。夏丏尊认为,人类的任何教育活动都必须有相当的人格,被教育者方能心悦诚服。他形容说:"人格恰如一种魔力,从人格发出来的行动,自然使人受着强大的感化。同是一句话,因说话者人格的不同,效力亦往往不同。这就是有人格的背景与否的分别。"当然,实施人格教育并非要求教育者皆有完美的人格,夏丏尊指出,学校所行的教育不过是一种端绪,一切教科无非是基本的事项,不是全体。而实施人格教育最终目标在于,通过知识的获取,情感上的陶冶,养成自由的思想,最终形成学生的人格。很显然,夏丏尊所推崇的是教师对学生的人格感化。他不仅在理论上积极提倡、宣传,而且身体力行,主动要求担任舍监和修身科教师。当时舍监在学校中的地位并不高,遭到学生的奚落和污辱是常事。夏丏尊后来回忆说:"因为我是抱了不顾一切的决心去的,什么都不计较,凡事皆用坦率强硬的态度去对付,决不迁就。⋯⋯我在那时,颇努力于自己的修养,读教育的论著,翻宋元明的性理书类,又搜集了许多关于青年的研究的东西来读,非星期日不出校门,除在教室授课的时间外,全部埋身于自己读书与对付学生之中。"夏丏尊担任舍监期间,晚上熄灯后,遇有学生晚归,总是耐心守候,并苦口婆心加以劝导,总要使得犯过者真心悔过,彻底觉悟。1916年春假期间,浙江一师安排全校学生做一周的修学旅行,夏丏尊和学校其他教员一道参加,在旅行中言传身教。在日常管理中,夏丏尊对待学生总是循循善诱,从不疾言厉色。当然,严格管理并非滥用威权,相反,在遵守纪律和规则之下,进行训谕、诱导、感化,充分尊重个性,才是实施人格教育的本义

在"五四"运动的激荡之下,浙江一师顺应时代潮流积极倡行改革。所谓"时时有改革精神,时时过改革生活"。夏丏尊以极大的热情参与学校的课程改革。1915年9月,他目睹本校学生国文水平越来越差,就主动要求担任国文科教员。1919年秋,在校长经亨颐的支持下,夏丏尊与陈望道、刘大白、李次九等发动国文教科教学改革。没有现成的课程大纲,学校就决定由国文教科教员举办国文教授会议,共同制定《国文教授法大纲》。《国文教授法大纲》确定了两个教授目的:一个是形式,一个是实质。(1)形式:使学生能够了解用现代语,或近于现代语——如各日报杂志和各科学教科书所用的文言——所发表的文章,而且能够看得敏捷,正确,贯通;使学生能够用现代语——或口讲或写在纸上——表现自己的思想感情,而且自由,明白,普遍,迅速。(2)实质:使学生了解人生

真义和社会现象。在课程编制及内容组织上,提出"精选教材,规定教授程序"等原则。教材内容选用当时报刊杂志发表的有关讨论社会问题的文章,"依着问题,归类起来",做一番有系统的研究。经过改革,国文科教材选编了鲁迅、李大钊和陈独秀等新文学运动重要作家的白话作品100多篇。在国文教授上,《国文教授法大纲》强调,提倡学生自由研讨,并培养其批判能力。"虽是依纲分列,却仍异说并存,叫学生用批评的眼光,取研究的方法。"《国文教授法大纲》还明确规定教授语法和修辞等新知识内容。夏丏尊在担任国文科教授时,以《中等国文典》为主要教学内容,选用章士钊的《文法读本》为教材,内容虽有些枯燥,但是夏丏尊教学十分严格认真。关于国文教学过程,大纲要求,教师每一星期或两星期须提出一个研究问题,并将与问题相关的材料分发给学生,同时须指示阅览的次序。学生在对文章分析的基础上进行综合,并用简括的文字记载下来,做一个问题的大纲;学生根据阅读问题发表意见,做成札记,再组织公开交流,相互辨难,最后教师讲演。新文化运动以后,对于青年学生而言,最大的困惑乃是人生问题及社会问题,夏丏尊等人的国文科改革因时而兴,应时而动,可谓切中时弊,抓住了国文教科及学生发展中的关键问题。在国文科改革的推动下,浙江一师学生积极阅读进步报刊,接触先进思想。

夏丏尊在参与中等国文科改革的同时,还积极宣传新思想和新道德。他在《家族制度与都会》一文中指出,中国新式教育的兴起是因为卷入了世界文明发展的旋涡,随着家族制度的破产,中国社会的一切旧制度,以及文化思想、道德习惯必将随之发生改变,因而,造就思想自由、具有独立个性品格、形成新道德的青年是新教育的重要使命。为培养学生的自由思想和自主能力,1919年秋季起,浙江一师成立了学生自治会组织。由各级各班推选代表,共同议订《学生自治会章程》。依据章程,学生自治会不仅负责管理全校学生的生活、纪律、宿舍等事务,而且参与学校重大事务的决策。在学生自治之下,浙江一师学生的思想十分活跃。施存统、俞秀松等学生还成立以宣传社会主义为中心的杭州学生会,创办《浙江新潮》刊物。1919年11月7日,施存统在《浙江新潮》第二期上发表了《非孝》一文。作者在文中指出，"'孝'是一种不自然的、单方的、不平等的道德，应该拿一种自然的、双方的、平等的新道德去代替它"。施存统进而提出，要打倒不合理的孝和行不通的孝，并且借此问题煽成大波，"把家庭制度根本推翻，然后从而建设一个新社会"。《非孝》一文问世以后，在浙江教育界掀起了轩然大波。浙江省议会群起而攻之，以"非孝、废孔、公妻、共产"以及国文教授改革与师范学校国文教授要旨未尽符合等名义勒令浙江一师停止改革计划，特别是停止"学生自治"和"改革国语"等项，并要求查办校长经亨颐。浙江省教育行政当局更诬蔑夏丏尊、陈望道、刘大白、李次九四位国文教员"学本无原，一知半解"，并要求学校立即解聘其教职，由此引发了"浙江一师风潮"。1920 年 5 月 5 日，夏丏尊、陈望道、刘大白、李次九等不顾学生的再三挽留辞职。他们在致学生的信中说："诸君，你们以后，向着光明的路上努力为新文化运动奋斗，千万别掺一点替个人谋私利的念头在里面。那么，虽然不免暂时的牺牲，毕竟能得最后的胜利。"1920 年 9 月，夏丏尊应湖南省立第一师范学校（以下简称湖南一师）校长易培基之聘，担任该校国文教员。这所学校积极提倡新文化，主张改革国文科教学内容，倡导自由讨论的风气。夏丏尊在课堂上除提倡白话文，要求学生阅读新文学作品，写作新思想文章外，还改革作文批改方法，从文法、修辞等方面督促学生进行作文评改，此外，他还开始新诗创作的尝试。1920 年 9 月起，夏丏尊在《民国日报·觉悟》发表了三首新诗：《时计》《雷雨以后》《登长沙白骨山》。

夏丏尊在浙江一师、湖南一师进行国文教科改革，主张思想自由，反对封建旧道德，以及提倡白话文写作的新文化实践，在教育界产生了广泛的影响。夏丏尊由此开始关注社会改造问题并积极宣传相关理论，同时加入了新文学社团与组织。1921 年 2 月，夏丏尊辞去湖南一师教职来到上海。6 月 24 日，夏丏尊和上海共产主义小组成员陈独秀、李大钊等发起成立新时代丛书社，希望通过译介新知识、新思想，普及新文化运动，改造社会，并为有志做进一步研究者提供理论基础。夏丏尊翻译了日本高畠素之的《社会主义与进化论》，美国瓦特原著、日本堺利彦编写的《女性中心说》。这期间，夏丏尊正式加入新文学重要团体——文学研究会。自 1921 年 12 月至次年 4 月,夏丏尊先后翻译了日本国木田独步的《女难》、日本白鸟省吾的《俄国底诗坛》、日本西川勉的《俄国底童话文学》和俄国克鲁泡特金的《阿蒲罗摩夫主义》。1922 年,夏丏尊又翻译了俄国盲诗人瓦西里·爱罗先珂的《幸福的船》《恩宠的滥费》,日本高山樗牛的《月夜底美感》,还以日本学者岛村民藏的著作为蓝本撰写了《近代文学与儿童问题》。

　　早在 1919 年 10 月,上虞富商陈春澜就计划在家乡创办一所完备的中学校,并委托浙江一师校长经亨颐为之作计划书。1922 年 9 月,一所名为春晖的中学校在上虞白马湖畔开学,经亨颐任校长,聘请夏丏尊担任学校首席教师、国文教员,协助擘画学校事务,包括教师的选聘、教务的安排等。夏丏尊既顾念桑梓情谊,又抱定实现未了的新教育梦想,于是开始了中学教师的职业生涯。经历了浙江一师风潮的经亨颐与夏丏尊不再满足于在官方体制内办教育,提出了"反对旧势力,建立新学风"的办学理念。在经亨颐的支持下,夏丏尊按照新教育的理想,"约集了一班气味相投的教师",来到"气氛和谐""环境幽静,人间烟火极少"的白马湖畔,尝试实施"纯正"的教育。为了在春晖中学实现教育的理想,夏丏尊邀请了奉行感化教育的匡互生任数学教师兼训育主任,指导学生的生活和品德修养;刘叔琴任总务主任兼公民、史地、日文教员;刘薰宇任数学教员;丰子恺任图画教员;朱自清任国文教员;朱光潜任英文教员。朱自清后来回忆说,夏丏尊要给学生"一个有诗有画的学术环境,让他们按着个性自由发展"。而在国文教学中,夏丏尊尤其注重培养"学生对文艺和艺术的欣赏力和表现力"。

　　夏丏尊深知,现代学校教育是一种制度化的体系,在根本上难以摆脱"从来铸型教育之积弊"。他积极推动春晖中学实施新学制,倡导平民精神与个性教育,改革中等教育体系。在夏丏尊看来,真正实施新学制并非死抱"部章"主义,而是要"活用部章",并根据学校实际情况予以调整、变更,对症下药,所谓"振起纯正的教育"。夏丏尊依照新教育的理念,积极参与春晖中学办学的规划与设计:(一)提倡"以能力编制学级"。夏丏尊认为,"以能力编制学级,为动的教育之要件"。春晖中学在各学级编制中,按 A、B 级划分为两类,充分尊重学生的个性,因材施教。(二)在国文科的教授上,提倡小品文教学。在作文教学上,夏丏尊主张让学生自由选题,从观察现实生活入手,以日常生活中出现的现象和经历的事件为题材写作小品文。在阅读教学上,除选用当时坊间正式出版的国文教科书以外,夏丏尊还为学生特别编制了一份课余阅读书目。夏丏尊称之为学生的必读书。所谓知识上、修养上的必读书:做普通中国人所不可不读的书;做现代世界的人所不可不读的书。夏丏尊拟定的课余阅读书目包括中国传统经典、近代翻译名著、新文学作品、外国文学名著、名人演讲、外国戏剧故事,以及英文原著等各类书籍共 80 种。此外,学校还专门设立课外讲演时间。课外讲演分为三类:一类注重知识,"去做正课的帮助";一类根据偶发事件及时事确定话题内容;一类为校外来宾的讲演。一年之中,夏丏尊就发表了七次演讲,分别为《都市与近代人》《月夜底美感》《送一九二二》《小别赠言》《怎样过寒假》《中国底实用主义》《观世音菩萨现身说法解》。(三)灌输思想学术,鼓励创作发表。夏丏尊认为,学校是教育与学术研究之地,同时肩负着促进社会文化发展的职责。在这方面,中学更有相当的责任。春晖中学在创校之初,即创办了《春晖》半月刊,由夏丏尊担任主编。《春晖》半月刊的创刊,一方面向外界传达"我们的教育主张和教授训育的方法",并希望获得批评和指教;另一方面对内则鼓励学生写作白话文,创作新诗。(四)以身作则,指导学生养成服务社会之观念。为培养服务社会的观念,春晖中学还创办农民夜校,教当地农民识字。夏丏尊积极组织并参与此项活动。在教学中,夏丏尊十分注重教授与农民日常生活相关的内容,比如读、写、算、常识等。在春晖中学期间,夏丏尊抱着虔诚的态度翻译了意大利著名作家亚米契斯的小说《爱的教育》,并在《东方杂志》连载。"这是意大利第一部培养社会新的一代成员的真正教科书。"夏丏尊翻译此书,意在破除教育界的流俗,在一个新的文化语境下给当时的新教育注入意义与思想内容。

春晖中学创办两年以后,经亨颐指出,学校的校风存在着严重问题。他认为,白马湖环境对学生产生了很不好的影响,使学生身上产生了两种矛盾的人生观。他用"浅"和"漫"两个字概括:"浅"是指气量浅狭;"漫"是指散漫、随便。学生为标榜自由,常以旧式名士或新式诗人自居。经亨颐指出,这种自由并非他所说的"自由"。他声称,他对学生并不持压抑的态度,但他反对学生放任自由。他指出,任何时代的教育都不能脱离政治,必须受时代的约束。是否强调社会政治对学生道德及教育的约束成为夏丏尊与经亨颐实施新教育理想的分歧所在。这种分歧后来越来越扩大,最终因为一名学生与体育教师发生冲突而爆发。学校以不遵守校规、胆敢顶撞教师名义开除了这位学生。这一处理决定引起了全校学生的不满。学生因学校的粗暴处理而集体罢课。学校以提前放假、处理 28 名学生了事。夏丏尊一向倡导尊重学生个性,"盖以青年思想,若不任其自由表露,即无从是其是而非其非"。在这一事件中,夏丏尊主张通过教育手段处理,最终,他的建议及居中调解没有获得学校采纳。夏丏尊认为,春晖中学在办学理念上已发生了根本性的偏离,不再是实现新教育理想的地方。1924 年 11 月底,因对学校粗暴处理学生的不满,匡互生、丰子恺、朱光潜等愤而辞职。不久,夏丏尊也离开了春晖中学。

　　1925 年 2 月 1 日,从春晖中学辞职的匡互生、朱光潜、丰子恺、夏丏尊等在上海发起成立立达中学。"立达"取自孔子"己欲立而立人,己欲达而达人"。2 月 8 日,立达中学成立由夏丏尊、匡互生、刘薰宇、陶载良、朱光潜、丰子恺等九人组成的校务委员会,并由校务委员会出面在《申报》上刊载立达中学招生广告。3 月 12 日,第一批 60 名新生(男生 50 名,女生 10 名)正式开学上课,其中有一部分学生为春晖中学和中国公学转学而来。立达中学获得江湾火车站西侧赠地十多亩及银行贷款 1.5 万元,在江湾修建起了可容纳五六百名学生的初具规模的校舍。就在立达中学成立的同日,由匡互生等发起组织的立达学会也在上海宣告成立。立达学会提出的宗旨是"修养人格,研究学术,发展教育,改造社会"。立达学会的会员都怀抱着共同的教育理想,"深信教育应以发展个性为主要职责,而要发展个性,自由是必要的条件"。立达学会的会员以苦为乐,甘于奉献,自愿为立达学员义务授课(立达教员每月只取 20 元的生活费,有的还自贴车费,因而不得不兼任其它学校的课程)。他们提倡人格教育,反对受政治及法律制度的约束,因此,立达学园不主张制订任何统一的规章制度。立达学会的会员大多从事过中等教育,他们洞悉中等教育的种种弊端,尤其不满足于把学校当作"知识商店的化名";他们崇尚古希腊柏拉图学园的自由讨论风气和身教力行的风尚,向往一种自由讨论学术、互相帮助、艺术化的生活教育,因而,不久,他们便将立达中学改为立达学园。他们认为,教育的意义在于:让学生自由发展,为其去害虫,灌肥料,滋雨露,使其能就他的个性而自然发荣滋长。同时,他们有感于中国艺术界的幼稚和艺术教育的商业化,希望在立达开辟一块园地,作为艺术教育的试验田。

1926 年 6 月,立达学会决定创办《一般》月刊,夏丏尊担任主编。夏丏尊在《一般》创刊号上阐明办刊宗旨:"以一般的人,写一般的文章,面向一般的读者。"该刊是一种综合型刊物,主要刊载政治与时事、文艺评论、文学创作、音乐绘画等方面的研究文章,同时刊载讨论一般的社会问题,特别是探讨青年问题和教育问题的时论。夏丏尊一边认真主持《一般》的编务,一边负责立达学园中国文学进修班教学。在主编《一般》时,夏丏尊"努力于实际生活的艺术化,客观地批评现代各种主义"。他热情邀请立达学会的会员为该刊撰写稿件。1925 年朱光潜赴英国爱丁堡大学留学,夏丏尊邀请他撰稿,朱光潜为《一般》撰写的《给青年的十二封信》深受青年读者的欢迎。夏丏尊自己也经常为《一般》撰稿。当时报刊评价《一般》杂志至少有三种好处:"第一,是能指示青年生活的迷路;第二,能安慰青年生活的寂寞;第三,是文笔篇篇有一种特别风趣,使人百读不厌。"立达学园设立了文艺专门部,并设立中国文学进修班。夏丏尊负责教授中国文学进修班的国文和文艺思潮科目。他反对灌输式的记诵教育,决不让学生背诵"主题思想""段落大意"之类,而主张多读范文,特别是多读经典的作品。他告诫学生,不要沾染黑幕派、鸳鸯蝴蝶派文学的恶劣趣味。他认真批改学生作文,遇到好的文章就亲自修改并推荐发表。夏丏尊说:"青年人是需要鼓励的。"他教导学生修养人格,注重趣味。夏丏尊在立达学园中国文学进修班教学时,给每位学员发放一本

《爱的教育》，作为学员的课外读物，进行道德修养。1932年，"一·二八"事变爆发后，立达学园毁于战火，夏丏尊正式结束了在立达学园的教学活动。

1926年8月，开明书店在上海创立，夏丏尊作为主要发起人之一参与书店的筹备。自此以后，他正式投身于我国现代文化教育出版事业。这期间，他仍然在大中学校兼任教职。也就在这一年，夏丏尊应陈望道的邀请，担任复旦大学国文教授，教授中国哲学史和文选两门课程。其间，夏丏尊翻译的日本自然主义代表作家田山花袋的长篇小说《绵被》在《东方杂志》连载。1927年秋，夏丏尊又应国立暨南大学校长郑洪年邀请，兼任该校中国文学系主任，担任大一国文教师，讲授中国新文学。他一方面积极开导关心学生，另一方面支持校刊《秋野》在开明书店出版。1927年11月6日，夏丏尊邀请鲁迅在国立暨南大学做新文艺创作的演讲。不久，夏丏尊辞去国立暨南大学教职。

1928年，夏丏尊出任开明书店总编辑，后来又任编辑所所长。开明书店创立者大多从事过中小学教育，他们不仅熟悉中小学教育，富有教学经验，而且洞悉其中利弊，可以说，他们是抱着革新中小学教育的理想投身出版界的。他们以"出版各种有价值之新思想、新文艺书籍杂志"为职志，以中等教育程度的青年为读者对象。开明书店同人叶圣陶曾有一段话对此说得很明白："我们自问并无专家之学，不过有些够得上水准的常识，编选些普通书刊，似乎还能胜任愉快。这是一层。我们看出现在的新教育继承着旧教育的传统，而新教育继承着旧教育的传统是没有效果的。我们也知道教育不是孤立的事项，要改革教育必须其他种种方面都改革，但是改革教育的意识不能不从早唤起，改革教育的工具不能不从早预备。这又是一层。"这段话道出了夏丏尊等人投身出版界的初衷。夏丏尊主持开明书店编务以后，努力将革新中小学教育的理念贯彻到整个出版活动中。（一）创办专门刊物，为中学生学习提供辅导与帮助。1930年1月，开明书店创办《中学生》杂志，夏丏尊任社长，章锡琛、叶圣陶任主编。夏丏尊撰写发刊辞，有感于当时社会对数十万年龄悬殊各异的男女青年漠不关心，"未闻有人从旁关心于其近况与前途，一任其彷徨于纷叉的歧路,饥渴于寥廓的荒原"。夏丏尊阐明创办《中学生》的使命在于:"替中学生诸君补校课之不足;供给多方的趣味与知识;指导前途;解答疑问;且作便利的发表机关。"《中学生》介绍一般科学知识,发表文艺作品,供给中学生成长以多方面的营养,话语和气,不摆架子,平等对待读者,深受中学生的欢迎。夏丏尊不仅负责该刊每期社论与编辑后记的撰写工作,而且亲自撰写许多辅导青年学生学习的专题文章,同时,创作不少散文随笔、科普小品,如《受教育与受教材》《致文学青年》《我的中学时代》《钢铁假山》,等等。1934 年,《中学生》杂志因为"内容丰富,且适合中学生程度",受到教育部的嘉奖,被誉为"中等学生唯一之良好读物。"1936 年 1 月,开明书店又创办《新少年》半月刊,关注少年儿童的成长,夏丏尊担任社长。该刊设有少年阅览室、文章展览、科学与实验、读报指导、新少年座谈等栏目,"旨在引导少年认识社会,欣赏文艺,了解自然,指导其文化学习"。(二)辅导教学,促进中学生学习。开明书店创办不久,为使当时社会上一般教师和学生摆脱油印讲义之苦,提供灵活便利的教学材料,夏丏尊、叶圣陶策划编辑出版了《开明活叶文选》。《开明活叶文选》每期选择中外文学史上典范的文章刊印出版,供学生阅读,从古文到白话文,各种文体兼备,并加以新式标点。《开明活叶文选》出版发行以后,因为编印形式灵活(既可以分篇零售,也可以选定若干篇装订成册),内容丰富,价廉物美,选编篇什巨大(选印古今中外文学名著1600 余篇),便于教学,深受学生欢迎。为帮助和辅导失学的中学生,1933 年,开明书店创办上海私立开明函授学校(以下简称开明函授学校),为无法继续中等教育学业、被拒于学校之外的失学青年提供自学辅导与帮助,夏丏尊担任校长。开明函授学校分初中、高中两部,按当时教育部颁布的中学课程标准开设了 13 门课程,聘请富有中学教学经验之各科专家编写浅明易解的讲义,函授教学则通过批改作业等方法指导学生学习。学生作业分练习、笔记、质疑三项。开明函授学校先后编写出版了 18 种讲义。其中夏丏尊、叶圣陶、宋云彬、陈望道编写了《开明国文讲义》(共三册)。该书的编写目的是让学生掌握一般的阅读和写作的方法,理解现代汉语语法和修辞的常识,从而掌握中等语文表达技能。

（三）编辑中小学教科书。1929 年,教育部成立中小学课程标准委员会,聘请专家委员制订中小学各科课程标准。夏丏尊因在儿童文学翻译方面的卓越成就,被聘请为小学国语科委员,参与教育部小学国语课程标准的起草与制订工作。1932 年、1935 年,教育部再次组织修订中小学课程标准,夏丏尊又先后应邀参与初级中学国文课程标准的修订工作;1933 年又应邀参与中等师范国文课程标准的起草工作。因为直接参与教育部中小学国文课程标准的制订,夏丏尊不仅熟悉小学、初级中学国文课程标准的理念、体系,而且对如何编制教材进行实践探索。1934年,夏丏尊与叶圣陶合作编撰了《文心》一书,用故事的体裁介绍国文知识。有人评论说:"写得既生动,又周到,又都深入浅出,的确是一部好书。"1935 年,夏丏尊和叶圣陶合作编写《国文百八课》。该教材采取混合编制法,以课的形式编制课程内容,"供初级中学国文科教学或自修之用,每课为一单元,有一定的目标,内含文话、文选、文法或修辞、习问四项,各项打成一片,是一种创格编法的国文课本"。1937 年,夏丏尊和叶圣陶又合作编写出版《初中国文教本》。《初中国文教本》按照教育部颁布的《修正初级中学国文课程标准》编制。教材分精读范文与文章法则,不附练习。"文章法则又分甲、乙二部:甲部提示文法要项,乙部提示文章理法,皆按照范文分别安插,即以范文为例证,打成一片。"赵景深说:"像丏尊圣陶那样,除创作外,就专门致力于文法和作文法,给了中学生作文和阅读时许多便利,可说是一种切近实际的工作。夏氏所著,如《文章作法》,《国文百八课》的文法部分,如《文心》的一部分,都显出他的致力所在。"事实上,开明书店自创立起就把编辑出版有价值的中小学教科书作为书店的出版宗旨及安身立命之本。开明书店同人大多有"深沉的修养",具有各科专门的知识,"富有教读经验",因而,他们把网罗专家、策划、组织编写优良的中小学教科书作为书店的中心业务。20 世纪 30 年代,开明书店先后出版了多种小学教科书,而中学教科书的编写一向是开明书店教科书编辑出版的重点和特色。开明书店编辑出版的教科书因精心编写内容,插图美观,编排新颖、活泼,注重教学法的指导和诱发学生的学习兴趣,深受读者的欢迎。（四）出版有价值的新文艺书籍。

开明书店一直把传播新文化、新思想视为教育事业的一部分,而出版"五四"以后的新文学作品,灌输新知识,提倡新道德,促进文化教育事业的发展始终是开明书店秉持的重要职志和使命。夏丏尊、叶圣陶等开明出版人早期的一个重要身份就是新文学作家,他们是新文学重要团体——文学研究会会员,叶圣陶还是文学研究会的发起人之一。他们与新文学的众多重要作家亦师亦友,这使得开明书店出版优秀的新文艺作品有了得天独厚的优势与条件。夏丏尊在纪念开明书店创立十周年出版的小说集《十年》序言中说:"开明自从创立的那一年起,就把刊行新体小说作为出版方针之一,到现在,大家都承认开明这一类的出版物中间,很有一些在现代文学史上占有地位的佳作。这是开明的荣誉。"开明书店先后出版的新文学作品有丁玲的《在黑暗中》,巴金的《灭亡》《新生》《家》《春》《秋》,茅盾的《幻灭》《动摇》《子夜》《春蚕》,王统照的《山雨》,叶圣陶的《倪焕之》,张天翼的《追》,端木蕻良的《科尔沁旗草原》等。夏丏尊自1920年开始发表新文艺作品,陆续在《民国日报·觉悟》《春晖》《一般》《中学生》《东方杂志》《小说月报》等报纸杂志上发表文艺评论、小说、随笔等作品。1935年12月,他将作品结集为《平屋杂文》在开明书店出版。《平屋杂文》共收录他发表的重要作品33篇。"他毫不做作,只是淡淡的写来,但是骨子里很丰腴。"这些作品以反映学校生活、教师生活与社会问题为主,呈现知识分子生活与工作的寂寞、家庭生活的愁绪,书写对昆虫以及小动物的珍爱、对生活中平凡人物的礼赞、对中国社会文化习俗的反思,以及社会大动荡局势下普通人的生存状态。夏丏尊的新文学创作大多没有紧张的故事情节,也没有刻意的人物描写,较多的是社会浮世绘的描摹。恰如时人所指出,既有"寄意深远,清澹冲和"的诗趣,又有"掺和道家的'空虚'与佛家的'透彻'"所建立的人生观。在从事新文学创作的同时,夏丏尊还努力翻译日本、俄国文学作品,为中国文艺界提供新的营养。1928年,夏丏尊出版了阐述新文艺原理的《文艺论ABC》,指出文学的一个重要特质是,"能于平凡之中发现不平凡,于部分之中见到全体"。

"九一八"事变爆发以后,夏丏尊积极投入到抗日救亡运动中。9月

28 日,他在《文艺新闻》发表了《其实何曾突然》一文,揭露日军的侵略行径,加以抨击。12 月 19 日,上海文化界成立上海文化界反帝抗日联盟,夏丏尊签名参加,并被推举为执行委员。大会讨论通过了反对帝国主义对我国经济、文化、政治、军事的侵略,尤其是反对日本帝国主义的武力侵略等七条纲领。之后,夏丏尊又参与编辑联盟创办的《文化通讯》。1936 年 6 月 7 日,中国文艺家协会在上海成立,夏丏尊被推举为大会执行主席。10 月 1 日,夏丏尊参与署名的《文艺界同人为团结御侮与言论自由宣言》发表,呼吁国民党中央顺应全国民众的要求,团结御侮,一致对外,并要求言论自由。

1937 年 7 月,随着抗日战争全面爆发,开明书店内迁,夏丏尊等因为年老多病留守上海。留守期间,每月领取 20 元的生活费,负责向迁居内地的开明书店提供货源,印制教科书,重印畅销书及出版新书。夏丏尊在危难的时局中,一方面设法摆脱汉奸文人的纠缠,坚持抗战;一方面努力于孤岛的文化运动,支撑和维持开明书店在上海的编辑和出版业务。7 月 28 日,上海文化界集会,成立上海文化界救亡协会,号召为捍卫国家独立而抗争到底。夏丏尊踊跃参加。1938 年 11 月,夏丏尊积极支持家乡上虞抗日自卫委员会创办机关刊物《战鼓》,并担任特约撰述人。1939 年 3 月,在上海的开明书店将办公的阳台改造成会议室,夏丏尊提议将新改造的会议室命名为"复轩",并请弘一法师题词,寓意将重建遭受日军炮火损毁的开明书店,重振开明的出版事业。1939 年 8 月 4 日,夏丏尊在《中央导报》创刊号发表《历史的教训》一文,大力宣传抗战。

在中华民族抗战最艰苦的时期,夏丏尊先后发表多篇文章,详细记述他与弘一法师的往来经过与深厚情谊。夏丏尊赞扬弘一法师对日本侵略者的反抗,以及弘一法师所宣传的宗教抵抗精神,借此慰藉遭受战争苦难的人们,给予人们希望。夏丏尊还竭力帮助丰子恺编辑出版《续护生画集》,以展现丰子恺、弘一法师二人对于日本发起侵略战争的谴责与夺取抗战胜利的美好愿望。《护生画集》是弘一法师五十岁时,他的学生丰子恺为之祝寿而创作的画作五十幅,由弘一法师题词,是一本以爱护动物为题材的劝善书。弘一法师六十岁生日之际,在抗战中颠沛流离的丰子恺仍不忘"践约前诺",作《续护生画集》六十幅,为弘一法师祝寿,并由弘一法师题词。夏丏尊对《续护生画集》的介绍与评论充分展现了弘一法师在民族遭遇危难之际的坚持与抗争,及其为民族抗战提供精神上的慰藉。

1939 年 9 月,为生计所迫,夏丏尊一度辞去开明书店职务。职务虽然辞去,但夏丏尊依然不忘肩负的文化使命,默默从事中学国文教科书的编写及进步文艺书籍的编辑工作。早在 1938 年 4 月,夏丏尊与叶圣陶合作编写了《文章讲话》,作为《开明青年丛书》之一出版。该书通过对当时新文学重要作家代表性作品的解析,讲述文章的制作原理及作法,深入浅出,理论与文选相结合。不久,夏丏尊又将与他叶圣陶在中央广播电台所做的中学语文学习讲座的讲稿整理,并以"阅读与写作"之名出版。在艰难困厄的生活中,夏丏尊最大的心愿是完成《夏氏字典》的编纂工作。他在致友人的信中说:"生活虽窘,晚酌犹未能废,目前别无理想,但得字典成稿,即算心愿完毕。"在上海孤岛生活时期,夏丏尊呕心沥血,将全部精力用于编纂一部体现中国汉字特点及学习规律适合学生使用的字典的夙愿。1939 年 9 月,夏丏尊应邀担任上海南屏女子中学国文教员。校长曾季肃是一位具有开明思想的人物,她为南屏女子中学确立的办学宗旨是:"培养具有现代知识,进步思想,具有独立人格和创造能力的时代女青年"。夏丏尊对这一理念极为认可。他前后担任该校国文教员三年,每周讲解《论语》六小时,与"学生感情极融洽"。他对教学严格要求,勤勤恳恳,任劳任怨,对同学爱护备至,受到学生的爱戴。有一年教师节,他所任教的一个班里的 16 位同学亲自动手,为夏丏尊缝制了一件长衫作为礼物赠送给他,充分反映了夏丏尊与学生之间的深厚感情。

1941 年,开明书店被日军严格监控,工作陷入停顿。上海物价飞涨,开明书店经营遭受重挫,但夏丏尊依然坚守职责,翻译、编辑进步书籍。1943 年,夏丏尊翻译了日本作家谷崎润一郎的《读〈缘缘堂随笔〉》一文。夏丏尊翻译此文,不仅为了介绍日本作家眼里的中国艺术家丰子恺及其真率,更重要的是,丰子恺的创作中"还有对于万物丰富的爱"。

在抗战时期,特别是在抗战军兴、丰子恺辗转播迁内地六年音信杳无的情况下,夏丏尊的翻译无疑传递了一种战争无法阻隔的情谊。夏丏尊借作者之口说,丰子恺的散文"所取的题材,原并不是什么有实用或深奥的东西,任何琐屑的、轻微的事物,一到他的笔端,就有一种风韵,殊不可思议"。1943年6月,夏丏尊又撰写了《〈中诗外形律详说〉跋》,发表在《学术界》第1卷第1期上。在他的好友、新文学作家、著名诗人刘大白逝世十余年后,夏丏尊撰文高度评价刘大白在诗的声律研究方面开创性的贡献。1944年初,夏丏尊根据日文原著,认真校对、编审、修改了范泉翻译的《鲁迅传》。在白色恐怖之下,夏丏尊坚持整理并出版进步书籍,无疑是对日军侵华的一种抗争。

1943年,夏丏尊参与上海佛教界发起编译《大藏经》活动。夏丏尊从日译本翻译《本生经》。《本生经》收录佛教故事,在文学上具有独特价值。夏丏尊参加此项工作以后,每日工作至深夜十二时。经过两年多的不懈努力,夏丏尊和楼适夷一起完成了该书的翻译工作,此后陆续出版。

1945年8月15日,日本宣布投降,抗战胜利。夏丏尊热烈庆祝并欢呼胜利。然而,随之而来的是国民党接收大员的巧取豪夺,上海物价飞涨,人民生活仍然没有得到根本性的改变。夏丏尊抱病投身到反对独裁、争取民主的运动中。10月7日,上海文艺界发表联合宣言,要求严惩日本战犯,赔偿战争损失,夏丏尊签名声援。11月25日,夏丏尊在《大晚报》上发表文章《好话与符咒式的政治》,规劝为政者对所发表的政见应该负起责任。

1946年1月,《中学生》杂志在上海复刊,夏丏尊抱病撰写《寄意》一文。他在文章中说:"我是本志创办人之一,从创刊号至76期止,始终主持着编辑等社务。所以在我,本志好比一个亲自生育、亲手养大的儿女。……廿六年'八一三'战事起后不多日,在校印中的本志77期随同上海梧州路开明书店总厂化为灰烬。嗣后社中同人流离星散,本志也就在上海失去了踪影。……直至胜利到来……我的名字已和读者生疏了。从今以后,愿继续为本志执笔。近来我正病着,如果健康允许的话,一定要多写些值得给读者看的东西。"4月23日,夏丏尊因病逝世。4月27日重庆《新华日报》发表社论《悼夏丏尊先生》，称夏丏尊为民主文化战线上的一名老战士，"丏尊先生数十年来，努力文化运动和民主运动，曾建树不可磨灭的功绩。抗战军兴，留居上海，坚持孤岛的文化工作，对敌伪进行了艰苦的文化斗争"。他的逝世，"实在是中国文化界的一大损失！中国文化界、中国民主阵营，中国人民为了补偿这一损失，将以自己的更大决心，更大努力，把斗争进行到底"。

《夏丏尊全集》共分十卷，包括：第一卷，教育；第二卷，文艺；第三卷，语文教学；第四卷，教科书（开明国文讲义）；第五卷，教科书（国文百八课）；第六卷，教科书（初中国文教本）；第七卷，翻译（教育）；第八卷，翻译（文艺）；第九卷，翻译（社会）；第十卷，翻译（本生经）、书信、年谱简编。

全书由刘正伟、薛玉琴担任主编，负责总体框架设计、编写体例的确定以及书稿的审定。各分卷主编分别是：第一卷，刘正伟、郑园园；第二卷，刘正伟、龚晓丹；第三卷，刘正伟、王荣辰；第四卷，王荣辰、庄慧琳；第五卷，饶鼎新、夏燕勤；第六卷，郑园园、王林卉；第七卷，薛玉琴、祁小荣；第八卷，樊亚琪、杨璐；第九卷，薛玉琴、顾云卿；第十卷，顾云卿、陈颖。在全集编纂过程中，王文智、王东嫒、程荣、曾繁、朱敏敏、陈才、刘梅林、夏继阳、夏飞、方雷、黄君艳、刘凯琳、武学茹、耿婷等参加了相关部分的文字录入及编校工作。

《夏丏尊全集》的编纂，得到了浙江大学田正平教授、周谷平教授、张涌泉教授、楼含松教授、北京师范大学朱小蔓教授、加州大学伯克利分校叶文心教授等的关心、支持和鼓励。夏丏尊的长孙夏弘宁先生生前不仅为全集编纂提供了许多重要资料和信息，还帮助我们联系寻访人物；浙江上虞的何家炜、葛晓燕为我们提供寻访搜集地方文史资料的相关信息。此外，上海师范大学人文学院程稀博士对本书的编纂也提出过十分有价值的建议，浙江大学教育学院张彬教授认真审读了全书初稿，并提出细致的修改建议，都为本书的编纂增色良多。《夏丏尊全集》的编纂还得到浙江文献集成编纂中心和浙江大学出版社领导的关心和支持，尤其是责任编辑的坚韧的出版品格，严谨的编辑态度，以及努力工作和辛勤付出，在此谨表衷心地谢意。

《夏丏尊全集》自 2005 年底立项,寒暑易往,至今历时十数载。在这期间,我们竭尽所能,遍访海内外各大图书馆、档案馆,利用多种手段搜集文献资料及图片,并在此基础上进行甄别、考辨,分类编辑,但限于能力和水平,搜集或有遗漏,编辑恐有不当,错漏之处,敬请读者批评指正。

刘正伟、薛玉琴

2012 年 11 月 10 日初稿于加州大学伯克利分校

2018 年 7 月 26 日四稿于浙江大学西溪校区

2021 年 6 月修改于浙江大学紫金港校区教育学院

本卷说明

　　本卷收录夏丏尊的教育与社会评论类著述,包括论说、演讲、时评、序跋等。上起 1913 年,下迄 1946 年。所收文章按发表的时间顺序编排。

目　录

1913

黑暗展览会

　　行政公署教育司搜集儿童艺术品,设地展览,甚美事也。然其所发之展览券则不定日期,不示场所,令人持之茫然。尤可怪者,其券后时间有定,限于午前一时至四时,午后十时至十二时者,一为计算,恰在夜间三更至五更之间。以如许光明正大之事,而以黉夜为之,天下断无此理,想必印刷错误所致。然公署之疏忽,实大可哂。闻下月又将裁汰冗员,以现在官数之多尚闹此种笑话,若再裁汰,将如何耶!

（原载《教育周报》第 4 期,1913 年 4 月）

学斋随想录

　　吾人于专门职业以外,当有多方之趣味。军人只知军人之事,商人只知商人之事,彼此谈话至无共通适当之材料,其苦何堪? 为将来之教师者宜注意及之。酱之只有酱气者,必非善酱;肉之只有肉气者,必非善肉;教师之只有教师气者,必非善教师也。

　　福有重至,祸不单行。富者安坐而货入,购物多而自贱。贫者辛苦所得,反为捐税等所夺。优等生受教师之奖励,勤勉益力;劣等受教师之呵责,志气愈消。天下不平之事,孰甚于斯? 耶稣有言曰:有者被赐,无有者并须夺其所有。

　　斯世无限之烦恼,可藉美以求暂时之解脱。见佳景美画,闻幽乐良曲时,有惶忆名利恩怨者否?

　　人之虚伪心竟到处跋扈,普通学生之作文亦竟全篇谎言。尝见某小学学生之西湖游记,大用携酒赋诗等修饰,阅之几欲喷饭。其师以为雅驯,密密加圈。实则现在一般之文学,几无不用白发三千丈的笔法。循此以往,文字将失信用,在现世将彼此误解,于后世将不足征信。矫此颓风者,舍吾辈而谁?

　　此次运动会压亡一孩,校长一言之提倡,慈善金之捐输者竟非常踊跃。慈善为教育之生命,诸未来教育家慈善心之发达,实为吾校之光荣。

呜呼！吾友若将来不用此等热诚于教育，以对诸未死之小孩，则教育难有济也。

真能感人，伪者人不之顾，死者纯然之真。小孩之死，谁谓其伪者？故能使吾人如此。无论何事皆然，而将从事教育指导后辈之吾等，尤不可不知此意。

（原载《浙江省立第一师范学校校友会志》第 1 号，1913 年，署名：丏尊）

1917

蔡、赵二君追悼会演说❶

　　今又不幸而遇追悼之事。余与蔡君相处已三载,而赵君不过数十日。蔡君之病,非一朝一夕之故,赵君之病,想亦非暴者,吾侪会员不可不注意卫生也。至于开会追悼之意,非生者哀痛死者,实生者自哀自痛耳。何则? 西哲有言,死与我不相遇,我在不死;既死非我,则有何苦乐可言者? 是故生者苟无苦痛,可不必追悼。然既有死者,而生者不能无苦痛,此何故耶? 盖社会之组织如细胞,一细胞损坏,影响必及于全体。是即追悼之意也。

　　(原载《浙江省立第一师范学校校友会志》第 11—12 期,1917 年)

---

❶　题目为编者所加。

入学式训辞

今日为新学生诸君入学之期。余忝为诸君之主任教师,对于诸君关系甚切,责任甚重,因之希望于诸君者亦甚大。此后于身心上学业上,誓将竭棉力以扶掖诸君之发达。今当相见之始,敢述所怀。

余今日所欲与诸君言者无他,即入学后之觉悟是也。本年入学试验,国文一科,由余主试。披阅各卷文中,殆无不述有从事教育之决心。出榜之时,余适至门首,闻看榜各生中,有谓"幸已录取,数年希望,至今始达者"。又阅报中,他校录取新生名单,知本校所取各生,大半亦录取于他校。今多弃他校而来此,似诸君已有从事教育之决心矣,然余却不敢遽信。

凡人为事,必有动机。同一行为,而动机或异。如行一慈善,或为冥报,或由不忍,或欲藉此沽名求报。其动机可各各不同。动机深远者,较之动机浅薄者,意义既殊,价值亦异。诸君等八十人,皆入师范学校,表面上似皆一致,然动机之高下,自不能无。诸君中真正以教育事业为目的者,定不乏人。而徒以学资之廉为动机,而茫然入学者,想亦大有人在。苟八十人尽皆如此,则大非国家社会及本校之希望矣。

诸君入校之始,忽受责备,似不能堪,然且听余后言。

凡行事当有趣味。趣味有直接间接两种。师范学校之有官费,实间接趣味也。人于初时,中无成见,或须假力于间接趣味。然间接趣味之设,实欲导人使入于直接趣味。余在本校奉职已十年矣。所见学生不少,颇有初只有间接趣味,而数年后能自发直接趣味者。诸君入学之动机,或不深远,甚望能潜修奋勉,了解从事教育之真义,而立足于此也。

若从此不于生活上创一新纪元,则恐不能终业。即终业后,亦不能为真正之教育者。彼世上一般教师,东西营钻,视职务如传舍,薪金以外,一无目的者,实因从事教育之动机浅薄,而终身为间接趣味之人也。

诸君果能于入学以后,有真正之自觉,则一切问题,自迎刃而解。若于今日起,已有真正之自觉,则谓诸君将来皆真正之教育者,亦无不可。何则?凡人目的在何种生活,则必须有适合于此生活之能力,使与此相应。画家之手与眼,音乐家之耳与指,皆与常人不同。此不独人类为然,即生物界全体亦无不有此现象。诸君既有为真正教育者之觉悟,则对于品性学问,自能以自力的态度,求一种之进步,力有未逮,则教师当然宜加辅助。然苟无真正之觉悟,教师虽如何热心,亦无法可以益诸君也。此后本校将陶铸诸君为教育者,愿诸君先自觉焉。

(原载《浙江省立第一师范学校校友会志》第 13 期,1917 年,署名:夏铸)

1919

教育的背景

　　不论绘画戏剧小说，凡是一种艺术，大概都应当有背景。背景就是将事物的情况，烘托显现出来，叫人不但看见事物，并且在事物以外，受着别种感动刺激的一种周围的景象。事物的好坏，不是单独可以判定的。必须摆入一种背景的当中，方才可以认得他的真相，可以了解他的意义。所以在艺术上，这个背景，狠有重要的位置。

　　中国人一向不大讲究背景。画地是白的，戏剧里面的开门关门，先是用手装一个样子，车子只有两扇旗子，骑马也只有一支马鞭就算了。——近来虽已经加了布景，但是不管戏情，用来用去，总是这几种老样式，也可算不讲究背景的证据了。——至于古来的诗词上，却颇多用背景的。用了背景，就添出许多的情趣。譬如"风萧萧兮易水寒，壮士一去兮不复还"这可算得最悲壮的文字了。但是离开了第一句，便失却他悲壮的意味，因为第一句就是第二句的背景的缘故。其余如"暝色入高楼，有人楼上愁"，"落日照大旗，马鸣风萧萧"等许多好文章，也都可以用这个道理来说明他的好处。

　　从此看来背景差不多可算艺术的生命了。教育从一种意义说，也是一种艺术。——主张这一说的人，近来狠多。就是当初将教育组成为一种科学的海尔把尔脱，也有这个意见。——也应当有背景。没有背景的艺术，不能叫他艺术。没有背景的教育，也不能叫他教育。

　　甚么叫做教育的背景？这个问题，可分几层解释。

　　第一，我们所行的教育，是人的教育，当然应当用人来做背景。人究竟是个甚么？这个原是最古的疑问，到现在还没有十分解决的。原来人有两种方面，一种是动物的方面，就是肉的方面。一种是理性的方面，就是灵的方面。古今东西的哲人，都从这两方面来解释人。因为注重的地方不同，就生出种种的意见来了。西洋史上，显然有这两个潮流。希腊及罗马初期的人，注重肉的方面。基督教徒注重灵的方面，就是他的反动。这两种主张，彼此冲突结果就变了宗教战争。文艺复兴以后到十九世纪，就是主肉主义全盛的时代。近来学者大概主张灵肉一致了。这个灵肉一致，在我们中国，却是已经有过的思想。孔子所谓"从心所欲不逾矩"，就是灵肉一致的状态。

这个人字的解释，将来不知还要如何变迁。现在的理想，大概是灵肉一致了。所以我们看人不可看得太高，也不可看得太低。进化论一派的学者，说人不过为生物的一种，从虫类进化的。这样看人，未免太低。但是用一般所说的人为万物之灵可以支配一切的看法来看人，也未免看得太高。这两种都不是人的真相。人原本是两面兼有的。一面有肉欲的本能，一面还有理性的本能。一面有利己的倾向，一面还有利他的倾向。一方有服从的运命，一面还有自由的要求。这两方面使他调和一致不生冲突，这就是近代人的理想。近代伦理学上主张自我实现，教育上主张调和发达，也无非想满足这个要求。"不管学生将来入何等职业，先使他成功一个人。"卢骚这句话，说在几百年以前，在现在还是真理。现在普通教育中所列的科目，都是养成人的材料。——不是教育之目的物，也不是学问。——地理是从横的方面解释人生的。历史是从直的方面解释人生的。数学是锻炼人的头脑的。理科是说明人的周围及人与自然界之关系的。语言文字是了解人与人的思想的。体操是锻炼人的身体意志的。其他像手工农业等，虽像也有点带着职业的色彩，但是在普通教育中，仍是注重陶冶品性的一面。总之现在普通教育上所列的科目，除了以人为背景以外，完全是毫无意义。若当做教育之目的物看，当做学问看，那就大错了。

我们中国办学已经二十年光景，这个道理，好像大家还没有了解。社会上大概批评学校里的课程无用。有几种父兄，竟要求学校，说："我的子弟只要叫他学些国文算学。体操手工没有甚么用场，不必叫他学的。"普通学校里的学生,也有专欢喜国文的。也有专欢喜数学的。也有专欢喜史地的。遇着洒扫劳动的作业,大家就都不耐烦。这种都是将材料当做目的物看,当做学问看,不当他养成人的方便看的缘故。不但社会学生不晓得这个道理,就是教育者自己不晓得这个道理的也狠多。现在大概的教育者,无非将体操当作体操教,将算术当做算术教,将手工当作手工教罢了。

课程自课程,人自人,这种无背景的教育,就再办几十年也没有甚么效果。所以教育上第一件是要以人为背景。

人是教育第一种的背景了。无论何物,不能离开空间与时间的两大关系,这个空间时间,在人就是境遇和时代了。不论英雄豪杰,都逃不了境遇和时代的支配。印度地处热带,山川动植物,皆极伟大,他的自然界,恍如扑倒人生,所以有佛教思想。中欧气候温和,山川柔媚,所以有自由思想。批评家看见绘画诗文,就是无名的,也能大略辨别他是那代的制作。这都是人不能离开境遇和时代的证据。所以教育上,第二应当以境遇和时代为背景。

从前斯巴达以战争立国,奖励敏捷,教育上至提创盗窃,这虽是已甚的例,足见时代和境遇所要求的知识,才是有用的知识了。现在是何等时代,我们现在是何等境遇,这都是教育家所应当考求的问题。教育家虽然不能促进时代,改良境遇,断不可违背大势,去误人的子弟。已经这个时候了,还要去讲春秋的大义,冕旒的制度,教人读李斯论封建论的文章,出岳飞论始皇论的题目,学少林天台派的拳棒,使学生变成半三不四的人物,学了几年,一切现在的制度,生活上应有的常识,仍旧茫然,这不是现在教育界的罪恶么。八股时代,有一句讥诮读书人的话,说道"八股通世故不通",现在的教育界,能逃了这个讥诮么?

一国有一国的历史,自然不能样样模仿他人,但是一般的趋势,也应该张开眼来看看,一味的保守因袭,便有不合时宜,阻止进步的流弊。旧材料并非不可用,就是用这个材料的态度,很宜注意。原来一切历史上事实,无非人文进化的过程。这个过程,并无可宝贵的价值。若用了这些材料,来说明现在的文化的来历,使人了解所以有新文化的道理,和新文化的价值，自然是应该的事。若食古不化，拘泥了这个过程，这就是于现在生活无关系的用法，这种教育，就是无背景的教育了。时势既到了今，不能再回到古去。历史上虽然也有复活的事实，但所谓复活者，并不是与前次一式一样，毫无变易的；譬如以前衣服，流行大的，后来流行小的，近来又渐渐的流行大的了，近来的大的，与以前的大的，究竟式样不同；以前的大，却不失为现在的大的过程，但若是要想拿来混充新的，这是万不能彀的事。现在教育家，只求博古，不屑通今，所以教育界中，完全是尊古卑今的状态；十几岁的学生，一动著笔，便是古者如何，今则如何，居然也有"江河日下世风不古"的一种遗老的口吻。这虽是他们思想枯窘，聊以塞责的口头禅，也可算是教育不合时势的流毒了。所以要主张以境遇时代为教育的背景。

上面两种背景以外，还有第三种的背景，就是教育者的人格。现在的学校教育，是学店的教育，教育者与被教育者的中间，但有知识的授受，毫无人格上的接触，简直一句话，教育者是卖知识的人，被教育者是买知识的人罢了。机械的大家卖来卖去，试问这种知识，有甚么用处？真正的教育，须完成被教育者的人格，知识不过人格一部分，不是人格的全体。现在学校教育，何尝无管理训练，但是这个管理训练，与教授绝对的无关系。教育者大概平日只负教授的责任，遇着管理训练的时候，便带起一副假面具，与平时绝对成两样的态度了。这种管理训练，除了以记过除名为后盾以外，完全不能发生效力，——愈发生效力，结果愈不好，——因为于人格无关系的缘故。

人格恰如一种魔力，从人格发出来的行动，自然使人受着强大的感化，同是一句话，因说话者人格的不同，效力亦往往不同，这就是有人格的背景与否的分别。空城计只好让诸葛亮摆的，换了别个，便失败了，诸葛亮也只好摆一次的，摆第二次，便不灵了。

"以言教者讼，以身教者从"，教育者必须有相当的人格，被教育者方能心悦诚服。只靠规则，是靠不住的。我说这句话，并不是凡是教育者，必须贤人圣人的意思。理想的人物，本是不可多得的，我并不要求教育者皆有完美之人格，原来学校所行的教育，都不过是一种端绪，一切教科,无非是基本的事项,不是全体,所以教育者于人格方面,也只求能表示基本的端绪斀了。这个人格的基本端绪,比了教科的基本端绪,成就虽难,但是不能说这是无理的要求。

这个三种,是教育的背景,教育离开了这三种,就无意义。试问现在的教育,用甚么做背景? 有没有背景?

(原载《教育潮》第 1 卷第 1、2 期,1919 年 4 月、6 月)

家族制度与都会

近年以来，中国已入世界文明的旋涡；一切制度，习惯，思想，道德，从根本上都有点摇动起来。就中最成问题的就是家族制度。因为中国自国体改变以后，三纲当中已消灭了一纲，现在的制度风俗道德，完全立在家族制度上面；如果家族制度再一摇动，中国的旧文明，旧道德就要全体破产。这种现象，自然是很危险，至于好与不好，却是另外问题；因为这种现象，他自身有坚牢的根据，你就是说它不好，也没法反对的。

对于家族制度的怀疑，虽然是近代思潮的表现；但是尚有外的原因。外的原因是什么？就是都会。中国近来因交通的便利及中央集权，都会渐渐兴盛起来；工商突然进步，农业渐失势力。乡村的穷人，大家趋集都会，来谋他们的生活；在乡村的富者，也大家赶到都会里来寻他们的快乐。都会的人口，逐渐增加，生活自然困难起来。但是都会所有的无非是住宅，工场，商店，戏馆，妓院……，天产物丝毫没有，完全要靠乡村供给的。乡村受了都会的影响，物价也自然腾贵；在乡村的收入，渐渐不够生活，自然也闯入都会里来，谋较充裕的生活。种种原因，使都会人口增加，都会就变成生存竞争的中心点。中国没有精确的统计，各都会的人口，无从晓得；据西洋统计家说，伦敦一市的人口比苏格兰全土要多。中国虽然没有这样已甚的例，但是也可想像都会人口繁多了。

都会生活与家族制度，根本上不能不生冲突。乡村有宗祠，都会没有宗祠，就是证据。本来住在都会里的人，大概只有家庭，没有家族；在都会作客的人，虽然在乡村仍有家族；但是因都会上职业样式的变迁，事实上也不能够维持他在乡村的家族制度。譬如经商的人：照向来的老规矩,一年可以回家一次或二次。这个假期,虽然有限,但是几时回家,除商店繁忙期外,差不多自由的。近来新式的银行,公司渐渐增加,他的组织和旧式商店完全不同,不能在店宿食,不能长期告假,在这种地方营职的人,天然不能不带家眷,在生活所在地营小家庭了。又如做教师的,在旧时私塾里面,先生坐馆的日子,大约每年七个月到八个月,——就叫做经七蒙八——几时放假,几时到馆,完全可以自由。先生家里如若有事,清明假早放几天或移迟几天,都不要紧的。改了学校以后,情形大不相同,每天却有空的时间,要缺课一日,却不大能够;在这学校里奉职的人,也只得"尽室偕行"了。其他各项职业,在现在差不多都有这个倾向,大概可以推想而知。农业本来是与家族制度最相宜的,但是近来因耕种地缺乏及垦辟事业的发达,农民当中,轻弃其乡的却也不少。这种都是事实上的问题,并非几句传袭的古训所能牢笼维系的!

因了上面所说的事实,"聚族而居"的家族制度,已受了致命的损伤。将来交通实业如若再兴盛起来,都会吸收人口的势力,还要增加,家族制度当然不能存在。我们应当趁这个时候,豫先创造别的新组织,来补充这个缺陷;空谈保守,是没有用的。希望做教育者的稍为放大点眼光,将这种实际上的问题注意注意;不要一味的再将那些"命在旦夕"的家族观念,向将来要做都会生活的学生,拼命注入,养成知行矛盾,反背时势的人!

(原载《浙江省立第一师范学校校友会十日刊》第 3 号,1919 年 10 月 30 日)

致校友信[1]

校友诸君：

近来有人主张"少谈些主义，多研究些问题"，我们几个人也以为应该这样。

我们要实行这种办法，在这《十日刊》上，应该再设"共同研究"和"校友服务状况"两栏：共同研究栏由校友提出问题，附述理由，登在本刊，征集意见，意见汇集了，就在本刊发表；校友服务状况栏，由服务的校友将他的经验和心得记载出来，供另外校友的参考。我们以为这样做去，"交换智识"才能实现；不晓得校友诸君以为怎样？

夏丏尊，袁新产，陈望道

（原载《浙江省立第一师范学校校友会十日刊》第 5 号，1919 年 11 月 20 日）

---

[1] 本文为夏丏尊等人对《浙江省立第一师范学校校友会十月刊》所设栏目的说明，题目为编者所加。

一九一九年的回顾

　　一九一九年,到今日为止,就要告终了!这一年的历史,在将来世界史上不知要占什样的位置?这个问题,就是历史家,恐怕一时也不容易下一个简单的猜测。世界史上最可纪念的事件,大概要算"文艺复兴""宗教改革""法国革命"……这几件。这种事件,可以纪念的理由,并不在他事件的本身,是在他所发生出来底各方面的影响;因为事实自身,是有空间与时间底限制的,他的影响,是可以不受时间与空间底限制,可以继续,变形,随处发展的。一九一九年中所经过的事故,在政治,经济,社会,思想,生活各方面,都受着一种空前底刺激,而且这种刺激,无论那一民族,那一国家,直接或间接的多少也都受着一点。这一年在将来的关系,实在不小。有人说,"一九一九年底一年,可以抵从前底一世纪",据我的感想,觉得这句夸大底话,还不能够形容这一年中的经过!

　　我们生在二十世纪,能够和世界上的人,大家经过这多事底一九一九年,究竟还是"躬逢其盛"?还是"我生不辰"?姑且不要管他。我们且用了我们的记忆,于一九一九年将要完了的时候,作一瞥的回顾。

　　这一年的经过,从世界方面说:有大战和议,各国罢工,过激战争,劳动会议,……等等,从中华民国说:有青岛问题,福建问题,西藏问题,抵制日货,学生罢课,商人罢市,白话出版物,国民大会,学生联合会,南北不和不战,教员罢课……等等,从浙江一省说:有议员加薪,学生罢课,提前放假,商人罢市,虎列拉,焚毁日货,国民大会……等等,实在可算得一个"多事之秋"!我也说不得许多,姑且限定范围,从中华民国方面说,——姑且从中华民国的教育方面说:

一九一九年中华民国教育界空前底一桩事，就是"五四运动"。"五四运动"的影响，不但教育界受着，不过是教育界是他的出发点，自然影响受得更大，以前底教育界的空气，何等沈滞！何等黑暗！经过了"五四运动"以后，从前底"因袭""成规"，都受了一种破产的处分，非另寻方法，重立基础不可。虽然还有许多违背时势底教育者，"螳臂当车"底在那里要想仍旧用老规矩，来抵抗这滂薄底怒潮，但是我们总不能承认他是有效底事业。据我所晓得，大概的学校，本学年起，教授上管理上多少都有点改动，不过改动的程度和分量，有点不同罢了。

有人说："五四运动以后底学风，比较以前嚣张，旧法已经破坏，新精神还没有确立，教授上管理上新底效力完全不能收得，反生出从前未有底恶风来，这种现象，难道可以乐观么？"我想现在底教育界，平心讲来，也究竟还没有完全上正当底轨道。不过从本学年起，已经有了一个"动"字，"动"得来好，固然最好没有；"动"得来不好，也不该就抱悲观，因为"动"总比以前底"不动"好得多。天下本来不应该有"完全无缺"底事，逐渐改动，就是渐与"完全无缺"接近底方法，固滞不动，那是没有药医的死症！我对于一九一九年的教育界，所最纪念的，就是一个"动"字！

但是，"动"有"动"的方向，程度，一九一九年的教育界于"动"的方向，程度上面，还有未满人意和我们理想的地方，自然应当想法改"动"，即使没有不满足的地方，也应该想法再"动"，这都是应该从一九二〇年做起的事！所以我既然回顾了一九一九年底教育界，还要掉过头来迎接一九二〇年底教育界！

（原载《浙江省立第一师范学校校友会十日刊》第 9 号，1919 年 12 月 30 日）

1920

浙江一师职教员宣言

——一致挽留经校长的理由

浙江文化运动,以省立第一师范学校为策源地。最近教育厅长夏敬观忽将该校校长经子渊调任省视学,以王锡镛接充校长。王不就,又委省视学全布兼代。该校教职员一致否认,已发出宣言,将来开学时,必有极大波澜发生。其宣言书中,于该校进行精神,言之尤为详尽,亟录于下。

浙江省立第一师范学校职教员宣言云,同人等现在因为维持本校改革精神,巩固吾浙文化基础之缘故,一致挽留本校经校长。除具呈教育厅坚请收回调任成命外,特地把我们底理由,宣言如下。

本校自从成立以后,向来取与时俱进的方针,其间或兴或革,一切措施,都由经校长和职教员等,共同研究,随时改进,总要把事情弄到推行无碍,才觉得大家安心。所以本校十几年来,可以说是时时有改革精神,时时过改革生活的。不过以前的改革,和校外没有什么影响罢了。到了去年秋季开学以前,经校长和职教员等,都觉得时代精神,大大地改变了。本校底组织上、教授上、管理训练上,都应该大大地改革一番,去顺应那世界底潮流。所以开学以后,就有职员专任、学生自治、改授国语,和改组学科制底几种改革事业。除学科制,虽已编订就绪,还没有试办外,其余都已实行。那职员专任,不过组织上的变更,和外界还没有什么影响。说起学生自治和改授国语这两件事情,却因为是教授上管理训练上的变更,在本省各校当中,又是创举,外界不免受一点影响。所以和文化底进行,最有关系的,是这两件事情,最惹外界注目的,也就是这两件事情。其实学生自治,在本省虽属创举,以全国而论,采取这种方法的,却已经不少。其中像北京高等师范学校学生自治会成立的时候,教育当局,并且亲临演说,可见这件事情,是教育革新底趋势,是管理训练上改进底必由的途径,大概外界也决没有根本反对的了。至于改授国语,不但理论上的证明,已无疑义,教育当局,已经认为必需。本校是造就高等小学校国民学校教师的初级师范学校,尤其非改授国语不可。我们可以相信在这个时候,也决没有根本反对的人。那么,外界所以注目本校这两件事情,是什么缘故呢? 据我们猜测起来,一定不是说这两件事情底不该,是说我们做这两件事情的方法,还有点不大妥当。其实这话却不消人家说,我们自己本来很明白的。大凡一种制度,一种方法,决没有绝对没有弊病的,况且这两件事情,都在创始试验的期内,当然有种种缺陷的地方。即如自治底事情,学生虽原有自治底本能,却还没有养成自治底习惯,所以像怀抱里的孩子,初学行走的时候,免不了有跌交底事情。这时候当保姆的,倘然不去扶护他,或者扶护的不周到,这就是保姆的罪状了。我们当职教员的,就和保姆一样,对于学生自治底过去,难免有扶护不周到的地方,这是我们应该承认的一种缺陷。国语底教授,因为是创始的事情,最为难的,就是没有现成的教材可用。但是方针既经决定了,在短期间里面,没有完美的法子,想得出来,所以就草草地由国文教授会议,暂定了一种国文教授法大纲,选辑了一百多篇的国文教材。虽是依纲分列,却仍异说并存,叫学生用批评的眼光,取研究的方法。当时以为近来的新出版物狠多,里边的文字、主张是很庞杂的。与其听学生自由阅看,免不了有盲从的地方,何如把他整理一番,依着问题,归类起来,叫他们经过一番有系统的研究,不至于不明去取,有盲从底弊病。但是外界因为不明白其中的理由和方法,不免非难起来。恰巧本校学生,发表了一篇没有成熟的文字,在现社会制度底下面,是狠骇人听闻的。于是乎外界就以为这就是国语教材偏重思想的结果了。其实大家没有知道学生争看新出版物的狂热,新思想底灌输,非常利害,要遮拦也无从遮拦，要禁止也无从禁止呢。那么，我们这国语教材，竟一点没有毛病吗？仔细研究起来，这种方法和教材，却实在狠有缺陷。因为太偏重内容的思想的方面，于形式的法则的方面，太不顾到了，所以决不能算是完美的法子。以上都是我们自认缺陷的地方，所以过去的一学期当中，一面尽管试行，一面仍旧常常由经校长和职教员等开会讨论，商量那弥补缺陷的方法。到了寒假以前，才决定了假满以后，自治事件，由专任职员轮流负指导底责任。国语问题，在学科制组织法上头，规定教授语法和修辞法，并责成国语科主任，精选教材，规定教授程序。这种豫定的方法，不但可以见的我们自己知道自己底缺陷，随时打算补救，并且可以见得本校底改革精神，是随时表现，随处表现的。但是本校底改革事业，都是由经校长主持，职教员等赞助着进行，而且希望随时改进的。现在教育厅长突然把主持本校改革事业的经校长，调任了省视学，本校底改革精神，就免不了受一番打击。倘然继任的是不赞成改革的，那是不消说了。就是赞成改革，和经校长底改革精神，因为任事久暂，资望浅深，办事上便利不便利底关系，不能没有差别。况且这些改革事业，都在试验还没成功的期内，在经校长方面，把还没有试验成功的事业，交给人家，也好像不负责任似的。所以我们因为维持本校改革精神，达到健全底办法的缘故，要挽留经校长。

文化运动，是人人都负责任的。但是一种文化发生的时候，因为时间空闲上的关系，一定先有少数觉悟略早的人，宣传起来。等到立定了基础，才慢慢地发展到周围的各地去。现在本校底种种改革事业，不但是本校底关系，实在含有宣传文化的作用。经校长和同人等，并不敢自己硬充浙江文化运动上的先觉，但是觉得这种宣传文化的责任，是无从旁贷的，所以才决心试行改革，现在我们底改革事业，还没有试验成功，也没有改进到健全的地步，就是我们浙江宣传文化的基础，还没有立定，怎地能发展到周围各地去呢？那么，经校长是本校改革事业底主动，也就是吾浙文化基础的中心，怎地可以听他中途离校呢？所以我们因为巩固吾浙文化基础的缘故，要挽留经校长。以上把我们挽留经校长的理由说明了。

至于所以要发这宣言的缘故，因为同人等底挽留经校长，并非是个人地位底关系，实在是学校精神底关系。不但是学校精神底关系，而且是文化事业底关系。恐防外界不大明白，不能不声明一番。总括起来，就是以前本校底办法，自认不能没有缺陷。以前的文化运动，也还没有改进到健全地步，所以要经校长复任，来弥补一切。希望达到适应时地符合真理底目的。论到外界底批评，我们不但是不忌讳，而且是狠欢迎的，很感激的。这就是同人真实的态度了。半年以来，外界对于本校底举动，难免有隔膜的地方。现在趁此表白一点，想来大家也是盼望的，特此宣言。

一面又用全体名义，上书教育厅，挽留经校长。原文录下。

窃本校校长经亨颐，日前突奉钧令调任省视学，虽在钧厅知人善任，于彼于此，初无容心。而在职教员等，则以为迹似调移，实夺本校革新之领袖。穷其影响，足挫吾浙文化之萌芽。此举所关，殊非浅鲜。业经公推代表赍函趋叩崇阶，面达挽留公意在案，方谓权衡轻重，烛照烛微，定能俯察群情，立如所请。不意复颁笺牍，未采刍荛，殆缘简短之陈辞，难荷虚明之洞鉴。用敢不辞烦渎，以职教员等所未解者三，以为不可者二，谨为钧厅一一陈之。查经校长自就职本校以来，始执教鞭，继综校务，育才敷教，十有余年，成绩昭然，在人耳目。即近者洞明时势，顺应潮流，更本平日改进之夙怀，以作全省革新之先导，是其热忱教育，望重资深，诚有如明论所褒者。奈嘉许之牍方临，调离之令遽下。一似热忱教育，望重资深，反不足以胜校长之任也者。此职教员等所未解者一也。揆钧厅之意，岂不曰一校之关系綦微。全省之发抒较广，正宜予之大任，展厥长材。究之经校长已为汶上之辞，钧厅难劝隆中之驾，而本校革新之事业，则已因此而阻碍其进行。是全省之远效未收，而一校之近图已坏，更调非计，无待著龟矣。况革新非仅空言改进尤资实验。经校长正新猷之始展，方小试而未成，既无以供谘访之需求，复无以立视察之标准。在钧厅果欲收其经验宏深之助，固宜予以从容展布之机。就令相须甚殷，迫不及待。则本校近在省会，正不妨以校长而兼备垂询，俾得凭实地试验之历程,作随时献替之资料,两全之策,无过于斯。而钧厅计不出此,此职教员等所未解者二也。或者谓本校自试行改革以后,以时机之未熟,致物议之纷滋,屡劳省长之饬查,并辱钧厅之察核,必有衅之可指,遂以调而寓惩。夫孰知无法纯利而绝弊,事必有是而兼非,每值新制之创行,尤必及时而改善。往者本校所已行,为职员之专任,如学生之自治,如国语之改授;所将行而未实行,如学制之改编。本莫不取试办之态度,非无斟酌商量之余地者。故半载以来,苟遇上列诸端,或窒碍而难通,或疵瑕之遇见,经校长因恒与职员等共同研究,期泯毫发之憾,时谋补救之方。是在本校,原有与时俱进之图,在长官宁有不教而诛之理。凡所揣测,固属传讹况谓削其实权,即以示之厚罚,揆诸政体,尤不其然。第当流言方盛之时,竟有明令调离之事,即此会逢其适,遂若语匪无稽。而钧厅君子之心,竟误启小人之度,此职教员等所未能解者三也。况本校革新之计划,正在草创之时,经改制之措施,不过发轫之始效犹莫睹,志亦未完。苟中道而不终,将后图之无望。念百凡之待举,以一调而遂停。在职员等固将靡所适从,在学生等尤大违其愿望,势必有如失舵之舟,绝纲之网,危险莫测,收拾为难者。此职教员等为维持本校改革精神计,而以为不可者一。抑本校改革伊始,诟病纷丛,虽明珠苡薏之分,难逃钧察,而冥海榆枌之笑,亦属恒情。乃当此群疑众谤之秋,而有离校调厅之举,明达之辈,固知暂予以息肩,庸俗之徒,终谓似褒而实贬。将见指为首祸,因而心寒。遂继起之无人,致进行之被阻。此职教员等为发展吾浙文化运动计,而以为不可者二。要之改革精神文化运动,均为钧鉴所称予赞同。职教员等本此旨以为要求,固未尝有悖钧厅促进教育之意。为此再胪齐心同愿之词,藉免含意未伸之咎,必偿始愿而后已,敢需后命之即颁。

但新校长业已接事,并通函学生之家属云:迳启者,奉教育厅转发教育部训令,于学生在校,有违反校规,及逾越轨范之举,应严切责令取消。其不遵训告者,应由校照章严切制止,分别惩儆,并查明倡首抗拒各生,令其退学,以资取缔而重校规等语。并面谕昨岁以来,本校学风,不无荡检逾闲之訾。虽子弟佳者,不乏其人,往往为众所迫,废时旷学。若长此放任,实负贵家长之信托,尤应严切整顿。校长接任伊始,既奉明令,自应遵行,未便姑恤。嗣后一切管训,力求完密。原定三月一日开学,现以部署未定,拟即展缓。业经呈请教育厅长备核在案,用特函告贵家属。即希转嘱贤哲,暂缓来校。并祈将上述要旨,明白诰诫,以后如愿遵守校规,来校求学。万不得有越轨之举,以自绝求学之路,是为至要。一俟开学日期确定后,当再函告,召集到校上课云。

(原载《民国日报》,1920 年 2 月 25 日)

在上虞教育会劝学所
青年团欢迎会的演讲^❶

　　此地多数是青年团团员和教育界中人，我就把青年团和教育家的责任说一说罢。青年团所定团约有三大端，叫做服务互助博爱。青年团所干的事业，简章说，就是替社会服务。教师的事业，也是如是。我做教师多年，常常自问为什么做教师。以前我想做教师，不过为衣食罢了，现在可就想到我们教书的，不应该单为几块钱的薪俸，必得另有一种宗旨作为教育的基础。基础是什么，就是服务社会四个大字。方才经先生话，青年团不过是从学校扩大起来的一种组织，这句话很是不错。讲到做人与社会的关系，我有一种感想，从前单以为做人是社会的一分子这句话是很不明瞭的，须知个人虽是社会一分子，但这种关系之外，还有一种相互的关系。人身上肠胃肺各部，一部有病，别部便生影响。大凡有机体，都有这种关系，牵一发则全个头部动了。社会对于个人的关系，也仿佛如是。我们现在所讲的言语，都是有史之初传下来的。织布要用机器，机器是别人造的，棉花是别人种的。所以无论谁干什么事，都和别人和未来的人有密切关系。橘子来自广东，用轮船装来，轮船又是须多人造的，那么吃橘子的，岂不是和须多人都有关系。人身细胞，时刻变换，社会亦然。社会对于个人着实有好多恩典。山泽人民，自耕自织，终年不来城中的社会关系尚浅，至于住在城市的商就大不相同了。要是一日不开门就大大不行，总之设有一桩事必靠藉社会帮助的。譬如一张桌，木

---

❶ 题目为编者所加。

头是社会供给的,工程是别人替我做的,社会既并有恩于我,我该怎样报
他呢? 没有别的可报,只替社会服务罢了。从前寄到北京的信,要一个
月才可到,现在只要三日就够了,这是社会的功劳。我们吃的穿的,无论那
一种,社会对我们,都是有恩的。假使我们所讲的言语,社会不通用,所
写的文字,社会也不通行,事情岂不便糟。所以我们应该常常想到社会
对于我们有恩,别单作我们是用钱买来,想我们应当感谢社会,我想青年
团的宗旨不过是这点意思罢了。教育事业,无非使社会进化,现在却知
道敷衍面子,须知这是极不应该的。譬如小孩子狼藉饭粒,做娘的教训
他,说雷公公要打的呢。这是极普通的事情,但现在物理发明,便知这句
话,是有点不妥当,要是如今换句话,教训孩子说饭粒是我们同胞汗血种
出来的,应当爱护他,那么这句话,岂不便是牢固了。教育界中人,倘若
专为薪水而讲教育,那其结果,必和教训孩子说雷要打这句话一样,还望
大家注意些儿罢了。对于教育事业,我还要特别再说几句,中国办教育已
二十年,没有效果,究竟什么地方办错呢? 我想因为目的认错罢了。小
儿初初生出,就叫他阿官,"凡事皆下品惟有做官好"尤是很流行的盛语,
这种做官的观念,应该根本铲除才是。为做官而入学校,目的便认错了。
如今一般学生的父兄,似乎渐渐有点觉悟,知道读书的目的是为做人。
从前一般父兄,遇到学生要钱买手工纸,便大不高兴,对于学校里体操图
画各科,也都以为有碍正课,不以为然。这种议论是难怪的,他的目的,
在做官,这种教科却在养成做人。目的不同,自然要反对了。近世人类
进化,对于什么事情,都巧立界说。即本身系极不正当的,必得说的非常
正当,然这也很有益处,因为正当的界说定了,当事的人便不致走入歧
途。譬如日本并吞朝鲜,本来全是为了野心,却要说是维持东亚和平。
男女结婚,在周公以前不过为满足肉欲起见,周公却下一界说,说是为着
立家,便变为正当了。从前算学的目的,不过是为算账,现在的界说,却
是锻练脑筋,图画从前仅作装饰品用,现则并以培养美感。吾以为现在
科学都离不掉一个人字,地理学从横的方面说明人的形态,历史学从直
的方面说明人的形态,算学练人的脑筋,手工练人的手指,作文发表本人
的思想,读书领受别人的思想,理科说明人的与自然界之关系,体操养成

人之协同一致的精神,总之各科的目的,均在养成做人,但实际上能否如此,则又一问题。普通人多说学校出来的人,是不中用的,职业教育因此发生。讲到应用主义我有一种感想,从前科举时代,应试文字必须书以端方楷书,范入格子之内,因此唐碑就大流行。现在科举废了,魏碑便盛行了。所以无论什么事情,均视环境为变迁。目下教育方针究应如何改变,诸君当各有见界,我今日也不再讲了,今所讲的不过供大家参考参考罢。

（原载《上虞教育杂志》第 29 期,1920 年 5 月）

学术上的良心

——阅张东荪君创化论译本有感

　　柏格森的创化论，经东荪君译出以后，我就先睹为快地买了一部，开卷第一句，就看不懂。据东荪君卷头的"译言"，说是根据美国密启斯的译本，更以日人金子桂井的译本做参考的。我的不懂法文，也和东荪君一样；并且东荪君所看得懂的英文，我也不十分懂得；幸而勉强懂得日文，就托人买了金子桂井的译本来；看了日文译本以后，方才晓得东荪君的译文，大大地差误了。现在把东荪君译的第一节，列在下面；日文本的第一节也译了，给他对列起来。

　　生物于其进化之中，虽未臻乎完全，特其有诏示于吾人者曰，明理辨物之智慧，所以生成，自脊骨类动物之最低者，以迄于人种，如一线相延实附丽于行动也，盖生物之心意应乎生存需要之事件乃愈为发达，是所谓智慧者，自其狭义而言，乃专为使其身体应境得宜之用，以审物与物之关系。一言以蔽之，曰辨物是已，斯则本书所论之一端也。间尝思之，人之智慧，唯于静物为切，于固体尤然，缘行动恃静物为基，生事用固体为具，故观念由模楷有形之物而出，推理由非演固体之名而定，是智慧之能事，唯在几何学耳。（以上东荪君译）

　　生物进化的历史，自然没有完全；但是那个"理知"，把经过各种脊椎动物变成人类当中，甚样继续发展的事情，告诉着我们。原来知性的能力，是生物活动力的副作用；不过是生物意识，对于生存的诸条件，的确的、复杂的、巧妙的去顺应罢了。所以狭义的理知，想将吾人的身体，完全适应于周围的境遇，想明白外物间相互的关系——换一句话说，无非欲思考物质的一种作用。

这个实在就是本论文结论之一。原来人间的理知，对于无生物的时候，觉得非常容易；特于处理做吾人活动的地盘、做实生活的器具的固体，格外便当。凡是人类所有的概念，都是以固体为模标而造成的，吾人的论理，大概为固体的论理。所以理知在几何学的世界，占有势力。由此可以晓得论理的思想和无机物，有不浅的因缘，而且可以相信在这个世界，理知无论他与经验如何隔离，只要照着应进行的方向进行，经验反会从后面给我证明，可以安心前进的。（以上重译金子桂井本）

将上面的两方对照，明明大相差异；不但大相差异，东荪君所译的前半段，简直不可解。一部书的第一节就如此，其他也就可想而知了！

听说这部创化论，已经重印了好几版，东荪君所得的盈余，也着实可观了！只是可怜购读者的损失，这种损失，应该谁负责任？奉劝诸公，以后买书，须要留心，借新文化的名义，达营利目的的人多着呢！

译书应负两种责任，对于原著者须负忠实的责任；对于读者须负易了解的责任。实在是比较的神圣事业，像东荪的译法，终觉得太没有学术上的良心了！我向来不欢喜攻讦人家，此次的批评，未免有伤和气，但是也是学术上的良心，迫我如此，没法自解的！

这篇文字，预备投入民国日报觉悟栏，东荪君一定不会不看见的。东荪君见了，生怎样感想，非我所知；但是我总希望他有一种明明白白的答辩。

东荪君！这是我对于你大著上堂堂皇皇的反对，不是"只博得一笑"的问题了！请你也光明正大的答辩，我在时事新报上，等候你的高论罢！

（原载《民国日报·觉悟》，1920 年 7 月 6 日，署名：勉尊）

读存统底《回头看二十二年来的我》

存统这篇文字,我在长沙从民国日报上分了好几天看见了。看见了以后,不觉生了好几种的感想。

近来做文字来忏悔罪恶的人,据我所晓得的,已经不少。我和这些人们,一向都没有交际,不能拿他们平日的行为,来印证他们所发表的文字。他们底文字,虽然也有感动我的地方,但是总不及这次看存统那篇文字的深切。

存统是我前三年日日见面的朋友,他底品性、历史、环境,我大略地都晓得。存统在文中也有说及我的地方——所谓夏先生,就是指我的——把他平日的行为来对照,可以代这篇文字,作一个忠实的保证。

存统这篇文字,把家庭、学校、团体……等等一切制度底衣服,尽情地剥去;一切制度因了这篇文字,已经裸了体,破了产了!至于存统将自己赤裸裸地给人看,还是小事。在现制度内生活着的人们,对于这种破产的宣告,应该生甚样的感想!

我是和存统共过三年学校生活的人。对于一切制度的责任,可以不负——其实也不能不负——教育上的责任,是应该负的。全体教育上的责任,或者可以不负,一部分的责任,是逃不掉的。平心而论,存统在这几年中的行动,的确有不好的地方,但这却不是存统底不好,实在是现制度底不好。教育当然要负一部分的责任,这一部分中,有一部分就是我底罪恶!

我于这三年中,对于存统,自己也不晓得施过了多少"奖励","劝戒"的教育作用。他现在底行动中,差不多可以说有一部分就是我底行动,或是我行动底变形。我原不敢自信在教育上有这样感人的能力,但是对于存统,我在责任上,却敢说这样的话,因为存统在某时期内,的确是一个完全相信我的人。存统相信了我,我不能矫正他底弱点,发展他底优点,不是我底方法错误,就是我底无能。我读了这篇文字,实在有一种说不出的责任感,得了感着自己罪恶的机会。可是我还没有和存统一样的勇气,一一地将罪恶披露出来,在人前来忏悔。这是我不及存统的地方!

我是一个干过十一年教育事业的人,在教育上和我有关系的当然不少。存统发表了这篇文字,使我有反省的机会,我很感谢。但是还有不发表文字的,叫我从哪里晓得我对于他们的罪过呢? 我想到这一层,越发觉得恐怖起来!

(原载《民国日报·觉悟》,1920 年 10 月 27 日,署名:丏尊)

1921

"新时代丛书"编辑缘起

我们起意编辑这个丛书,不外以下的三层意思:——

一、想普及新文化运动我们以为未曾"普及"而先讲"提高",结果只把几个人"提高"罢了,一般人民未必得到益处;我们又相信一个社会里大多数的人民连常识都不曾完备的时候,高深学问常有贵族化的危险,纵有学者产生,常变成了智识阶级的贵族:所以觉得新文化应该先求普及。

二、为有志研究高深些学问的人们供给下手的途径这是和上面说的一层互相关连的。普及两字在别一意义上就是筑根基,各种讲科学讲思想的入门书在现今确是很需要,便是主张"提高"的,这一步也是跨不过。

三、想节省读书界的时间与经济在资本主义的社会里,不但进学校读书的权利不是人人都有,就连看点自修书的时间和经济也不是人人都能有的。这个丛书的又一目的,就是希望能帮助一般读者只费最短的时间和最少的代价,去得较高的常识和各科学的门径。

这就是我们编辑这个丛书的一点意见了;关于编辑方面的办法,下面说明。

一、定名:本丛书定名为新时代丛书。

二、宗旨:本丛书以增进国人普通知识为宗旨。

三、内容:本丛书内容包括文艺、科学、哲学、社会问题,及其他日常生活所不可缺之知识;不限定册数,或编或译,每册约载三万字。

四、编辑:由同人组织"新时代丛书社",社员负责;社外著作,如合本丛书之性质,而愿让与本社出版者,经本社审查后,再议条件。

　　编辑人(以姓字笔划繁简为序)

　　李大钊　李　季　李　达　李汉俊　邵力子　沈玄庐　周作人

　　周佛海　周建人　沈雁冰　夏丏尊　陈望道　陈独秀　戴季陶

　　经亨颐

　　(通信处)上海贝勒路树德里一百零八号转新时代丛书社

　　(发行所)商务印书馆

　　　　　　　　　　　　(原载《民国日报·觉悟》,1921 年 6 月 24 日)

1922

生殖的节制

——欢迎桑格夫人来华

一、绪言

虽说种族保存是人类底本能，但是像中国人底病的种族观，恐怕是世界上绝无仅有的罢！以前做皇帝的，要"则百斯男"，"子孙千亿"，子孙多得像"螽斯"一样，不必说了；现在一般不是皇帝的人们，也大家竞争了用了多妻和早婚的方法，努力地制造后代。不管品质底好不好，只要数目多，就以为对得住祖宗。人口之多，竟至于使德国皇帝发生"黄祸"的惊叹！

在这样空气之中，听见有提倡产儿节制的桑格夫人来，怎能不使人怀着绝大的期待呢？

二、生殖节制的方法

生殖是性欲底归宿，要限制生殖，最自然的方法，当然就是限制性欲；其次，就是人工地避妊了。这二说都是研究人口问题的学者所主张的：前者是马尔萨斯主义中底一部分；后者是新马尔萨斯主义中底一部分。

限制性欲，虽是目的方法，但究竟不是一般男女所能遵行，并且也违背人性。一般文明国间所行的就是人工的避妊法。

人工的避妊法,据学者底的研究,在野蛮人及半开化人间,已是早经施用的。至于把这方法从社会问题上、人种改良上来公然地论议,是马尔萨斯以后的事。近来因了科学与医术的进步,关于避妊,已有安全的无害男女身体的方法了。

三、生殖节制与社会问题

人口问题,在社会问题中占着重要的位置。原来,社会问题底究极,在增进社会上一般人们底幸福。要增进一般人们底幸福,第一就须设法消除贫乏,使人们得着物质的安全。如果人口超过物质所能供给的限度,贫乏就要发生,社会就不能安全了。为自己子孙底幸福计,为社会底安宁计,男女都有顾虑自己产儿数目的必要的。

四、生殖节制与善种

遗传,已是学问上所证明的事实,身体上的疾病如梅毒、结核、酒精中毒,精神上的疾病如疯癫、色情狂,都可害及子孙,更由子孙害及社会。人种改良学中,对于有这种疾病的男女,有主张用国家的权力,禁止其生殖的。男女两方或一方,如果患这样的疾病,应该自认没有做父母的资格,节制生殖——节制到不生殖为止。

生殖子女,目的不但在继续种属,还要使种属向上,就是要使子女比本身优良,不论身体上、精神上。这是做父母的资任,也是进化底根源。如果父母自己在地位能力上,不能完全养育培植多数的子女,就应该节制生殖。与其子女多了不能完全养育培植,宁可减少子女,使少数的子女得受完全的教养。

五、生殖节制和母体

动物之中,生产的困难,恐怕莫过于人类了,而直接受这困难的是母体。分娩,可以说是女性底一时的地狱,自怀妊以至离乳,母体至少要经受几年间的磨折。女性底比男性容易早衰,实由于此。如果生殖过密,母体底损伤,自更甚了。女子为自卫计,男子为人道计,都应该节制生殖。

至于母体底构造上,生产有危险的时候,或母体在健康上,不堪生产的时候,当然更非节制不可的了。

六、生殖节制底反对论

有人说:娠妊是性的行为结果,有这结果,男女性的生活,才不至于放纵。如果提倡避免这自然的结果,人们就将陷为刹那的快乐底奴隶,在正当的配偶间,足以酿成人性的堕落,在非正当的配偶间,且足以酿成不伦的行为。这是应该考虑的。

这种关于风纪上的杞忧,原应很抱同情。但我们底主张,是以性的道德的自觉为立场的。

性的道德的自觉,是我们对于一般人们应有的希望。如果有了性的道德的自觉,当然不至于有性的堕落行为。如果没有性的道德的自觉,那么不讲生殖节制的方法,罪恶将愈大了。现世正当的配偶间,不是时闻有溺女的惨剧吗?非正当的配偶间,不是时闻有杀害私生儿的蛮行吗?此外,两者之间,不是还时闻有人工堕胎的恶事吗?

又有人说:现在还是国家时代,如果提倡节制生殖,国民的负数就要减少,足以减损国力的。

越王勾践底"十年生聚",原以这见解为基本;"黄祸"底成为欧洲各国底惊恐,也由于此。好像此说也有一番考虑之价值,但细察之却又谬误。勾践底所以能沼吴,由于"十年教训",决不是单靠有几十万的乌合之众的。中国人口居世界第一,但除白祸以外,"黄祸"究何会实现呢?足见人民在有力,不在徒多。论者所说,不但不足否定节制生殖,反成了有节制生殖的必要底证明了。

七、结论

我们已略述生殖节制底大概,且把一二的反对论加以解答了。我们相信男女用了性的道德的自觉来节制生殖,是引人类到幸福的途径,不是恶事;是以人智来制御盲目的自然,不能说是对于自然的叛逆行为。而在蠡斯式的谬误的多子主义横行的中国,尤认为对症的良药!

因此,我们谨以诚意欢迎为这运动尽力的桑格夫人来华,伫候夫人底明教!

四·二二·在白马湖

(原载《民国日报·妇女评论》第 38 期,1922 年 4 月 26 日,署名:丏尊)

误用的并存和折中

　　从小读过《中庸》的中国人,有一种传统的思想和习惯,凡遇正反对的东西,都把它并存起来,或折中起来,意味的有无,是不管的。这种怪异的情形,无论何时何地,都可随在发见。

　　已经有警察了,敲更的更夫,依旧在城市存在,地保也仍在各乡镇存在。已经装了电灯了,厅堂中同时还挂着锡制的"满堂红",剧场已用布景,排着布景的桌椅了,演剧的还坐布景的椅子以外的椅子,已经用白话文了,有的学校,同时还教着古文,已经改了阳历了,阴历还在那里被人沿用;已经国体共和了,皇帝还依然住在北京,……这就是所谓并存。

　　如果能"并行而不悖",原也不妨。但上面样的并存,其实都是悖的。中国人在这里,有一个很好的方法,来掩饰其悖,使人看了好像是不悖的。这方法是甚么? 就是"巧立名目"。

　　有了警察以后,地保就改名"乡警"了,行了阳历以后,阴历就名叫"夏正"了。改编新军以后,旧式的防营叫做"警备队"了,明明是一妻一妾,也可以用甚么叫做"两头大"的名目来并存,这种事例,举不胜举,实在滑稽万分。现在的督军制度,不就是以前的驻防吗? 总统不就是从前的皇帝吗? 都不是在那里借了巧立的名目,来与"民国"并存的吗? 以彼例此,我们实在不能不怀疑了!

　　至于折中的现象,也到处都是。医生用一味冷药,必须再用一味热药来防止太冷,发辫剪去了,有许多人还把辫子底根盘留着,以为全体剪去也不好。除少数的都会的妇女外,乡间做母亲的,有许多还用了"太小不好,太大也不好"的态度,替女儿缠成不大不小的中脚。"某人底话是对的,不过太新了","不新不旧"也和"不丰不俭","不亢不卑"……一样,是一般人们底理想!"于自由之中,仍寓限制之意","法无可恕,情有可原",……这是中国式的公文格调!"不可太信,不可太不信",这是中国人底信仰态度!

这折中的办法,是中国人底长技,凡是外来的东西,一到中国人底手里,就都要受一番折中的处分。折中了外来的佛教思想和中国固有的思想,出了许多的"禅儒",几次被他族征服了,却几次都能用折中的方法,把他族和自己的种族弄成一样:这都是历史上中国人底奇迹!

"中西"两个字,触目皆是:有"中西药房",有"中西旅馆",有"中西大菜",有"中西医士",还有中西合璧的家屋,不中不西的曼陀派的仕女画!

讨价一千,还价五百。再不成的时候,就再用七百五十的中数来折中。这不但买卖上如此,到处都可用为公式。甚么"妥协",甚么"调停",都是这折中的别名。中国真不愧为"中"国哩!

在这并存和折中主义跋扈的中国,是难有澈底的改革,长足的进步的希望的。变法几十年了,成效在那里?革命以前与革命以后,除一部分的男子剪去辫发,把一面黄旗换了一面五色旗以外,有甚么大分别?迁就复迁就,调停复调停,新的不成,旧的不去,即使再经过多少的年月,恐怕也不能显著地改易这老大国家底面目罢!

我们不能不诅咒古来"不为已甚"的教训了!我们要劝国民吃一服"极端"的毒药,来振起这祖先传来的宿疾?我们要拜托国内军阀:"你们如果是要作孽的,务须快作;务须作得再厉害一点!你们如果是卑怯的,务须再卑怯一点!"我们要恳求国内底政客:"你们底政治(?),应该极端才好!要制宪吗?索性制宪!要联省自治吗?索性联省自治!要复辟吗?复辟也可以!要卖国吗?爽爽快快地卖国就是了!"我们希望我国军阀中,有拿破仑那样的人,我们希望我国政治家中,有梅特涅那样的人。辛亥式的革命,袁世凯式的帝制,张勋式的复辟,南北式的战争,忽而国民大会,忽而人民制宪,忽而联省自治等类不死不活不痛不痒的方子,愈使中华民国底毛病,陷入慢性。我们对于最近的奉直战争,原希望有一面倒灭的,不料结果仍是一个并存的局面,仍是一个折中的覆辙!

　　社会一般的心理,都认执拗不化的人为痴呆,以模棱两可,不为已甚的人为聪明,中国人实在比一切别国的人来得聪明! 同是圣人,中国底孔子比印度弃国出家的释迦聪明得多;比犹太底为门徒所卖身受磔刑的耶稣也聪明得多哩! 关于现在,国民比聪明的孔子更聪明了!

　　我希望中国有痴呆的人出现! 没有释迦、耶稣等类的大痴呆,也可以;至少像托尔斯泰、易卜生等类的小痴呆是要几个的! 现在把痴呆的易卜生底呆话,来介绍给聪明的同胞们罢!

　　"不完全,则宁无!"

一九二二、五、二九、在白马湖

　　(原载《东方杂志》第 19 卷第 10 号,1922 年 5 月,署名:丐尊)

妇女问题研究会宣言

世界上有妇女问题,是世界人类的耻辱;中国到近年来才发现妇女问题,是中国国民的耻辱。

世界所以有妇女问题,是历来男性不正当的抑压女性的结果;妇女问题的发见,是人类觉悟这抑压的害恶的结果。

在居人类的半数的女性,人格尚不被正确的认识,尚不曾获得充分的自由,不能参于文化的事业以前,人类无论怎样进化,总是不具的人类;文化无论怎样发达,总是偏枯的文化。所以妇女问题,是世界全人类最重大的问题,不仅是一部分的人类的问题。

欧洲从十八世纪之末,妇女问题早已发见了。二百年来,为这问题而奔走尽力的若干人,为这问题而著书立说的若干人,为这问题而禁锢流血的若干人;到了近年,差不多已经走上次第解决的程途上了。这正是人类的胜利,世界的光明!

然而回顾我们的中国是怎么样呢?最大多数的女子,还在那里缠了足,带着残废的肢体;还在那里做娼妓婢妾,把身体作商品卖买;还在那里做家庭的奴隶,做男子的牛马;教育是人生的根本,大多数的女子都被遗弃;经济是生存的基础,大多数的女子都被剥夺。这是何等重大的耻辱呵!

我们觉到要图谋文化的发展,民族的进化,不该把这样重大的问题,付之等闲,所以才有这个会的发起。我们所要研究的,可概括为左列四项:

一、教育方面怎样谋普通教育的普及,和专门及高等教育的开放及增加;怎样扩充现在女子教育的内容,改革现在女子教育的方针?

二、经济方面怎样参加一切的职业,取得正当的报酬;在家庭的女子,怎样维持其经济的独立,保护母性的安全?

三、法律方面在民法上,怎样改革亲族法,使女子有和男子同样的继承权;怎样改革婚姻法,废除纳妾制,度规定妻的完全权利和行为能力,并承认女子有结婚自由和离婚自由? 在刑法上,怎样废除一切对于女性的特别规定,增加男子在性的领域的法律责任? 在公法上,怎样使妇女获得参与国家及地方的政权?

四、道德方面怎样增高妇女在社会上的位置,废除从来所行的二重道德,撤去一切男子对于女子的特别权利?

为求研究的澈底,我们想从事于下列三种事业:

一,为增进知识,研究关于妇女问题的学说。

二,为改革的预备,调查国内外妇女的状况。

三,为发表或宣传,编译关于妇女问题的书籍及发刊会报。

我们学问浅陋,才力微弱,希望赞同我们意见的人们,指导教海,加入本会,共谋进行。

发起人(以姓名笔画为序)

李宗武　沈雁冰　吴觉农　周作人　周建人　胡愈之　胡学志

倪文宙　夏丏尊　张近芬　张梓生　陈德征　章锡琛　黄惟志

程婉珍　杨贤江　蒋凤子

通讯处上海宝山路商务印书馆编译所妇女杂志社章锡琛收转。

(原载《民国日报·妇女评论》第52期,1922年8月2日)

男子对于女子的自由离婚

这两年来,自由离婚的呼声很响,别的不必说,在我知友之中也常有关于这切身问题的商量,并且有的已由商量而进于实行了,无论结合的方式怎样,已经结合了的夫妇,至于非离不可,这其间当然有不能忍耐的苦楚。我们对于知友们底附骨的苦楚,当然同情,但究不能不认离婚是一种悲剧,特别于男子离女子时,在现制度中,觉得是一种沉痛阴郁的悲剧。

我们即抛了现制度不管,单就自然状态说,觉得即不在圆满的婚姻中,婚姻一事,在女子已是有损害的。娠妊、分娩、乳育,那一件不是女子特有的枷锁?"自然"给与女子的枷锁,我们原无法替女子解除净尽,但人为地使女子受枷锁的事,我们如可避免,当然是应该避免的。女子在自然状态中,在现制度中,都是弱者。欺侮惯女子的男子,要牺牲一女子来逞他底所谓"自由",原算不得甚么,不过,人应不应牺牲了他人去主张自己底自由,究是一个疑问。

在某一意义上,旧家庭中底儿子打老子,可以说是好事,因为足以促进家庭的改良;暴兵杀平民,可以说是好争,因为足以彰兵底罪恶。依据了这理由,有人说,男子可自由离弃女子,女子愈苦痛,愈可以促婚姻制度底改善。但这话只有掌握进化大权的"自然",或者配说,人们恐无此僭越权罢!我们立在稀马拉耶山顶上去,甚么都可说得,都可提创得,一到了人间,立在受损害者底地位,就觉得不能无所顾虑了!

夫不爱妻,或积极地与妻诟谇,或消极地把妻冷遇,结果给与生活费若干,离妻别娶,(其中也有一种聪明人,专用冷遇的手段,使妻一方面来提出愿离的)这大概是一般中流以上的男子离弃女子底普通的过程罢。这种离婚底方式,一向就有,现在居然加了"自由"的两个形容字了!据我所知,近来男女订婚时,女子很多要求男子支给学费的。离婚的时候,在现制度中,女子势又不能不要求男子支给生活费。结婚因脱不出买卖,离婚也脱不出买卖,买卖式的离婚,有甚么自由可说呢?

我们自信不至于顽固到反对自由离婚,但却不能承认买卖离婚是自由离婚,尤不敢承认男子牺牲女子去逞他底所谓"自由"是应该的事。我们以为:非到了女子再嫁不被社会鄙笑的时候,后母后父不歧视前夫或前妻之子女的时候,女子不赖男子生活的时候,自由离婚是无法实现的;即使有能实现,也不过是几个有特别境遇的男女们罢了。

我们以自由离婚做了解决夫妻间种种纠葛的目标,努力来创造这新时代罢。不算旧账,忍了苦痛,创造新的环境,使后人不至再受这苦,这是过渡时代人们所应该做的事。

那末,将何以救拯现在夫妇间底苦痛呢?这正难言,但是,夫妇的爱即不存在,只要对于人类还有少许的爱的人们,总不至于有十分惨酷的行为罢!理想原和事实不同,我们底理想虽如此,不能使世间底事实不如彼。不,正唯其世间底事实如彼,所以我们才有如此的理想。我们虽不能立即使事实符合理想,但总期望事实与理想渐相接近。同一买卖式的强迫离婚中,程度固有高低,同一牺牲对手,手段也有凶辣和忠厚的不同。能少使对手者受苦,是我们所祈祷的,能男女大家原谅弱点,把有缺陷的夫妇关系,修补完好,尤是我们所祈祷的。

现世去理想,前途尚很辽远。如果有不顾女子底苦痛,离弃女子的,我们也只认为这是世间底事实,不加深责。但要申明一事;这不是我们所理想的自由离婚。

一九二二·八·二六·灯下 于白马湖滨

(原载《民国日报·妇女评论》第 57 期,1922 年 9 月 6 日)

我们将使我们的学生为怎样的人？

一、我们要使我们的学生为有丰富的常识和趣味的人。我们认中等学校教育是养成常识的教育，不是为学问的教育。所谓常识，就是关于现代文化底大略的知识。没有常识的人，不但不能参与享受现代的文化，并且不能营现代的生活。文化到了现在，已极复杂，所谓常识，也正难言。例如卫生的常识，是人生所必要的。但一检其内容，就有望洋兴叹之慨。生理解剖知识，医药知识，理化知识等等，都是构成这一种常识的重要成分。如果不明白这种知识的大概，所谓卫生常识，不但无用而且还是有害的。又如本国的文明，也是国民所应大略知道的常识，但其内容如何？要懂得历史地理人种上种种的大概，更懂得别国历史地理人种上种种的大概，才能了解本国的文物制度所以如此。这样，一种常识之中含有许多必要的成分，这所含的成分，又不简单，成分之中，还有许多成分。要想将这人类先祖历来累积的精神遗产，大略给与，当然不是小事，也非单是学校的职务；但大部分的责任，是应该学校负的，就是应该我们负的。

趣味，是和知识相关联的东西。于某方面有趣味的人，关于某方面的知识自然比较丰富。翻过来说，也可以说在某方面有了知识，才能在某方面发生趣味。二者互为因果，关系很是密切的。

现在社会上，很多于自己的职业以外别无他种知识和趣味的人。职业不同的彼此见面，竟至缺乏谈话的共通材料，不但人情因此隔阂，生活因此干枯，而自己所从事的职业，也因而无进步。举一例说，经商的只知贩卖物品于国内或国外，而不略懂世界的趋势和重大的事故，营业就难免失败的。

我们要使我们的学生将来立身社会的时候,于自己的职业以外,还有多方面的常识和趣味。如果能够,我们要使我们的学生经商的放下算盘,能读伦理哲学的书,能参与运动会中的竞技,能为他人作音乐的伴奏。作教师的放下书包,能和父老话桑麻,能代人行救急的疗治,能草关于时事或文艺美术的评论。

肉只有肉气息的,不是好肉,酱只有酱气息的,不是好酱,同样人只有单面的生活的,也不是好人。我们的学生,因个性和将来的方向,在学中对于知识趣味的趋向,当然有偏重某方面的事,但我们于承认他们有所偏重以外,还须加以补充。使他们有比较的多方面的知识和趣味,决不愿使他们成单方面的人物。

二、我们要使我们的学生为有广博的同情的人。同情,是把他人的苦痛如实在自己心内反映了而生的感情。我们相信:人类社会一切的隔离,冲突,祸害,都可用同情来救济。世间尽有不能体会他人的苦痛的人,甚至于还有反对地以他人的苦痛为快乐的人。唯其如此,于是世间遂充满著祸患了。小而家庭的勃溪,大而社会的不安,人种间的仇视,那一种不是没有同情的缘故? 孔子的所谓仁,释迦的所谓慈悲,耶稣的所谓博爱,那一种不是以同情为基础的?

凡是有同情的,总能原恕他人。窃盗,在顽固的道德家看来,原是可深恶痛疾的;但窃盗有窃盗的原因,或由于贫穷,或由于无教育,或由于遗传和环境,如果把他的原因一来体察,觉得窃盗虽恶,著实有可以悲悯同情的处所,不能用了浅薄的道德的见解,来一味深恶痛疾的了。原恕他人,是同情的消极的方面。同情还有积极的方面。有同情的不但能原恕世间的罪恶,还能造成功德,排除世间的罪恶。因为同情于现在妇女和劳动者的地位不良,所以要提倡社会改造,因为同情于乡民无知的苦痛,所以要努力于普及教育。提倡改革事业的人,一时虽被认为暴烈分子,被认为洪水猛兽,其实都是富有同情的人呢!

我国国民一向被家族观念所束缚,结果把同情限小了范围,于家族以外,缺乏了相互结合的能力和道德。在我国,除了家族及与家族有密切关系的亲戚,所有的就是所谓"外人"了,在这彼此相"外"的国民中,当然没有社会的团结可言。非大大地把同情的范围扩张不可。

我们要使我们的学生有较广博的同情:能原恕人,能辅人,能和人团结融洽,在家族以外,还有营共同生活的能力和道德。

三、我们要使我们的学生为能自律地不断向上的人。我敢大胆地说,无论怎样品性不足为范的教师,也能对于学生发道德的训诫或命令的。我更敢决定地说,无论怎样傲慢不驯的学生,对于教师所发的训诫或命令,大多数总能勉强敷衍地服从的。教师勉强地教,学生勉强地学。教师用了试验去迫学生用功,学生也就因为要试验才用功。教师防学生晏起而点名,学生也就因为要点名才早起。教师用了记过除名的方法去防学生的放荡,学生也就因为要记过除名才不放荡。学生出校以后,一入社会,教师在学校中勉强替他们染成的色彩,立刻消褪:操行列甲等的,居然也开始嫖赌;向来手不释卷的,居然也把书束之高阁;素喜运动的,居然也渐渐颓惰。原来他们已卒业了!他们的背后,已没有教师了!于是他们在品性上做了堕落者,在知识上做了时代的落伍者了!

这大概可以说是现在教育上的公式之一罢!我们可不愿再以这种浅薄拙劣的手段,替我们的学生著色了!我们的著色法,或许很迂缓,不能一次著成,或许很麻烦,不能一律著成,但一出染坊就褪的色,是不愿再著的!

我们的学生,务须是能自律地不断向上的人。在道德上:我们希望我们的学生于在学期内,不只因了教师有命令的缘故,去行任何的善事,敛任何的恶事!出校以后,不但能持续固有的善良的生活,还能不盲目地被周围所征服,永远能听著自己良心的命令,迈往前进。在知识上:我们不但希望在学期内能圆满通过,尤希望出校以后,能与时俱进,虽到了老耄,也能了解那时青年人们的思想和心情,不做时代的落伍者。

我们的学生,将来在感情上或许依恋我们,但在道德上,知识上,应该是鄙笑我们的人,不应该是永远佩服我们的人!

总之:我们要使我们的学生为有理解,有趣味,有情感,有意力的人,能享乐,能苦斗的人,是能在世上生活而不只是生存在世上的人!

(原载《春晖》第 1 期,1922 年 10 月 31 日)

读书与瞑想(一)

如果说山是宗教的,那末湖可以说是艺术的、神秘的,海可以说是革命的了。

梅戴林克底作品近于湖,易卜生底作品近于海。

湖大概在山间,有一定数目的鳞介,做它底住民,深度性状也不比海底容易不一定。幽邃寂寥,易使人起神秘的妖魔的联想。古来神妖的传说,多与湖有关系:《楚辞》中洞庭底湘君,是比较的古的神话材料。西湖底白蛇,是妇孺皆知的民众传说。此外如巢湖底神姥(刘后村《诗话》:姜白石有《平调满江红》词,自序云:"《满江红》旧词用仄韵,多不协律……予欲以平韵为之,久不能成。因泛巢湖,祝曰:'得一夕风,当以《平调满江红》为神姥寿。'言讫,风与帆俱驶,顷刻而成")、芙蓉湖底赤鲤(《南徐州记》:"子英于芙蓉湖捕得赤鲤,养之一年生两翅。鱼云:'我来迎汝。'子英骑之,即乘风雨腾而上天,每经数载,来归见妻子,鱼复来迎")、小湖底鱼(《水经注》:"谷水出吴小湖,径由卷县故城下。《神异传》曰:'由卷县,秦时长水县也。'始皇时县有童谣曰:'城门当有血,城陷没为湖。'有老妪闻之忧惧,且往窥城门,门侍欲缚之,妪言其故。后门侍杀犬以血涂门。妪又往,见血走去,不敢顾。忽又大水长欲没县,主簿令干入白令。令见干曰:'何忽作鱼?'干又曰:'明府亦作鱼',遂乃沦为谷矣")、白马湖底白马(《水经注》:"白马潭深无底。传云:创湖之始,边塘屡崩,百姓以白马祭之,因以名水。"又,《上虞县志》:"晋县令周鹏举治上虞有声,相传乘入白马湖仙去。")等都是适当的例证。湖以外的地象如山、江、海等,虽也各有关联的传说,但恐没有像湖的传说底来得神秘的妖魔的了,可以说湖是天象中有魔性的东西！

　　将自己底东西，给与别人，还是容易的事，要将不是自己的东西，当作自己底所有来享乐，却是一件大大的难事。"虽他乡之洵美兮，非吾土之可怀"，就是这心情底流露。每游公园名胜等公共地方的时候，每逢借用公共图书的时候，我就起同样的心情，觉得公物虽好，不及私有的能使我完全享乐，心地的窄隘，真真愧杀！这种窄隘的心情，完全是私有财产制度养成的。私有财产制度一面使人能占有所有，一面却使人把所有的范围减小，使拥有万象的人生，变为可怜的穷措大了！

　　熟于办这事的曰老手、曰熟手，杀人犯曰凶手，运动员曰选手，精于棋或医的人曰国手，相助理事者曰帮手，供差遣者曰人手，对于这事负责任的曰经手，处理船务的曰水手……手在人类社会的功用，真不小啊！
　　人类底进化，可以说全然的手底恩赐。一切机械，就是手底延长。动物虽有四足，因为无手的缘故，进步遂不及人类。

　　　　　　　　　（原载《春晖》第 3 期，1922 年 12 月 1 日，署名：丏尊）

对于本校改进的一个提议

在距离都市较远自然界底景象很美丽的白马湖建筑起学校来,住在这样的学校的人们精神方面得到不少的安慰,这是我们最快慰的!但人底生活勿论在精神方面或物质方面,和他所生存的时代的社会状况,直接或间接的有很深切的关系。社会进化到或种程度,有了或种供给,人底需要也随着达到超过某种程度,因为这样,我们所需的供给有大部分还是仰赖于都市,所以,时常感着缺乏,甚至于有少部分的缺乏,除了忍受没有可以救济。我们过去这几个月所感受的快乐中的苦痛,就是从此发生。

即使教育是静的,或完全是受动的,一切经过的困难,只有听彼永永留存,当当为忠。既否认教育是静的或受动的,则图谋环境的改造以解除所遇的困难,那就责无旁贷了。都市里的学校被都市的空气包围着,创造底力量纵使不薄弱,也不容易适意地发展;乡村的空气是清淡的,可以任我们尽量的努力前进,我们更不当坐着为一切困难所扰乱。我们既有可为底机会,勿妨试验一下!

都市里已有的学校底模型移到乡村固然是不适合,本身底缺点也不少!为免去彼等底缺点,发展乡村底特质,我们提出下面的意见来请求讨论。

学校虽不能外社会而孤立地存在,要受社会底力量多少的支配,但学校具有移转社会的能力也是不能否认的。

本校处于幽僻地所,目前很感困难!但由学校而在白马湖创造一个较纯洁、较近于理想的社会,这是我们应该抱的目的,既抱这样的目的,我们底学校最好就从现在组成一个与理想较近的社会的雏形,这种的需要,不独是我们有了特种目的才发生,只要想将学校教育和人底生活接近,就是不可少的。理想的社会应当有几分学校化,理想的学校也应当社会化的。将本校组成一个"具体而微"的社会,就是我们这个提案的根本精神!

全部底改革,自然连学校行政一方面也包括在内,但学校行政所及的范围和学生自己合作所及范围成反比例的,学生自己合作底力量渐渐地强,所及的范围因以渐渐地扩大,学校行政所及的范围相应地就可渐渐地缩小。因有这样的关系,我们这个提案只从学生自己合作底方面说起,关于学校行政底改革,到了这方面建设稳固以后再讨论。

这几年来,学校教育比较地解放,学生自己活动的机会比较多,结果怎样呢?就大部分说,教职员因减少责任——由于放弃——徒增烦恼,学生因减少约束——由于反动——徒事放纵,生出一种危险的状况来。固然这是过渡时代难免的,但不急于设法挽救,前途将陷于悲观了。从前的教育是教职员包办,现在的教育是教职员和学生分离,都没有合作,所以结果全不良好!我们所说的学生自己合作,不是听学生一意孤行地去作,是以学生为本位,教职员和学生一致的。

学生自治会底成绩若何?只是暴露学生底能力薄弱罢了。学生底能力薄弱,鉴于过去各校学生自治会底成绩不良,就以为自治会不能组织,这也未免是一偏之见吧?由过去的事实所应当得到的教训,只是自治会底组织方法应当怎样改良?本校开学未久,自治会还未成立,我们就想利用这个提案的组织法来替代旧有各校的方法。

人底生活应当独立,在人和人底中间只有互助,没有倚赖。为养成这样的习惯,在可能的范围以内,学生自己的生活应由学生自己去处理。这不独使学生增加生活所需的能力,知识和品性从这种环境里面陶冶出来的也比较徒尚形式的良好。学生可能的范围怎样确定呢?我们以为只要在教职员指导的范围以内的事,都是学生可能的。换一句话说,只要有教职员引导去作的事,学生没有不能作的,而且没有不能发生良好效果的。为此我们不主张组织学生自治会,而组织学校自治会。所以保留自治会的名目的原因有二：（一）一切事件是出于公意底自动，（二）这个还有学校行政底若干事务不包含在内。

学生自治会底组织大部分是保存三权鼎立的治度，但结果均不大好，间有采用苏维埃治的，也依不到收美满的结果，我们从经验的教训主张改革如下：

第一 学校自治会以教职员经和学生全体为主，以全体大会为最高机关。会中只设一主席负召集全体大会的责任。全体大会只负联合各部分使精神一贯的责任。

第二 关于主法的职务不设固定的机关。总规约——关于全体的——由委员起草，经总投票决定。起草委员于起草规约或修改规约临时举出，至该项规约决定后的时候解除职务。不关于全体的规约，由有直接关系的人制定，限制使不得和总规约冲突。

集合许多关系不直接的人会商一件事，不是因为没趣味而草率从事，就因为不甚明了内容而失于空疏或严苛，结果到了实行起来都不能运用自如，学生自治会，往往因为全体大会底职权过大，同时全体大会召集又感困难，进行很觉不便，甚而至于有名无实。为免去这种弊端，所以有上二条的主张。大会底职权分在各小组织里，事务既减轻，就无常常召集的必要。偶然召集，大家的兴味比较好，自然不难，各部分自己制定关于范围以内的规约，关于亲切必不肯草率，也不至于隔膜。

第三 司法部分的事，我们觉得在学校里是不必要的，并且是没有办法的。学校是司教育的地方，对于偶于过失的人，只有凭着大家的热忱去感化，一切的惩罚都是无效的，不当用的，记过扣分、体罚都已经被否认了，有少数学校现在采用罚金的方法，不惟于教育原理不可通，也不是自治会所应办的。既没有惩罚，所以司法机关只有虚设，反不如废去的直截痛快。

第四 这里讨论到事务的执行了，自治会底精神和效果全关系于这一部分，组织不良，或互相推诿，或互相干涉都于进行不利。我们主张一切小组织都是平等的，没有从属的关系，若有必要得随时联络。就性质的相近各事务分类如下。

（A）为公众服务的：

（1）消费合作社 消费合作底利益说的人很多用不着辩争了，但本校处于乡村，一切需用物品购买都不大方便更有组织的必要，个人所用的物品若全由学校代管，事务既冗繁，凭着少数人分出精神来做总是不能周到的。必不得已只好由个人自行购买，不惟不能廉价买入，且往返于十几里的地面，时间和金钱都要多消耗不少。为免这种困难，只有组织消费合作社一法比较完善。现在本校各同学虽已组织，但范围较小，还不能充分谋同学的幸福。我们主张在食事由自己管理时，消费协社对于食事上底消耗品就要负购买的责任。

（2）食事管理 本校现在最感困难的就是食的问题。购买食物不方便，工人很不愿意包办，所以每月四元的饭金，在消费的人已觉很贵，在工作的人还没有多大利益，因而食物不良双方同时生烦恼。我们校里虽然没有和别的学校一样闹过饭厅，可是对于重大的吃饭问题总不能大家满意，以现状论，除了自己办理实无良好办法。为卫生计也是自己办理较好。从一般由中国不卫生的社会出来的工人，卫生的食品是不可得的，遇着传染病流行的时候只好把全校人底生命交给几个没有卫生常识、不相信卫生的人，这是何等危险呵！

管理食事底方法比较复杂而困难，在人数较多的团体更甚。我们主张关于食事采用小组织，每组二三十人，各组自行经理。各组若能不赖工人相助最好，不然也只能用一工人，其余由本组人轮作，由学校设法加以相当的指导。购买已由消费合作社负责，所以事务比较地轻减。

（3）图书馆管理 图书馆若要扩充并且完全开放——这是必要的——非增加许多人都同管理不可。帮助的人若由雇佣而来不独经费要发生问题，他们既没有相当的知识也是管理不好的。

（4）运动场 我们因注重体育，对于运动特别看重，因此运动场的管理也非较多的具有相当知识的人负责不可。

（5）卫生事项 我们底学校附近既没有医院，平时的卫生固然比较紧要，病时的看护和急病的施救也不可少。因此应当有相当的人负专责。

（6）校舍底装饰和清洁 这一层，在各学校都是一部属工人一部分属学生，我们为鉴于工人作事的不良不足信任，提议全由学生服务。

（7）发行出版物 现在只出一份半月刊，因为每次要寄出七八百份，封发的时候很忙碌，所以非有人负专责不可。

（8）消防 我们学校若不幸而遇到祝融驾税的时候，呼救的地方是没有的，若我们不组织消防底团体练习娴熟，祸患真不堪设想的。

（9）除了上述八种事件外，还有管理电灯一事，最好也由学生去作，既可节省靡费，也可得到相当的知识和技能。但这件事比较困难，我们希望有人先试试看。

（B）关于各人作业的 只是读书绝不能得到真切的知识，所以工作也是人生必要的事件。不但由工作可以使知识不流于空虚，还可以得到许多乐趣，性情方面也可以得到相当的修养。我们以为学校应当注重学生的工作以补教授上的缺陷。现在就所想到的，规定三种如下：

（1）种菜 这一层不独是为使学生工作，要解决食事问题，也非自己有相当的菜供给不可。学生集合十数人耕种几亩地，则平常菜蔬可以不仰给外人，每人底经济负担可因此减轻。

（2）种花木 美感是人生不可缺的，一片荒凉的地上，只百十间房屋，若不培养花木，趣味必难浓厚，所以这种工作也是必要的。

（3）木工 小小底器具，需用时因就工人底便利往往要迟若干日才能得到，有时还不适用，所以我们主张设立这一部。

各学校底课程向来是有手工一科的，但实际上除了消费时光、材料而外只剩下几件不合实际没有意谓的陈列品。学生底技能怎样？我们可以武断说，除了极少数特别有兴趣的人——这不是学校底好处——大都是等于零。学生对于工作依然贱视，只想成功一个出风头的学者。这样的教育我们是反对的，我们主张把工作视成课程的一部分。

（4）除了上述三种工作以外，各人底作业还有关于各自有趣味的课程的研究，这是不能预定的，只有随时指导了。

对于这些事务学生怎样分担呢？我们以为食事每组自己轮流，关于作业的，每人至少认定一项，其余由学生自行认定，若是某项的人数缺乏,则由职教员酌量劝导,再不足则由公推。

将这许多事加在学生身上对于他们底学业能没有防害吗？这是值得讨论。教育应当以生活为中心,虽然项目较多,都有关于生活的,于学生□□□的时候,教职员加以相当的指导,他们所获得的必较好于呆读几页教科书或讲义呵！

只有时间分配或成问题,我们主张废除星期放假的制度,□□□□十八小时的课,每天分配四小时,学生既□□□课所苦,作业底时间也充裕了。星期放假,只□一种历史上遗□下来制度。既没有宗教上礼拜底仪式,又没□□阎锡山的自省会,实在没有保存的必要。□实说,星期这一天只给学生一个浪费时间因而堕落的机会！同时使他们在星期六和星期一都不能安心求学。若认星期为休息或交际的时间,在教育上都说不过去。废去星期放假制也是我们底一个提案。

这样的办法,学生乐于负担吗？倘使教职员身为领导,我可以保证是不成问题的。当我提出作这提案的时间,有几位同学为作合唱会底曲目而工作,有几同学为经理消费合作社售货而忙碌,他们都是喜形于色没有一点倦容,我更相信从这样的合作里,可以使我们得到更富于趣味和情感的生活,精神底教育必更奏功效！

（原载《春晖》第 3 期,1922 年 12 月 1 日,署名:薰宇、丏尊）

中国文字上所表现的女性底地位

女性在中国，向为一般所贱视，好像不排在"人"的范围以内的。这种被贱视的情形，不但政治上、道德上、法律上、经济上可以看得出，甚至于在日常所用的语言文字中，也随处可以发见。"妇人之见"、"妇人之仁"、"妇孺皆知"……哪一句不是鄙斥女性的熟语？

不但熟语，即单字也是如此。

寒夜无聊，偶从字典来把"女部"的字来一一检查，觉得"女部"所列的字，很足说明中国女性底屈辱。"女部"所收的字，除"女"字外，共一百七十五字（我身边所有的是商务印书馆底新字典），依其性质，可分五类：

（一）表女性底称呼的　全部字数中，属于此类的字共五十三，如下：

妗、姎、妃、妣、妯、妹、姒、妻、好、姊、姐、姆、姑、姥、姨、姪、姬、妾、娃、娌、娘、娣、婆、婕、妇、婢、妓、娟、始、媳、妈、嫂、妪、嫜、嫠、婆、嫱、嫡、婴、婶、孺、孃、奴、松、妮、媛、奶、你、孃、媟、嫱、姻、娅。

此外还有二十一个固有名词，如：

姒、妹、娥、妘、妲、娄、娲、娑、婺、姬、婼、嫘、媖、孀、嬴、妫、姮、嫦、姜、嫄、姞。

以上都是名词，除固有名词外，都是表示称呼的。其中如"妇"字，已是"服于人"的意思；"妾"、"妓"、"娟"等，更是女性专有的屈辱名词。要找一个相对的男性名词，实在找不出来。至于"奴"，原似两性兼用的，可是也竟单以女字来作偏旁了！

（二）表人性底缺点的　这类的字共二十八，如下：

奸、妗、妖、妄、妨、奸、婷、婪、婾、媟、媿、妒、嫉、嫌、嫚、嫪、嬖、嬲、懒、嫖、婟、姹、娭、⿰女卖、娸、媢、婊、媸。

上面所列，都是指人性底缺点的。人性底缺点，原是两性共有，不应专归过于女性；可是从字底构造上看来，竟好像只有女性有缺点，而世间一切的罪恶，都是女性包办似的。这也许是“女性中心说”底一种滑稽的证据罢！

（三）表女性底功用的　全部中可归入此类的只有五字，如下：

妊、姙、娠、娩、⿰女黾。

这五字中，除“妊”和“姙”是同字异体外，共只四字。这四字的意义，相差无几，不外乎是孕育生产的意思。原来女性底任务，就只生殖，就只不过是一部生殖的器械！

（四）表男性所喜欢的女性底美质的　属于此类的字共四十九，如下：

好、妉、姝、妙、妆、妥、姁、姗、姚、姣、姱、妍、姿、娥、媚、姽、娉、娓、婝、娙、娱、娜、娟、要、婉、媌、婥、媖、媞、婧、媺、嫣、嫋、嫩、⿰女雲、妩、娴、嫽、婳、娆、嬉、婵、娇、嫏、嬛、嬥、孌、孅、婷。

以上所列的，似乎都是女性底好称谓，凡颂扬女性的，都要用这类的辞。可是这种称誉，大概出之于男性底口中或笔端。女性底这类性质，正是合乎男性底要求的。女性有了这类的性质，然后可作为男性底玩弄品！女性底所以有这类性质，全由于男性淘汰底结果，实是历代的屈辱底结晶！

（五）表男女间底结合关系的　这类共有共十二字，如下：

妃、媲、婚、娶、媒、妁、姤、媾、嫁、媵、嫔、姘。

上面的字是表男女关系底各形式的。两性关系，原应是两性各有关系，可是其所表示的字，竟都是女旁。两性关系中占重要位置的“媾”，也好像是女性单面负担的任务！

上五项外，未列入的字，还有七字：

始、姓、如、委、嬗、娑、威。

这七字中，“始”字和“姓”字，似乎可以用了说明“女性中心说”的。其余的五字，像个与女性关系不深，也随它去了。

依文字底构造上看来,中国女性底屈辱,不是很明显地表示着吗?

中国底女性啊! 你们甘长受这样的屈辱吗?

一九二二・十二・十四・在白马湖

(原载《民国日报・妇女评论》第 72 期,1922 年 12 月 20 日,署名:丏尊)

1923

中国底实用主义

　　前天,本校数学教师刘心如先生和我说:"有一个学生问我:数学学了有甚么用?"我听了他底话,不觉想起了一件从书上看见过的故事来。几何学底老祖宗欧几利德,曾聚集了许多青年,教授几何;其中有一青年,对于几何学,也发生学了有甚么用的疑问来,去问欧几利德,欧几利德叫人给两个铜币给他;这青年莫名其妙起来。欧几利德和他说:"你不是问'用'吗? 铜币是可'用'的,你拿去用吧!"

　　刘先生在本校所用的数学教科书,是美国布利士底混合数学,美国是以重实用出名的国度,哲学上的实用主义,美国很有几个大家,美国底教育,全重实用,这重实用的布利士底数学教科书,学了还恐没有用,中国人底实用狂,程度现在美国以上了!

　　中国民族底重实利,由来已久。一切学问、宗教、文学、思想、艺术等等都以实用实利为根据。

　　一、学问　中国古来,少有独立的学问:历史,是明君臣大义的;礼是正人心的;乐是易风移俗的;考据、金石之学,是用以解经的;哪一件不是政治或圣人之经底奴隶? 这就是各种学问底用处!

　　二、宗教　中国古来宗教底对象是天,"畏天"、"敬天"等语,时见于古典中。可是中国人对于天的畏敬,全是以吉凶祸福为标准的;以为:天能授福,能降凶,畏天敬天,就是想转凶为吉,避祸得福。这种功利的宗教心,和他民族底绝对归依的宗教心,全异其趣。佛教原是无功利的色彩的,可是一传入中国,也蒙上了一层实利的包皮。民众间的求神,成为求子,或为想免灾。所谓"急来抱佛脚",都是想"抛砖引玉",得较多的报酬的。

三、思想　中国无唯理哲学,《易经》总算是论高远的哲理的,但也并不是为理说理,是以为明了理可以致用的。甚么吉、甚么凶、甚么祸福等类的辞,充满全书中。可见《易经》虽说抽象的哲理,其目的所在,仍是具体的实用,怪不得到现在流为占卜的工具了。到了孔子,这实用主义,越发明白表示了。"未知生,焉知死","子不语,怪力乱神",是何等现世的、实利的!孟子以后,这实利主义,更加露骨。孟子教梁惠王齐宣王行仁义,都是以"利"或富国强兵为钓饵的。

和孔孟相较,老子底思想似乎去实用较远;其实内面仍充满着实利的分子。老子表面上虽主张无为,而其目的却在倡了"无为"去做到"无不为";在某种意义上,实利的欲望实可谓远过于孔孟。观法家思想底出于老子,就可知道老子底精神所在了。

四、文学　"文以载道"的中国,当然少有纯粹的文学。我们试看上古的文学内容怎样,不是大多数是讽政治之隆污、颂君后之功德的吗?一部《诗经》中纯粹的抒情诗有几?偶然有几首人情自然流露如男女恋爱的诗,也被注家加上别的解释了。《诗经》以后的诗,虽实利的分子较少,但往往被人视为小道、视为雕虫小技,除一二所谓"好学者"外,是少有兴味的。戏曲、小说,也都是这样,都做劝善惩恶、或移风易俗底奴隶。无论如何龌龊的戏剧、小说,只要用着甚么"报"字为名,就都可当官演唱,毫无顾忌。做小说戏曲的人,也要用"言之者无罪,闻之者足戒"为标语。因为文人作文,是要有益于世道人心的。无益于世道人心的文字,在中国是不能存在的!

五、艺术　中国虽是古国,可是艺术很不发达,因为艺术是不和实用相调和的。中国历史上的旧建筑物,只有城垒等等,至于普通家屋,到现在还不及世界任何的文明国。佛教传入以后,带了许多的佛教艺术来,造像、塔、寺殿等,虽到中国后,无远大进步,仍不失为中国艺术上的重要部分。中国对于艺术,皆用实利的眼去看,替艺术品穿上一件实利的衣裳。秦汉以来金石上的吉祥语,就都是这心情的表现。再看中国画上的题句罢!画牡丹花的,要题甚么"玉堂富贵",画竹子的要"华封三祝"。水墨龙画是可以避火的,钟馗像是可以避邪的,所以大家都喜欢挂在厅堂里。

中国底实利主义的潮流,发源可谓很远,流域也很广泛,滔滔然几于无空不入。养子是为防老,娶妻是为生子,读书是为做官,行慈善是为了名声……除用"做甚么是为甚么"来做公式外,实在说也说不尽!中国对于事情,非有利不做,而所谓利,又是眼前的、现世的、个人的利。凡事要用利来引诱,才得发生兴趣,所谓"利之所在,人必趋之"。凡事要讲"用",凡事要问"有甚么用",怪不得现在大家流行所谓"利用"的手段了!

中国人经商,向是名闻全球的。其实,中国人是天生的好商人,即不经商的官僚、兵卒、学者、教师,也都含有商人性质的。

这样传统的实利实用思想,如果不除去若干,中国是没有甚么进步可说的!我们生活在地球上,要绝对地不管实用,原是不可能的事,但却不应只作实用实利的奴隶。世界的文明,有许多或是由需要而成的,例如因为要避风雨,就发明了房屋;因为要充饥,就发明了饮食等。但我们究不应说房屋只要能避风雨就够、饮食只要能充饥就够的。中国人底实用实利主义,实足扑杀一切文明底进化。

又,文明之中,有大部分是发明者先无所为,到了后来,却有大用大利的。瓦特用心研究汽力时,何尝想造火车头?居利研究"拉求姆",何尝想造夜光表?化学学者在试验室里把试验管用心观察,发明了种种事情,何尝是为了开工场作富翁?发明电气的,何尝料到可以驶电车?

人类有创造的冲动,种种文明,都可以说是创造冲动的产物。中国人底创造冲动,都被浅薄的实利实用主义压灭了!你看,挚挚于实用实利的中国人,有像瓦特、居利样的文明的创造者发明者吗?旧有的文明有进步吗?火药是中国发明的,在中国不是只做鞭炮吗?罗盘是中国发明的,不是到现在只看风水吗?

惟其以实用实利为标准,结果愈无利可得,无用可言。因为对于一切底要求太低,当然不会发生较高的欲望来。例如中国人娶妻的目的在生子,那么就只要有生殖机关的女子,就不妨作妻了!社会上实际情形,确是如此,你看这要求何等和平客气,真是所谓"所欲不奢"了!

中国人因为几千年抱实利实用主义的缘故,一切都不进化。无纯粹的历史,无纯粹的宗教,无纯粹的艺术,无纯粹的文学,并且竟至于弄到可用的物品都没有了！国民日常所用的物品,有许多都要仰给外人,金钱也流到外人底手里去！

几千年来抱着实利实用主义的中国人啊！你们底"用"在哪里？你们底"利"在哪里？

（原载《春晖》第 5 期,1923 年 1 月 1 日）

读书与瞑想(二)

　　近来时常作梦,有儿时的梦,有遇难的梦,有遇亡人的梦。

　　一般皆认梦为虚幻,其实由某种意义,梦确是人生底一部,并且有时比实生活还要真实。白日的秘密,往往在梦呓中如实发露。在悠忽过日的人们,突然遇着死亡疾病灾祸等人世底实相的时候,也都惊异了说:"这不是梦吗?""好比做了一场梦!"

　　梦是个人行为和社会状况底反光镜。正直者不会有窃物的梦,理想社会的人们,不会有遇盗劫受兵灾的梦。

　　高山不如平地大。平的东西,都有大的函义。或者可以竟说平的就是大的。

　　人生不单因了少数的英雄圣贤而表现,实因了蚩蚩平凡的民众而表现的。啊! 平凡底伟大啊!

　　沙翁戏曲中的男性,几于没有一个完全的人。《阿赛洛》中底阿赛洛,《叙利·西柴》中底西柴等,都是有缺点的英雄;《哈姆列脱》中底哈姆列脱,是空想的神经质的人物,《洛弥阿与叙列叶》中底洛弥阿,是性急的少年。

　　但是,他作品中底女性几乎没有一个不是聪明贤淑、完全无疵的人。《利亚王》中底可莱利亚,《阿赛洛》中底代斯代马那,《威尼斯商人》中底朴尔谢等,都是女性底最高的典型(据拉斯京底《女王底花园》)。

　　沙翁将人世悲哀原因,归诸人性底缺陷,这性格底缺陷,又偏单使男性负担。在沙翁剧中,悲剧是由男性发生,女性则常居于救济者或牺牲者的地位的。

　　教师对于学生所应取的手段,只有教育与教训二种。教育是积极的辅助,教训是消极的防制。这两种作用,普通皆依了教师底口舌而行。要想用了口舌去改造学生,感化学生,原是一件太不自量的事,特别地在教训一方面,效率尤小。可是教师除了这笨拙的口舌,已没有别的具体的工具了。不用说,理想的教师,应当把真心装到口舌中去的。但无论口舌中有否笼着真心,口舌总不过是口舌,这里面有着教师底悲哀。

　　能知道事物底真价的,是画家,文人,诗人。凡是艺术,不以表示了事物底形象,就算满足,还要捕捉潜藏在事物背面或里面的生命。近代艺术底所以渐渐带着象征的倾向,就是为此。

　　生物学者虽知把物分为生物与无生物,其实世间底一切都是活着的。泥土也是活的,水也是活的,灯火也是活的,花瓶也是活的,都有着力,都有着生命。不过这力和生命,在昏于心眼的人,却是无从看见,无从理会。

　　学画兰花只要像个兰花,学画山水只要像个山水,是容易的。可是要他再好,是不容易的了。写字但求写得方正像个字,是容易的,可是要他再好,是不容易的了。做文章要想做得像个文章,是容易的,可是要他再好,是不容易的了。

　　真要字画文章好,非读书及好好地做人不可,不是仅从字画文章上学得好的。那么,有好学问或好人格的人,都可以成书画家文章家了吗?那却不然,因如书画文章在某种意义上是艺术的缘故。

　　　　　　　　(原载《春晖》第 11 期,1923 年 5 月 1 日,署名:丏尊)

日本的一灯园及其建设者西田天香氏

所以我告诉你们：不要为生命忧虑吃甚么喝甚么，为身体忧虑穿甚么。生命不胜于饮食吗？身体不胜于衣裳吗？你们看那天上的飞鸟，也不种，也不收，也不积蓄在仓里，你们的天父尚且养活他；你们不比飞鸟贵重得多么？你们那一个能用思虑使寿数多加一刻呢？何必为衣裳忧虑呢？你想野地里的百合花，怎么长起来？它也不劳苦，也不纺绩，然而我告诉你们：就是所罗门极荣华的时候，他所穿戴的还不如这花一朵呢！

《马太传》第六章二十五之二十九

一 绪言

在现代经济组织之下，要想摆脱了物质的束缚，实现"人"的生活，其所取的途径有二。一是积极的狂叫革命，从外部鼓动民众，使其阶级意识觉醒；二是消极的牺牲自己，从内部感动民众，使其竞争意识消灭。这两者都可认为社会改造的方式，前者是政治的，后者是宗教的。取第一种方式的是壮士，是革命者；取第二种方式的是圣者，是宗教者。

日本社会改造家中，显然有这两派，第一派的革命式的运动，时有大规模的动作，可是究未曾十分收效。至于第二派的宗教式的运动，却常在小范围中，表现着惊人的奇迹了。

在日本现代社会改革家中，我所最神往的人有三：一是建设新村的武者小路实笃氏，一是终身在贫民窟与贫民为伍的贺川丰彦氏，一是这里所想介绍的建设一灯园的西田天香氏。武者小路氏和新村，经周作人先生介绍以后,国中知之者已多,贺川丰彦氏前年曾到上海,访过上海的贫民窟,也曾有人做过介绍他的文章。独有一灯园与西田天香氏,国中各杂志里尚无名字看见,久想为文介绍,可是屡次因事迁延,到这次方才执笔。

　　这三人的著作,都是我所爱读的,我常从著作上去仿佛他们的面影。而对于西田天香氏,于"读其书"以外,还有过别的因缘。那是十六年以前的事:那年我被浙江两级师范学校聘为教育科日文翻译员,所聘的教育教师是早大教授中桐确太郎。这位中桐先生是与日本宗教团体很有关系的,有一天,他送一支小小的布袋给我,叫我带回家去,转赠母亲。母亲死了,这袋至今尚在。袋的里面写着几句话:

　　——这叫做谢罪袋。

　　——将佛的东西认作我的东西,这是罪。请把为谢这罪而归还的金钱,装入此袋,和立在门口的人结真的佛缘。

　　——这"归还"不要认为"减少"。我们原可无忧的被养活,所以弄到非苦闷不能生活着,完全是由于要妄用自力的缘故。

　　——请依了真的佛道如数归还了试试看! 比未归还以前,可得幸福的生活哩。要研究这理由的,请依溯了这袋的来处来问。

　　——漫然施金钱于寺院或慈善,并不是成佛之因。

　　——出心比出金钱更要紧。

　　那时记得中桐先生和我说过他朋友西田某的为人,且说这袋就是从他的宗教团体中来的,他们团体中节衣缩食,做成种种记念用品结缘,这袋就是其中的一种。我那时年方二十二岁,于人生的烦闷,尚未入门,亦只平常视之,认为是一种普通宗教家的劝人的行动而已。过了几年,我年龄大了,又因种种的不幸,引起了人生的烦闷,于是也居然欢喜看起宗教上的书来。偶然有一天,在日本纲岛梁川的《回光录》中看见有一节题目叫做《如是言如是行》的。说:

　　为欲慰藉无衣的人,不得已而粗衣,为世有无钱的人,自己亦甘贫困,为同情于鸟兽的生命,口不食肉,为了失恋的人,远离甘蜜的家庭。我因此遂成了三衣一钵的人了。三衣一钵的人,仍作在家之姿，在家俗尘的我，就是僧侣的生涯。这并不是说一定是信仰的态度，只是不得已而然。

作如是言为如是行者谁？就是道友天华香洞主人，天华香洞主人是谁，世间总会有知道的日子罢。

在我当时幼稚的心情中，这几句话着实引起过些波动，但不知所谓天华香洞主人究竟是谁？前年因事过上海，在日本书肆中购得西田天香氏的《忏悔的生活》读了以后，方才知道天华香洞主人就是他，书中常说及中桐确太郎，方才知道中桐先生与我时常说的西田某，就是他。后来在杂志上随处留心，也常常看见他的文章，去年冬季，又得到他的《托钵行愿》。

《忏悔的生活》和《托钵行愿》都是他的朋友替他由演讲稿编成的。据西田氏自说：他是个连中学校都没有入过的人，原并不一定是文章家，可是这两书的销行数，实在可惊。《忏悔的生活》是大正十年七月出版的，到十一年二月已九十三版了。《托钵行愿》在十一年十二月十五日至二十七日的十二日间，已印销到二十三版，足见他的思想，已风靡日本社会。

西田氏的思想和一灯园的状况，大概可从这二书窥见，（此外他们还有一种月刊的机关杂志出版社，叫做《光》）现在介绍于下。

二　西田天香氏的生平

西田天香，本名西田市太郎，别号天华香洞主人，明治五年生于滋贺县的长滨。父以饮食店为业，有侠名。氏少时以贩卖食具为业，当氏二十岁时，政府奖励人民赴北海道垦殖，凡赴北海道者，得免除兵役。氏为旁人所劝诱，遂起雄心，思以单身飞跃于北海道。县知事某嘉其壮志，临行送他衣裤一袭，绢地额一轴，题其上曰："龙蛇逸处，云无不起，虎豹啸处，风无不生。"再加以二宫尊德的《报德记》一册，嘱读而实行之。氏以满腔的希望，至北海道，在宫知开始垦殖事业。不用说，氏的背后，是立着资本家的。氏欲以二宫尊德在《报德记》所列的"勤勉"，"节约"，"分度","推让"四德为范,努力经营这事业。可是问题来了,二宫尊德的四德中,前三者是可能的,第四的"推让"无论如何,实行总难。氏以一身介乎资本家与工人之间,欲依从资本家的要求,则工人方面就要不平,顾着了工人,则资本家方面又不答应,氏于是觉悟:只做到了"勤勉""节约""分度",事业决不能解决,除了"推让",实无法解除资本家与工人间的葛藤。可惜,这重要的"推让"之德,正是资本家与工人所缺乏的。

氏立于理想与现实的歧途,努力维持其事业,为事正苦。其后,资本家与工人两方面,益趋极端,事业愈棘手,氏虽欲努力维持现状,亦力有不能,氏于是遂大烦闷。一时曾自暴自弃的飘然至札幌纵情酒色,可是氏在红灯绿酒之间,犹不能忘掉资本对劳动的疑问。某夜,方茫然独酌,心中突然起了一个问题,就是"资本的严密的意义如何?"种种研究的结果,对于资本家的疑惑愈甚。当时东京《平民新闻》登载马克斯《资本论》的梗概,氏读了痛切的共鸣。"自己做了资本家去放纵我欲吗? 这究不合于人道。欲立身就不能不牺牲人,欲立人就要牺牲自己。自己要生活的心,损害他人的运命。"这是氏在当时由区别自他而起的良心的呼声。

氏在幼时,曾由父母得着宗教的教育,这幼时的宗教的教育,竟支配着氏的一生。氏当时发愿,以为"自己与其做了资本家而牺牲他人,不如设法解决这经济问题"。二宫尊德的"推让"之德,是氏所欲抵死实行的,然又嫌其不足,因为推让是伦理道德,要用了伦理道德去解决根本的经济问题,究不容易,这问题非拿到宗教的境地不能解决。如果立脚于宗教,那就非澈底的做到"弃恩人无为"的地步不可。如果如此,快乐的家庭将要破灭,自己将立于十字街头,那末妻子如何? 种种这样的烦闷,遂使氏的行动言语,都变其常度。资本家方面对于氏的言动思想,渐怀疑惑,信用即不如前。及见氏的行为含有革命的意味,不利于己,遂共同的谋去氏。氏对于资本家们这样的劣心,虽非常愤怒,终以有所期待,沉默去职。这时年二十六岁。由此以后,专心对于经济问题及一切的社会问题,为实际的研究。一夜对于"利"忽发疑问,埋半元银币于地说:"如果明日会多,那末利是合理的,否则利就是虚伪!"坐待至天明发掘了看,则仍是半元,不增不减。氏之为此,盖有所愤激而然。有一次,氏与别的资本家一淘放债,用了年利三分的利率,放出金钱。不用说,业务上的责任,是全然由氏负担的,可是贪欲无厌的资本家,对于氏所负担的收不起的债款,仍要求支给三分的利息,氏于是遂诅咒利息。"资本是甚么?""价格是甚么?"是氏那时所刻刻不忘的问题。这时神户高商的津村秀松教授正著《国民经济论》,于下价格的定义的时候,说了"要决定价格的定义,非调和需要与供给之道不可,然这要研究人间的心理,再由心理而研究到哲学以至宗教才可以"的结论,就怃然搁笔。氏闻其事,且读其书,大有同感,愈苦思解决之法。氏以为:价格的正体是疑问,价格因人之不肯自己牺牲而起。无牺牲,由于爱的不足,爱的不足,由于自他一体观的破裂,所谓真的我,是和神佛同样风光的,宿于宇宙的本质之中,那就是爱,是慈悲。人间自身的本质如果是爱是慈悲,应该不厌牺牲。真不厌牺牲了,还有甚么资本,价格,利息等类的东西呢。氏虽如此结论,然在现在的状态,无处不受资本的支配,欲全然逃出资本的范围,是除死无策的。氏欲决死脱离资本关系,设法使今后的生活不受资本的支配。及中日战争起,举国震动不安,氏为所刺激,愈觉现生活之非,求解脱益切。适有友人以托尔斯泰的《我的宗教》赠氏,氏读至托翁的结论"要生只有死!"非常感动,平日所蓄的思解放经济上束缚的心情,更益热烈。曾在京都叫做西村屋的客馆中寂处绝食二日夜,为将来的新生活而祈祷。"死就是生,十字架就是将来复活的曙光,涅槃就是光明的寂土。自己对于一切的跪伏牺牲,这就是真正的生,就是脱却小我而扩充为大我的事。"这是他当时的信仰。

三 新生活中的西田天香氏

氏的新生活,由《报德记》研究时代受胎,经过长年月的孕育,渐已成熟。决意舍去家庭,为十字街头之人了。时氏的本家,因人欠欠人,周转不灵,营业失败,亲族电召氏归,氏以乞丐装束归见亲族,主张倾家偿还欠人的债,至于人欠的债,则听其自然,氏向以处理经济有名于亲族间,及闻其主张,无不大怪,目为风狂。氏知不见容,拂袖径去。徘徊无所

适,乃至附近破庵爱染堂静坐,不饮不食,端坐三日夜,闻近处儿啼声,恍然有悟。氏在《转机》一文中自述那时的光景说:

> 天明了,这时偶然听得小儿的啼声,不觉感到,以为我如果也能像小儿的啼就好了。小儿现在正啼着,他的母亲,乳房必定也膨胀了罢,母亲为事务所羁,抱了膨胀的乳房,也正难忍着罢。如果小儿不啼而饿死了,母亲怀了过剩的乳汁,将怎样的苦痛呵!

> 不用说,母亲是要小儿啼的。饮乳不是生存竞争,不是争斗,不是牺牲他人,做母亲的因了被饮也生欢喜。小儿生前无乳,到他出生以后才有乳的。他并不为这乳汁劳力。母亲亦然,自然的恩惠,使母子俱得救援。和这小孩的有乳一样,甚么地方也许有为我预备着饭,并且在那里等候着我罢。不用说,我不想无理的勉强生存,是要被许可而生存的。那末我将怎样啼才好呢? 还是仍旧郁居在这里呢?

> 这时又看见向日葵,向日葵随了太阳把头倾转,好! 我也就将身体搬到有食物的地方去就是了。只如实的把饥饿示人,不好算是生存竞争。

氏以此决心,出了爱染堂,这真是奇迹! 行不多时,即见路上狼藉着一缕的白米,氏想:"如果不拾取,这米就将为车轮碾入泥里,变成泥土了。拾了也不妨罢,这正是无条件的给与我的罢。"拾了恰得一握,欢欢喜喜的走到一家门口,有女婢正汲着水,向伊借了火,煮成薄粥三碗,氏为答谢借火的缘故,替女婢把便所扫除了,仍回到爱染堂静坐。次晨复出,行经一旧识商肆,女主人为一寡妇,知氏未食,延氏早餐,氏回答说:"我不再受普通的食物了。凡是吃了要减少的东西我都不食。如果我食了,你要从别处拿来补满这不足的东西,我不愿受。食了如果对谁都无妨碍,那末就食,如果我食了能使你欢喜,那末就食。……"氏的态度,大大的感动了女主人,结果几乎拜求其食,氏至厨下,取女婢洗落的残滓食了。便替他们洗濯食具扫除庭园及便所。这家是比较的大屋,可做的工作正多。氏劳动至夜,和徒弟工役们一处宿睡,主人延氏入上室,氏总谦谢。这样过了三日,月末到了。月末日商家比平日多事,这家在这晚适有面吃,氏虽固辞,女主人总强使氏食,氏举箸后,见碗底还藏着两个鸡蛋,感激大惊:"他们竟这样的望我活吗! 以前生活在战争涡中,那时劳了心要想害人活己,常至日夜不休。比较起来,现在的生活,怎样的该感谢啊!"氏一想到此,不觉感恩流泪。这夜女主人极诚恳的延氏到上室里,感谢了说:"这三四天来,因了你的态度,一家中上自母亲下至店伙婢仆,心都一变,平常骄惰的,现在也都拼命的工作了。我家有债,父亲及丈夫都亡过,我常怕家要支撑不住,像现在这样过去,就不必担心了。这大概是死过了的父亲和丈夫依附在你身上来保护这家了罢,我以为一定是的。我二十年来,也曾听过说教,永没有像这样的感动过。我家必可恢复了! 多谢多谢!"

氏听了女主人的谢辞,觉到这解决自己的生活,竟如此可以扶助他人,愈信自己主张的生活的有意义。"好! 沿门托钵罢! 如果我的这样的托钵,有扶直倒溃的人心的能力,那是最愿意没有的。不论到几家,几十家都可以,像小儿样的啼着去托钵罢!"氏以此为第一步,登他新生活的旅程了。自此以后,氏或扫除街道,或代人肩运行李,或挑清市上的垃圾桶,凡有可以代人驱使之事,不论净秽大小,无不乐于从事,事毕以后,则受人供养。尝说:"早知食物如此丰富,惜没有多带几个空肚皮。"因为走不到几家,腹就饱满,因欲多结因缘,往往每家只食一箸就走了。氏的新生活,从三十二岁的时候开始,至今二十二年如一日。今节录其初期的日记中的一节如下:

我目下所取的唯一的方法是托钵,托钵就是乞食,一想到释迦弃王位而乞食于路傍,觉得真的生活,就在乎弃却一切而乞食的境界之中了。人皆嘲笑乞食,原来世界的乞食,是怠惰不劳动的,这当列在论外。真正的乞食,应该是博爱大慈大悲的乞食。乞食有三意。第一,是甘心居于人间最下等的生活。第二,为自己而劳作者尚且有食,岂有为社会劳了而无食之理? 不过因为世乏具眼者,所以乞食罢了。教中以乞食为己尽食的方便,不是无故的。第三,乞食的事,本身已足催起人的悲心,可又别为一种的方便,所以殊胜。乞食万一遭人嘲笑,不必为耻,因为现在的身是色身,色身原可弃,不过乞了食借这体以活自己而已。我之所务,只有济度众生。人只知嘲笑乞食,毫不知度生,其实这最是有德的劳役,也是天给与乞食的我的使命。我决心以乞食为第一着手,不同缘的远近,决合掌拜跪去乞洗锅的残粒。

氏的新生活,是零的生活。特色在无所有,唯其无所有,所以无所不有。不为自己勉强维持其生命,一任之于所谓"光"。(他的所谓光,是和神,佛,上帝,自然等同样意味的)被许可,就活着,有益于人,就活着,根本的无自己有财产的必要。氏好几次被警察方面目为注意人物,有一次警察部探着氏乞食的所在,一高级警官打电话给他,说要去访他,问他情形。氏却答应亲到警官那里去受询问。《福田》一文中,曾记载着这问答的谈话,读了可以了解氏的生活的根柢所在:

"劳驾了!"

"劳你久等,抱歉!"

"我原想到你那里去,现在能一壁做事,一壁谈话,真感谢极了!"

"请你只管赐教!"

"听说你为许多人们劳苦着,究竟是怎样的行着的?"

"尊问太漠然,不知怎样回答你才好。还是请你问我甚么事是怎样行着。"

"那末,就把觉得奇怪的事来问你:听说你主张不需金钱,真的吗?如果真的,好像是太怪异的说法了。"

"是的,我在论这问题的时候,对因了认金钱为不可少而无路可走的人们,常这样说:只要处置得好,金钱原并不是不好的东西,但是却不是非有不可的东西。像我现在的生活,就是不要金钱的。这说法便于清理对于金钱的执着。"

"原来如此,但是不要金钱,听去总觉太极端。"

"但是,这个生活,应该是无需金钱的。"

"但是,你偶然坐火车,不要金钱吗?"

"这好像太辨理了,我其实可以说没有偶然坐火车的事。"

"你不是时常旅行的吗?"

"那都是人家拉了我去的。因为我入新生活以后,已没有自己的事,只有别人的事了。"

"原来如此,但是你如果去做了任何的一种职业,一方面帮助人家,不好吗?"

"方才你电话来的时候,我说立刻就来,你不说这很好吗?"

"是的。"

"如果我有着甚么职业,就不能这样很快的跑来了。"

"这是不错的。……"

"并且略有要务,就不能替人家作事了。"时已正午,警官留氏午食。

"我就告辞了罢。"

"还有许多要问你的事情,并且今天是特地叫了你来的哩! 不要客气!"

"你以前的话中,似乎含着'这样专食人家的东西,是可以的吗?'的疑问哩!"

"确也有这疑问。"

"现在你强留我午食,有甚么不自然的地方吗?"

"咿呀,毫没有一点的不自然。因为你是为我来到这里的。"

"十年来专吃人家东西的我,现在无论到那地方,也都像你今天留我午餐的样子强着我吃的。不但食如此,衣住也是这样。"

"原来如此,知道了。这很明白呢。请用午食罢!"

自《维摩经》的《香积佛》品,耶稣的《山上垂训》及《马太传》第六章二十五之二十九节所说以至老子的所谓无为,凡是古来圣人所说的难信之法,在某意味上,竟由氏多年实证。"人生如代数学,以零除一切数,一切都成无穷大",这是氏自己对于生活的证明。

四 一灯园

氏原是十字街头之人,后以追从者众,于大正二年建设一灯园于西京鹿夕谷。现在普通称氏一派的生活为一灯园生活。一灯园遂成一有力的教团。

大战以来，一灯园生活愈引起社会注意。信仰者亦愈多。一灯园并非氏所建设，全由各方的寄附（所谓净财）而成，无论何人，得以无条件入此团体。园员多少无定，只要遵守园的清规就够了。

园的清规，略如寺院所为，也很简单。未明即起，扫除室内毕，一同静坐，随了值日者读经。朝餐（菜食）后，各自到被嘱托处托钵，或制造面包，或教育儿童，或替人写帐，或看护病人，或替人商量办理杂事，或帮助农民耕作，至晚各归到这一灯园的道场来。据氏在《如地下水》一文中所述，居其中者常百余人（普通只好住三十人）。其中实业家与宗教家居十分之三，教育家居百分之二十五，其余是艺术家及青年男女学生。园中组织，犹如家庭，亦有全家入园的。一灯园本部以外，各处皆有支部。东京亦有几十人的团体。

一灯园生活的风光，据氏自说，是"言语道断"的，不能用言说表明，非实地证行不可。今就氏的讲演录中抄摘数节有关于一灯园生活性质的文句：

> 一灯园生活，不是翻译，全是新的创试，并不有所依据，也不是和人家商量了成功的。虽然如此，可是也不能自己断定怎么做，完全被"光"所引导了去做，才是真的。（《鹿夕谷夜话》）

> 一灯园里用不着雄辩，也绝对的不取教人的态度，不是贤者的地位，乃是自认为愚者而被教的。这点上有着一灯园的特别的使命，"学贫学愚的道场"，这是一灯园的适当的形容。（同上）

> 如果有人问一灯园的生活怎样？最安全的答语就是"请你试试看！"（同上）

> 一灯园的建筑，不过是园生活的门，十字街头才是真正的道场。（《真实的弃恩》）

> 一灯园生活的清规，第一是觉到自己的不是，这里面可复分两层，一是自认自己的一切罪恶及缺点，二是感到他人一切的罪恶苦痛，都就是我的不是。这二者中后者比前者更重要。（《由此岸到彼岸》）

还有一个清规是甘居下座，不居人上。事情也愿做卑下的事情，因为人们都好高恶下，所以要喜欢做卑下的事。这和生存竞争全然反向，所以安稳。我们常请求了去替人家扫除便所，也是因为世人以扫除便所为卑下的缘故。其实，一灯园的生活，并不是限在扫除便所的。如果许可，无论怎样高上的事务，也能做得。但由此出发，确不危险。以下座为了基础，无论甚么高上事务也能承受不致摇动，这是的确的。（同上）

再其次就是无所有，释迦、基督都曾明明白白的把这实行过了。如果不到这境地，关于经济是不能澈底解决的。（同上）

思想常有来往，主义时时变迁，我们的生活，是由零涌出，有着不变性的，是超越是非——可以说是大自然的。（《和一灯园生活接触过的二女性》）

一灯园不开一宗，又不偏于一宗。是欲参这归一的大愿，而努力作相应的劳役的。如果求类例于先代，西洋十二世纪时意大利的圣勿兰西斯（Francis），我国的圣德太子，亲鸾上人等所取之道，和我们的立脚地很相似——这是极不逊的比拟，为便于说明，故暂引用，乞原恕！（《劳动即祈祷祈祷即劳动》）

一灯之光，就了上面所列的几节，已可窥得一斑了吧。这一灯之光，现正在日本发挥奇彩。凡与这光相触者，往往就有改变人生态度，在西田氏的讲演录中，很多的列举着感化青年男女（特别的是纨绔子女）的事实，惜这里未遑一一转述。

五 宣光社及天华香洞

一灯园有连带的二机关，一是宣光社，二是天华香洞。天华香洞是他们宴坐之地，宣光社则是他们寄贮财物宣传精神的机关。一灯园是无所有的，宣光社却有着财物。氏自谓这三机关三位一体，有无不二，缺一不可的，称为"规范的三相"。

不论一家庭或一个个人，到勘破现实了奔入这新生涯来，都有着这三相。

受不住生死及有无的迷惑束缚，入不二门（新生活）的时候，先决了死去受"光"的照护，这叫做归到天华香洞，那就是脱离生死，复活于永远，在有无不二的妙相中安住的事。其状态超绝言语，并且，这不单是像所谓精神的抽象的光景，是惺惺不昧露堂堂的。现身于忏悔奉仕的时候，就呈现一灯园的清规。这是"不肯受之"的行相，虽全家入园，亦各各对"光"为无相之奉仕，是无所有的态度。服务于资生产业之处虽作资生产业的职务，自己原无所有，但以前或尚有所持的种种财物，小至一件不用的衣服，大至国家，凡是"有"的东西，也要设正当的处置之法。在这点上，宣光社的一种规范是必要的。这不是所有欲，是假所有的态度。我们被"光"养活，原不需甚么，但将这"有"的东西，寄托在"光"的名义之下。如何？纷扰的劳动问题，如果能用假所有的态度来处置，就可以立刻解决的。

这三者不备，不能建立世界。觉得世上一切困难问题，到这三个态度详备了以后，就会有解决的端绪的。（《圣德太子与不二之光》）

一灯园是完全的无所有，是可以无所有的。但是，如果有财物时，将如何处置呢？关于此，一切处置整理别由宣光社的组织行之。倘说这是我们的特色，原也可以说是特色，但一面又却因此遭种种的误解和障碍，因为世间不肯承认我们的二重人格，虽说一灯园是无所有，宣光社是假所有，世人很有怪而不信用我们的。不过，宣光社也不愿就此弃却。目下正由许多人作种种的研究，我自己近来也多半为这方面奔走，将来总有用了明白的具体的形式发表的日子罢。（《由此岸到彼岸》）

十余年来决了死如实步行的是现在的新生活，虽立脚于无所有，然对于有的世界及所有的问题，也未尝不顾到。不，我觉得非经过了一番无所有的洗炼，是不得澈底的整理所有的。经过了无所有的洗炼而整理所有，这是宣光社的职分。（《关于经济问题的一考察》）

　　宣光社对一灯园的关系,大约如此,氏在这三机关中,称名不同,于一灯园则称西田天香,于宣光社则用西田市太郎。于天华香洞则用乞子诘。

　　宣光社于寄托财物以外,又受了信托,代人经营着好几处生产事业。外观上颇与普通商卖行为相同,据氏自说,非具眼者是不能看出特色来的。

六　光明祈愿

　　"光明祈愿"是一灯园教团暂定的生活纲要,据氏在《忏悔的生活》序文自说,是中桐确太郎所作制的。现在译录于下:

　　　　一、因不二之光明而新生,被许可而活。

　　　　我等应先由不二之光明复活新生,委之于神被养于佛,过无障之生活。

　　　　二、礼拜诸宗之真髓,参归一之大愿。

　　　　既礼拜古今内外诸宗之真髓,则归一之大愿应如下。

　　　　通愿　皆俱成就大圆觉。

　　　　别愿　将来世界真和平。

　　　　不别立一宗,不单偏一派。仰诵古今圣者的光,期成就其所遗之事业。

　　　　三、为忏悔而奉仕,为报恩而行乞。

　　　　世间一切罪恶苦患,何人得免其责? 愿常持忏悔之心奉仕于十字街头,用菩提心行乞,以期成就法界之本愿。

　　　　四、随法尔之清规以成世谛。

　　　　以天真法尔之戒相为法,行六度之行愿。就治生产业而行真道,实证酿成永久真正平和之生活法,以期成就在家俗谛。

　　　　五、归于天华香洞,逍遥于无相之乐园。

　　　　达观之则斯世实是寂光净土,妙乐天园。由此见地而观,文明之隆兴,进化之事象,乃至清规戒行,不过一游戏三味而已。所恨个中消息,本非言辞所能仿佛,暂名此实相为天华香洞,天华香洞之门,假名为一灯园。是为向道而未能自立乃至老病幼者而设之一化城。成立由于喜舍之净财,在园因其清规而许可。

立于天华香洞而从事于整理经营被信托之财物事业者,假名之曰宣光社。宣光社之目的在根绝世间之执迷纷争葛藤,以期齐家治国平天下。天华香洞一灯园与宣光社三位而一体,通之则无不二。

七　附言

以上已概略的把一灯园的轮廓述说了。内容除根据《忏悔的生活》及《托钵行愿》外,还参考过宫崎安右卫门氏的《十字街头的托钵》(见大正八年《解放》四月号)。宫崎氏是西田氏的朋友,他一生不曾关闭过自己的门,也是一个圣者样的人物,他这篇文字,是在本国介绍一灯园生活的。本稿中关于西田氏的入新生活前的传记事实,多取材于他。《忏悔的生活》和《托钵行愿》虽是比较新出的书,但都由讲演录编成,至近也是一二年前的东西,不是一灯园的现况了。他们的现状,当必不止于斯的,又以上所说述的,都是比较的,都是关于经济方面的,其实,一灯园在男女观,艺术观等,都也有着卓别不同的见解。惜这里不及一一叙述。只好等将来的机会了。

世界正沸腾着人间苦的合唱,我国又特别的自扰得几乎不留干净土。在这时机中,介绍这圣贤的团体到国中来,也不是无意味的事罢。我很以有这介绍的缘为幸。

一九二三年九月记于白马湖,时距日本大地震仅四日。

(原载《东方杂志》第 20 卷第 20 号,1923 年 10 月,署名:丏尊)

春晖底使命

啊！春晖啊！今日又是你底诞辰了！你堕地不过一年零几个月，若照人底成长比拟起来，正是才能匍匐学步的时期，你现在正跨着你底第一步，此后行万里路，都由这第一步起始，你第一步底走相，只要不是厌嫉你的人们，都说还不错，但是第一步总究是第一步，怯弱底难免，即在爱你的人，也是不能讳言的。

怯弱倒不要紧，方向却错不得！你须知道！你有你从生带来的使命！你底能否履行你底使命，就是你底运命决定底所在。你底运命，要你自己创造！

你底使命，是你随生带来的，自己总应明瞭，我们为催促你和为你向大众布告起见，特于今日大声呼说，一面也当作对于你的祝福，但愿你将来是这样：

你是生在乡间的，乡村运动，不是你本地风光的责任吗？别的且不讲，你可晓得你附近有多少不识字的乡民？你须省下别的用途，设法经营国民小学、半日学校等的机关，至少先使闻得你钟声的地方，没有一个不识字的人，才是真的。至于你现在着手的农民夜校，比起来那只可说是你的小玩意儿，算不得甚么的。

你是一个私立的，不比官立的凡事多窒碍。当现在首都及别省官立学校穷得关门，本省官立中等学校有的为了争竞位置风潮叠起、丑秽得不可向迩的时候，竖了真正的旗帜，振起纯正的教育，不是你所应该做的事吗？

你生也晚，正当学制改革之时。在新制之下，单纯的初级中学，办理上很是困难的,你现在第一步虽只办初级中学,但总须设法加办高级中学,酌量地方情形,加设文科理科及农科师范科等类的职业科。这条血路,你不应该拼了命杀出的吗?

你已男女同学了,这是本省中等学校男女同学底第一声,也是你冒了社会的忌讳敢行的一件好事。你应如何好好地保持这纤弱的萌芽,使他发达? 又,现在女子教育,事实上比男子教育待改良研究的地方更多。你在开始的时候,应如何改变方向,求于女子教育有所贡献?

你生地在山重水复的白马湖,你底环境,每引起人们底羡慕。但这种幽寂的环境,一不小心,就是影响你底精神,使你一方面有清洁幽美的长处,一方面染蒙滞昏懒的坏习的! 你不应该常自顾着,使没有这种毛病的吗?

你无门无墙,组织是同志集合的。你要做的事情既那样多而且难,同志集合,实是最要紧的条件,你不应该从此多方接引同志,使你底同志结合在质上更纯粹,在量上更丰富吗? 于现有少数的校董教员以外,再组织维持员等类的事,你不应该开了"无门的门",尽力地做吗?

你底财产,原不能算多,但也算不得没有。这不多不少的财产,也许反容易使你进退维谷。但你须知道,真正的教育事业,根本是靠你同志们底辛苦艰难的牺牲的精神,光靠你底财产,是没有甚么用的。世间没有一个钱的基金,以精神的结合遂能在教育上飞跃的学校多着,有了好好的基础,而因精神涣散、奄奄无生气的学校,也多着哩! 以精神的能力,打破物质上的困难,并非一定是不可能的事,而在你更是非做到这地步不可的。你该怎样地用了坚诚的信念,设法培养这精神,使你自己在这精神之下,发荣滋长?

春晖啊! 你于别的学校所有的一切使命外,同时还有着这许多特有的使命。这于你或许要感受若干特有的困难,但决不是你底不幸。前途很远! 此去珍重! 啊,啊,春晖啊!

(原载《春晖》第 20 期,1923 年 12 月 2 日)

一年来的本刊

近年以来，凡是中等以上的学校，差不多都有出版物。本校僻处山乡，所能与大家通声气者，几乎大半要靠出版物了。所以从去年开校后，就有本刊底发行。

本刊与大家相见，已一年多了！只是一张小小的报纸，而且还是半月刊。在现在教育界"雨后春笋"似的出版物中，原没有甚么位置可占，可是我们一年以来，在本刊上曾已尽了相当的劳作和心血。觉得有几件是可以向大家告诉的：

一、编辑上　本校新办，人手不多。一切稿件，都是这少数的同志，于课外忙里偷闲地做成的。第一学期尤苦，因为那时学生初入学，尚无投稿的能力，本刊又主张不收译稿及其他与本校无关系的文字，取材底范围，因此更狭了。

二、印刷上　本校附近无印刷所，稿件须寄至宁波付印。校对亦须邮寄，辗转往返，殊费时日。本刊虽十日前付印，而出版有时尚竟至误期一二日，且以不及再校的缘故，误植往往有时不及改正。又，印刷不备新式点标，句读也不能完全照排。

以上二者，使本刊感到困难不少。本刊底缺点，要请大家因此加以原谅的。

本刊大部分是赠阅的，发行底范围，是省内外中等以上学校及省内各县高小学。此外个人亦有定阅的。发行额现每期一千一百份。

一年以来，担任编辑者为丏尊，担任发行者为赵友三君，图案意匠多出丰子恺君之手，撰著以刘薰宇君为最多。

本刊一年来比较地重要的文字目录如下，其中有不少篇是已经国内别的新闻杂志转载过的：

题　目	著者	期数
春晖中学旨趣	经亨颐	一
我们将使我们底学生成怎样的人	夏丏尊	一
艺术底慰安	丰子恺	一
对于本校改进的一个提议	刘薰宇、夏丏尊	三
青年与自然	丰子恺	三
中国底实用主义	夏丏尊	五
用？	刘薰宇	六
数学所给与人们的	刘薰宇	六
一学期终了对于本校学生的研究	刘薰宇	七
本校底体育教授	赵益谦	七
寒假入学试验的经过及各科成绩的考察	刘薰宇	八
本校底艺术教育	丰子恺	八、九
学和用	经亨颐	十
白马湖上伴农民读书半年	叶天底	十一
教育者底泪	刘薰宇	十二
人生对待的关系	经亨颐	十三
作文教授上的一个尝试	夏丏尊	十四
唱歌音域的测验	丰子恺	十四、十五
所希望到春晖来的学生	刘薰宇	十五
为管理学生底金钱告学生家庭	刘薰宇	十五
本年度底本校	刘薰宇	十六
本校底男女同学	经亨颐	十六
裴德文与其月光曲	丰子恺	十六
叫学生在课外读些甚么书	夏丏尊	十七
读书法	刘薰宇	十七
小学部公民科教授的计划	徐子梁	十七
本校选修科施行的实际	刘薰宇	十八

（原载《春晖》第 20 期,1923 年 12 月 2 日,署名:丏尊）

1924

一年间教育界的回顾和将来的希望

  一九二三年快过完了。这一年中,世界的大事,我们所记得起的有空前的日本大地震,有法国人占领德意志土地,有墨西哥革命,在中国,有临城大劫案,有黎元洪退位、曹锟登基、《宪法》公布,有大同教谣言,有数年来连续着的在各省的南北战争,最近还有苏浙风云。我们虽不信"今年是阴历癸亥,照例是个不祥之年"的话,但也不能不说今年是多事之年了!

  在这多事的一年中,我国教育界的经过如何?有甚么值得我们回顾与记忆的大事?教育原是不能绝对地超然独立与周围毫无关系的东西,国内大势既糟到如此;这一年来,教育界的没有好印像给我们,也许是当然的事。但平心而论,教育界究处着比较地先觉的位置,有着比较地独立的可能的,教育的良不良,如果一味要委责于周围的情形如何,未免太自恕了!我们试以此见地为立脚点,把这一年来的教育界的情形来一瞥罢:

  固然,"不如意事常八九",教育界方面偶然有一二出于意表的事,原不好就算特别;只是在这被认为不祥的一年中所留给我们的可痛可羞的事,在质的方面已经特别,而在量的方面也不为少。

  最足使人感着苦痛而惊为破天荒的怪事的,要算三月中浙江一师所发生的毒案了;同时受祸的二百数十人,其中十分之一不免于死亡。这件事情虽已经过第一次的法庭判决,但实在带有几分滑稽,不能将真象完全宣示,使人得到完全的了解。不知道其中究有着甚么说不出的黑幕?

在这件事过去许久以后，所留给人们的悲惨的印象渐渐地淡漠下去，大家都安于运命中以为意外的破坏当不至再光顾可怜的教育界了；孰知，东南大学的火灾又在今年将终的历史上添了一件可悼的事！不幸呵！教育界！

自然，这类的事，大部分可以说是属于天灾；但人事方面的可叹的事也正不少。

文化中心的国立大学校长蔡孑民氏，却于盛倡好政府主义以后不久而转倡不合作主义，依然只有"背着手"。从此北京的教育界又成和政治界对立的状态，而国民优秀分子的学生的血竟溅在国民代表聚会的议院门前。结果，除牺牲了无数青年的无数光阴以外，一无所得，不合作的终于作，无人格的也依然无着；这总算得可怜而可羞吧！

大事小事都看一看，中国近世教育史中，到了这一年真是丑象百出了！公立学校方面，每换一个校长，总有一篇照例文章；旧的抗不交代，新的由抗争而妥协；出钱私和的也有，亏款潜逃的也有。官厅漠不追究，社会也视若无睹。至于私立学校方面，"当仁不让"卷款出奔的，挂大学招牌诈财的，登广告骗邮票的，……虽不是罄竹难出，却也指不胜屈。教育界底人格呵！

学生为不足重轻的事而争打，赶校长，次数虽未必比往年少，这还不是今年开的新纪元。而捣猪窝的运动，倒是政治史和教育史的大好材料。

"太太生日丫头磕头，丫头生日丫头磕头"，总是丫头晦气；千不是万不是，教育界的一切罪恶都归到学生身上。新文化运动的教育家们抱着这样的成见，由他们所承受的数千年的中国人的复古思想，就发出了许多复古的主张；教育界的前途在这一年中很显开倒车的倾向了。

其实这页丑史的功劳，学生实在不配享受大勋位的荣典。利用学生的是谁？纯粹教育者所集合的教育会，有哪一个不是因选会长而闹得乌烟瘴气？而我们浙江对于本年的教育联合会，不是因为路途遥远没有人愿吃劳苦，居然官僚式地就近派代表参与吗？这就是教育者的精神了！至于教育行政最高机关底拍卖，也是中外空前的创闻！用这种精神所演成的事实,怎能不在历史上留些可羞的痕迹呢?

除了这种的记载以外,可以引起我们注意的就是些根柢不固杂乱开着不会结果的花了。或者相形之下可以算得不拙吧!

最值得注目的就是看似矛盾而实都有提倡必要的两件事在教育界里出现了,一是科学教育的输入,一是国学整理的鼓动。从表面看来似乎前一件由推士博士率领了许多人,藉着公私机关之力,在各地竭力鼓吹宣传了一年,应该有较大的影响,但是他的结果,除了几种测验之外,可说是在教育界里分毫不生效力。或许是科学的种子,本来是非五年十年不发芽的,现在是已在教育地界里暗暗地下了种子,我们不易看出吧。但在国学整理的方面,自梁启超等鼓动了之后,他的影响到教育界的势力实在不少。我们只要把这一年来的出版物检一检就能明白。我想这两者全是和我们国民脾胃合不合而起的分别。而教育界复古的倾向,从此也表现得更明瞭;"中学为体,西学为用"的时代或者又要以今年为关键而再现了吧!

前一两年在中国教育界里流行极一时之盛的是设计教学法,今年又把从美国输入的道尔顿制起来代替了。我不敢说道尔顿制本身底价值不及设计教学法;或是在中国底现在的情境下面前者不如后者底适宜,我却敢断言一年来道尔顿制的结果总不如设计教学法的大。这也和我们国民的脾胃是大有关系的,数千年来,中国教育的精神,本是有许多地方和这道尔顿制相合。从旧有教育的精神所培植成功的寄生虫,仍旧满布在国民的脾胃里,现在又遇到同样的饮食料进出,这些寄生虫当然是马上要活动起来。这是道尔顿制前途的大障碍,也就是眼前施行道尔顿制者所实感的困难。

还有,大学的勃兴,也是近来可注目的一件事。把 University 译做大,已是不成译了。再在这个不大的 University 前面加了什么师范、什么艺术,这竟成什么话呢。然而这也确是一年来中国几个大教育家大出风头的大运动。

由学制会议在空中放了几响无边际的大炮,确实在教育界里开了不少的方便之门;最作怪的要算混合教授了。由专以营利为目的的几家书坊,急切杂乱地编译了许多混而不合的教科书,强学生硬食料理不调、烹煮未熟的东西,怎叫他不生胃病呢。

综计这一年来的教育界,所可勉强称为好的事情,都还是未成形的一点萌芽,算不得甚么具象的东西。或者竟止是一种从别家病人那里钞录来的一张药方,不但没有药,即使有了药,合乎所患的病与否,也无把握。而所谓坏的处所,却都是赃证确凿,无论你怎样解辩也无法回护的事实。这不能不说是教育界的耻辱了!

这耻辱何时能雪,就现在情形看来,原没甚么把握可说。因为二十年来教育状况,都没曾使我们满意过。转瞬就是新年,我们姑且循了例来对于教育界抱几种希望罢。

(一)中国教育的所以不良,是否原于学制?姑不具论。既大吹大擂地改了学制了,希望速将课程审定,学校与学校间衔接规定,新的赶快设立,旧的赶快废除。像现状新旧并存,实反令人茫无适从。须知光是三三制二四制等类的空名词,是无济于事的。因为没有药的药方,有了也没有用。

(二)希望对于各种教育思潮方案等有确实的信念和实际的试验,杜威来就流行"教育即生活",孟禄来就流行"学制改革",推士来就流行"科学教育",罗素来就自负"国学"和甚么忽而"设计教学"忽而"道尔顿制"等类的走马灯式的转变,总是猴子种树难望成荫的。

(三)日本式的教育固然不好,但须知美国式的教育,也未必尽合于中国。参考或者可以,依样葫芦似地盲从却可不必。赶快考案出合于中国的方案和制度来才是!但把"手工"改为甚么"工用艺术",把国语英文并称"言文科",是算不了甚么大发明的!

(四)希望教育者自爱,对于学校风潮有真实的反省,像现在的状况,学潮是难免的。不,如果在现状之下学生不起风潮,反是奇怪的事了!愤激点说,我以为中国教育的生机的有无,全视学生能作有意义的廓清运动——所谓"风潮"与否?学生真能有识别力,真能闹"风潮",中国教育或者还有希望!可惜现在一般的所谓"学生风潮",或是被人利用为人捧场,或是事理不清一味胡闹,程度还幼稚的很!

（五）希望教育者凡事切实，表里一致。离了以办教育为某种事业的手段的劣观念，赤裸裸地照了自己的信念做去。教育在某种意味上，可以说是英雄的事业，真挚就是英雄的特色。

教育界诸君啊！我为闷气所驱，已把要说的话毫不客气地说了。说错的地方，伏求指正，对不起的地方，伏求原谅。我不幸，也是教育界中的一人，从今以后，大家努力罢。再过几日就是一九二四年元旦，恭贺新禧！

（云南起义纪念日前夜邻鸡声中脱稿）

（原载《春晖》第 22 期，1924 年 1 月 1 日，署名：丏尊）

学说思想与阶级

据说，衣服商作就一种新式花样的衣服的时候，常雇人穿了去在街上及热闹的游戏场行走，使所作出的花样，成为流行，引人购买，而自己从中取利。帽子的忽平顶忽圆顶，眼镜的忽大忽小，妇女衣襟的忽直忽圆，以及衣料颜色花样的忽这么忽那么，在遵从者自以为流行、时髦，其实这所谓流行时髦，是由制物商操纵而成的。一般趋向流行时髦的只是上当罢了。

记得，有一年，(我在杭州)五月中天气很热的一天，我穿了一件夏布长衫出去，一般讲究衣服的朋友们及街路上的人，见了都大以为怪。特别地是走过绸庄门口的时候，店员都向我指手，好像在那里批评嘲笑我甚么。其实，那时街上已很多赤膊的人了，绸庄店员，自己也有许多赤膊的。夏天早到，穿夏布原是合理的事，有甚么可嗤笑的呢？可以赤膊而不可以穿夏布长衫，这是何等的矛盾？但在那讲究衣服的及绸庄店员看来，的确是一件不大佳妙的事。如果一到立夏节以后，大家都穿起夏布来，那么那漂亮朋友们的甚么纺绸衫、春纱衫、夹纱衫、熟罗衫等将出不来风头，而绸庄也快要关门了！我常计算中国衣服的种类，自夏布长衫起到大毛袍子止，其间共有三十等光景，各有各的时令，不容差次，夏布是要到大伏天才穿的。这种麻烦的等差，在只穿一件竹布长衫过四季的穷人，原不算甚么，拥护这制度的全是那些漂亮朋友和衣服商人。这情形和夏天暴雨后天气凉得要穿夹衣的时候，而卖凉粉或西瓜的总是赤着膊大声叫卖一样。

即小可以见大，由以上的例看来，可知社会上所流行的存在的一切东西,制度、风俗以及学说思想等等,都有他的根据。别的且不讲,今夜只讲学术思想。

学术思想本身的成因有二:一是时代的要求,二是个人的倾向。所谓个人,又是时代的产物,无论如何的豪杰,都逃不掉"时代之儿"一句话。即在成因上说,所谓学术思想已不是纯粹不杂的东西。至于一学说一思想成就以后,有的被尊崇,有的被排斥,尊崇与排斥,似乎另有标准,与学说思想的本身好坏,差不多是无关的。

这标准是甚么?老实点说,就是要看这学说思想对于某种阶级有利与否?所谓"各人拜各人的菩萨",譬如四季只穿竹布长衫的穷人,当然不主张衣服的时节的等差,绸庄主当然要反对五月穿夏布长衫。

不过,阶级之中,有有权力的阶级,也有无权力的阶级。被权力阶级所拥护的思想学说,当然比无权力的阶级所拥护的要来得优胜。并且,事实上权力阶级能支配无权阶级,要他怎样就怎样,所以结果,只有权力阶级能拥护利用思想学说,思想学说也只有被权力阶级拥护利用了以后,才能受人尊崇,存在流行。

我并不敢说学者的思想学说,都是为要替权力阶级捧场而发生的。(不用说,为捧场而创学说的尽多。)他们当创作一学说,构成一思想时,也许心中很纯洁,不趋附权势,但是到了后来,自然会有人利用他。这是他们所不及料的。

古今来这种例证尽多,先讲中国的罢。

凡是中国人,无论男女,读过书的不读过书的,都知道尊敬崇拜孔夫子、关夫子、岳老爷、朱夫子。我们并不敢说这几个圣贤人不必崇敬,但所以成一般崇敬的对象,不能不认为别有原因。孔夫子的主张君臣名分,关夫子与岳老爷的为一姓尽力,朱夫子的在《通鉴纲目》中以蜀为正统,都是配皇帝的胃口的。袁世凯在要做皇帝的前一年,令学校读经,令人民崇祀关岳,不是为了这个缘故吗?孟夫子因为说过"民为贵,社稷次之,君为轻","杀一独夫纣,未闻弑君也","君之视臣如草介,则臣视君如寇雠"等类的话,曾被明太祖逐出圣庙。这是很明白的反证。

"天"的一字,在中国很带着浓厚的宗教兴味。皇帝是"天子",皇帝的命运叫"天命"，皇帝的杀人叫"天罚天讨"，有了这样的一个"天"字的假设，皇帝就被装扮得像人以上的东西了。皇帝祭天，叫人民敬天，自己却在那里"靠天吃饭"。

此外，如所谓"礼""命""风水""星相"等种种的东西，也逃不了同样的嫌疑。叔孙通帮汉高帝作朝仪，汉高帝说，"吾今而后知天子之贵也"，这是他从"礼"得到好处的自己招供。唯其穷人受苦的时候，能自认八字不好，命运不好，祖坟风水不好，贵族和资本家才有安稳饭吃。否则他们的养尊处优，就要失了根据及理由，而世界也就或者早已不能如此"太平"了！

同样的例证，在外国方面，也可随时发现，随举数则于下：

中世纪的哲学，完全替基督教建筑基础，这是谁都知道的哲学史上明显的事实。黑智尔（Hegel）哲学在德国皇家保护之下发达，他的"一切实在的都是合理的，一切合理的都是实在的"一句原则，被德皇解作"现存的是正当的"了。亚丹斯密的经济说，马尔萨斯的人口论，是资本阶级所拥护的。因为亚丹斯密主张利用个人的利己心，放任自由，不加干涉，这在资本家看来，真是最好没有的学说。马尔萨斯说人口是依几何级数倍加，食物只依算术级数增加，人口每二十五年增加一倍，食物断不能增加一倍，人不能没有食物，结果必至自相残杀，无论如何救济，斯世终是个可悲观的局面。这思想在主张用社会主义以改造现世的人，实是很大的打击，如果事实真是如此，社会主义就要失去基础，而在资本家方面，却因此得了暂时的缓冲地了。

最有趣的是犯罪学上的例。伊大利犯罪学者中，差不多同时有两个人。一个叫龙勃罗梭（Lombloso），一个叫佛尔利（Ferri），都于犯罪学上有所发见。龙氏的犯罪学是以骨相术为基础的。他以为凡是犯罪的人，都是骨相异常的人，凡骨相异常的人，先天的就非作恶犯罪不可的。（龙氏犯罪学已有中国译本。）佛尔利呢，把犯罪的原因分有三类：（一）人类学的原因；（二）风土的原因；（三）社会的原因。其中所谓人类学的原因，和龙氏所说大致相类，至于风土的原因和社会的原因，实是龙氏所未发的创见。在学说的精粗上，佛氏当然胜于龙氏。可是龙氏的犯罪学，为一般人所推崇，而佛氏却受人冷遇。因为龙氏把犯罪的原因全归诸犯罪者先天的骨相，社会上的特权阶级对于犯罪者可以不负责任，龙氏的所说，不啻替特权阶级辩护罪恶。佛氏于犯罪的原因中，列着社会的原因，他说："在人的身心上，没有再胜于饥饿的害恶的。饥饿是一切非人情的反社会的感情之源，饥饿存在以上，甚么爱，甚么人情，都不可能。"这正搔着特权阶级的痛处了。在特权阶级握着势力的期内，他的被世人冷遇，宁是当然的事。

此外，可举的例证很多，仅上面的若干事例，已足窥见大概了罢。如果用了这眼光去观察一切，我们实不能不把一切怀疑。法律、男女道德等的所以如此，觉得都另有原因，并不是非如此不可的。

阶级的权力，总有时可以移转。马克斯的经济学说，渐有取亚当斯密而代之的状况了，女子的势力如果再发展一点，男女间的关系，或许更改。东洋留学生势盛的时候，学校一切制度，都流行日本式，现在是美国留学生得意的时代，学校一切制度，当然要变成美国风。不信，但看现在大吹大擂的新学制！

我们对于世间一切，须有炯眼，须看出一切的狐狸尾巴，不要被瞒过了。

（原载《春晖》第 28 期，1924 年 5 月 1 日，署名：丏尊）

近事杂感

终于演出万不料到的丑剧来了！（事实见本期薰宇先生的文中）丑剧的鼓动者是寒假转学来的两个新生，使我们觉到现在一般教育的不良；共犯者八人，是在校快要一年或二年了的旧生，同时又使我们自惭年来教诲的无力。总之，不能不令人痛感到现在学校教育的空虚！

为要想救济教育上的空虚计，我们一二年来曾费尽心血，考案过种种的方法：师生共处，励行课外讲话，每日悬挂格言牌于通路，师生共同设协治会处置一切生活事务，令学生自选一教师为指导员，发行学校钞票，防止金钱滥用。其中有几种，都是一般学店式的学校所不能行或不敢行的设施，如果这许多设施有百分之一二的效果可得，这样的丑剧，似乎是不应该发生了的。然而事实竟如此！可知我们的口讲指画及一切为学生的利益计而施行的种种事情，在学生并不曾有甚么效力，至少对于一部分的学生，是没有效力的。

无论如何种类的教育方法，说它有益固然可以，说它有害，也可以。严师固然可以出高徒，自由教育也未尝不可收教育上的效果。循循善诱，详尽指导，固然不失为好教育，像宗教家师弟间的一字不说，专用棒喝去促他的自悟，也何尝不对。只要肠胃健全的，甚么食物都可使之变为血肉，变为养料，而在垂死的病人，却连参苓都没有用处，他是他，参苓是参苓。人可以牵牛到水边去，但除了牛肚渴要饮水的时候，人无法使牛饮水，强灌下去，牛虽不反抗，实际上在牛也决不受实益。所以替牛掘井造河，预备饮料，无论怎样地周到，在不觉得渴的牛，是不会觉到感谢的。"不愤不启，不悱不发"，足见即使我们个个都是孔老先生，对于无自觉的学生，也是无法的了！

冷暖自知！现在学校教育的空虚，只要有良心的教育者和有良心的学生，都应该深深地痛感到的。从前学校未兴时，教育虽未普及，师生的关系，全是自由。佩服某先生的往往不惮千里，负笈往从。只此一"从"字的精神，已尽足实现教育全体的效果，学生虽未到师门，已有了精进向上之心，教育当然容易收效。学校既兴，师生的关系，近于运命的而非自由的，我们为师的人呢，又都是从所谓"教匠制造厂"的师范学校出来，各有一定的型式，在种种的事情上，要使学生做到那"从"字样的心悦诚服的精神，是不容易的事情。于是学校教育，就空虚了！

不但此也，现在的学校教育，在一般家属及学生眼中看来，只是一个过渡的机关，除了商品化的知识及以金钱买得的在校生活的舒服以外，是他们所不甚计较的。学生入校时，原并不曾带了敦品励行的志向来。特别的是中学校的学生，他们本来大半是少爷、公子，家庭于他们未入校以前，又大半早已用了父兄地位金钱的力，把他们的恶癖养成了的。年只出若干学费（在本校是二十四元）要叫学校把他们教好，学校又把这责任归诸教员，于是教员苦了。

"教员"与"教师"，这二名辞，在我感觉上很有不同。我以为如果教育者只是教员而不是教师，一切问题，是无法解决的。教育毕竟是英雄的事业，是大丈夫的事业，够得上"师"的称呼的人，才许着手，仆役工匠等同样地位的甚么"员"，是难担负这大任的。我们在学生及社会的眼中被认作"员"，可怜！我们如果在自己心里也不能自认为"师"，只以"员"自甘，那不更可怜吗？我们作教员的，应该自己进取修养，使够得上"师"

字的称呼。社会及学生虽仍以"员"待遇我们,但我们总要使他们眼里不单有"员"的印象。这是一件非常辛苦艰难的事,也是一件伟大庄严的事!

学问要学生自求,人要学生自做。我们以前种种替学生谋便利的方案,都可以说是强牛饮水的愚举。最要紧的就是促醒学生自觉。学生一日不自觉,甚么都是空的。除了我们自己做了"师"的时候,难能使学生自觉,其实,学生只要自觉了以后,甚么都可为"师",也不必再赖我们。"竹解虚心是我师",在真渴仰"虚心"的人,竹就可以为师。"三人行,必有我师焉,择其善者而从之,其不善者而改之。"随时随地皆师,觉后的境界,何等广阔啊!

（原载《春晖》第 28 期,1924 年 5 月 1 日,署名:丏尊）

无　奈[1]

在现制度之下,教师生活真不是一件有趣味的事。同业某友,近撰了一副联句,叫做:

"命苦不如趁早死,家贫无奈做先生。"

愤激滑稽,令人同感。我所特别感得兴味的是"无奈"二字,"无奈"是除此以外无别法的意思,这可有客观的主观的两样说法。造物要使我们死,我们无法逃避死神的降临,这是客观的"无奈",但安心等死神之来,情愿听凭造物处置,而且虽有别路,也决不想逃避,这是主观的"无奈"。惯吃黄酒的人,遇到没有黄酒的时候,只好用白酒解瘾,这是客观的"无奈",本来就喜欢吃白酒的人,非白酒不吃,只能吃白酒,这是主观的"无奈"。

基督的上十字架出于"无奈",释迦的弃国出家也出于"无奈",耐丁格尔"无奈"去亲往战场救护伤兵,列宁"无奈"而主张革命。啊!"无奈"——"主观的无奈"的伟大啊!

"家贫"是"无奈","做先生"是"无奈",都不足悲哀,所苦的只是这"无奈"的性质是客观的而不是主观的。我们的烦闷不自由在此,我们的藐小无价值也在此。

横竖"无奈"了,与其畏缩烦闷的过日,何妨堂堂正正的奋斗。用了"死罪犯人打仗"的态度,在绝望之中杀出一条希望的血路来!"烦恼即

---

[1]　题目为编者所加。

菩提",把"无奈"从客观的改为主观的。所差只是心机一转而已。这是我近来的感怀,质之某友以为何如?

（原载《春晖》第 36 期,1924 年 11 月 16 日,署名:丏尊）

彻　底[1]

物质主义与精神主义，是绝然不能两立的两种主义，其实，两者之中，只要彻底一种，就能通彻到别的一种。所苦者只是模棱两可，两方都不彻底。

中国社会上的人事，大都犯了这两方都不彻底的毛病。亲友之中，甲有事劳乙出力，在理当然甲应赠乙以报酬。但甲不敢赤裸裸赠送金钱，即送了，乙也不肯老老实实地收受，好像是取精神主义的。其实，乙不能无物质的计较，甲也不敢坦然忘怀，结果甲假托了别的名义，打算又打算，酌量数额改了面目送物品与乙，乙也受之无愧。这就是所谓彼此心照的办法。普通庆吊，即使馈送金钱，也必用封套把金钱装璜，上加甚么"菲仪"的避雷针（有了这，就可不论数目之多少）的铁条。甲这样去，将来乙也这样来，彼此把金钱数目，牢牢的记着在仪簿，一查便知，丝毫也不会有多少。真是精神物质兼顾，寓精神于物质之中的好方法。可是人趣却因而全失了。

最令人不快的，是教育界的情形，也与这同一鼻孔出气。近来学店式的学校，到处林立，有人以为学校渐趋商业化了，深为叹惋。我以为学校不患其商业化，只患其商业化的不彻底。学生出学费向学校买求知识，学校果真有价值相当的知识作商品给学生，学生对于学校，至少可没有恶感。并且像老顾主和相识的店铺有感情一样，学生爱校之情，自必油然而生了。这就是由物质主义彻底而达到精神主义。反之，把精神主

---

[1]　题目为编者所加。

义彻底亦可达到物质主义。因为学校如果真有教好学生的热诚,一切自然认真,学生以及社会也自然能物质的扶助学校,白吃不会钞,断不是人情。

再就教师说:现在的教师原已成了一种普通职业,不像以前,有和"天地君亲"并列的神圣的威严了。但真能有和报酬相当或以上的热心与知力提供于学校或学生的教师,必仍能得学校的信任,受学生的敬爱,否则一味假借师道之尊,想以地位自豪,总是羊质虎皮,学校方面且不论(因为教师有时就代表学校),在学生眼里,是不堪的。

假教化之名,行商业之实,藉师道之尊,掩自身之短,这和金钱封套上的"菲仪"签条一样,同是个避雷针。学生对学校或教师的风潮无不发端于此。

向精神主义走固好,向物质主义走也好,彻底走去,无论向那条路,都可到得彼岸。否是总是个进退维谷的局面。

(原载《春晖》第 36 期,1924 年 11 月 16 日,署名:丏尊)

1926

讼祸的防止法

　　这几期《上虞声》里，时见有关于讼事的事，某讼师得赃的消息，某家某家因讼破家的新闻，记者对于讼祸的感言，以及某讼师的否认辩诘，虽不算闹得满城风雨，也着实不寂寞了。

　　上虞的讼师，有新旧二种，旧式的讼师，大概是所谓绅士。征之从来事实，举人最高明，秀才次之。（举人老爷秀才先生请勿动气，我只说旧式讼师大概是举人秀才，并不曾说凡举人秀才都是讼师。）新式由法政学校出身，另有一个法定的名字，叫做律师。举人秀才是暗中活动，套了绅士的面具，平日在衙门里进出进出，有请托之力的。律师却是不讳包打官司，堂堂正正地挂着招牌，拟之娼妓，一好像是私娼，一好像是官娼。上虞人一向八股做得不大高明，少有翰林进士，举人现存的也不多，并且论其年龄，都已去考终不远。秀才虽还不少，但究竟酸溜溜地，力量有限，旧式的讼师，似已交到末运，不至久为害了。至于新式的所谓律师，虽在陆续制造，是生力军，可怕一些。但他们是曾向政府领有营业执照奉了国家之命来"保障人权""造福乡里"的，无法使他们不存在。旧讼师运命不长，新讼师无法消除，我以为要防止讼祸，不应专从讼师方面着想。

　　不到理想的社会，讼的本身，是无法消除的。人民免不得讼是事实，不能算祸，所可认为祸者只是因讼而吃法外的亏累。我现在就这点着眼，来供献几种消除讼祸的比较根本的方法，和记者及邑中的有心者大家商榷一下。

　　积极的方法是设法教大家都会吃官司，把吃官司的各种门槛经广为宣传,使大家都做小讼师。这或许有人要骇然大怪,说我荒唐。但我以为除此实无更根本的法子。乡下的一班土老儿,虽识得几个字,该得几个钱,何尝知道县衙门的朝东朝西,县知事是甚么样的官儿,状纸如何递法,到那里去买,司法警察下乡要多少盘川,甚么叫刑事民事,法定的律师出庭费是若干。他们关于这等常识,毫无所知。一遇到有讼事,就慌得手忙脚乱,跑到就近的甚么三店王五老爷或是某律师面前去讨救星,于是三店王五老爷某律师的生意就来了。中国人有一种奇怪的现象:无论何事,内行人到处特别可占便宜,外行人总要格外吃亏,这现象在讼事更甚。如果一班乡下土老都知道些诉讼的常识,讼师虽凶,也无法欺负,从中攫利了。我不相信我们上虞的举人秀才会有特别的法律知识、诉讼秘诀,就是上虞的律师罢,他们虽有法政毕业文凭,但替土老儿想法的,也只是普通的几条门槛经,断不是高深的法理。所以这些秘诀,传授是很容易的。《上虞声》记者既这样痛恶讼祸,我以为最好在报上每期暂辟一栏,用浅近的文字,把诉讼常识择要登载,假定《上虞声》现在销一千份,假定每份有三个人看,不用几个月,全县就多了三千个打官司的内行。这三千人当然再会向别人辗转传播,自己或亲友有讼事时,就可把这智识拿来应用。这样一来甚么三店王五老爷某律师等人的生意,自然就冷淡下去。所谓讼祸,也就渐次消除了。这是消除讼祸的根本的积极的方法。还有一个比较消极的法子,就是留心县署的判案,遇有妄断的,在报上加以评斥,诉诸公论。原来讼师的敛财,中途诈取的固有,运动衙门中人,判直为曲或判曲为直,和衙门中人分赃取财的,想也一定不少。至于引用条文时故意减轻与加重,尤其公开的枪花。衙门中人苟不与三店王五老爷某律师等类的人有关接,三店王五老爷某律师虽要敛财,除中途诈取的盗窃行为外,乡下土老也断不会规规矩矩地拿钱去报效他们的。所以衙门中人的公否,当然是讼祸的一大关键。如果依了上面的办法,大家有了诉讼知识,衙门中人当然不敢枉法欺负乡愚。但犹恐有例外,所以监视仍极重要。现在的政府原不大顾虑舆论,但知县衙门似尚未跋扈至此,只要说得正直有理,报上的评论,多少总应有些力量。此法虽消极,觉得可补上法的不足,不妨相辅而行。而在上法未做得完全时,尤为必要。

以上是我所想到的讼祸防止法。我以为一切事情,应从根本着想,慢些到不要紧。不知大家会说我迂远否。

（原载《上虞声三日报》第 26 号,1926 年 7 月 18 日,署名:默之）

哲学辞典●

樊炳清编　商务印书馆出版
布面一一六二页　定价五元

　　本书名曰《哲学辞典》，其中寻不出半个中国哲学和印度哲学的名辞，完全是专载西洋哲学名辞的。照理应称《西洋哲学辞典》才对。但就西洋哲学说，似乎也多脱漏。举一例说：我偶然去查勿洛伊特（Freud）的人名，没有，还以为是收在"精神分析"项下了，再就目录去查十四画精字，不但没有"精神分析"，竟连"精"字都找不到，我不禁大怪。后来总算在十三画的目录里，把"精"字查着了（精字在我数来，好几次都是十四画，而目录中却列在十三画里）。可是终究找不出勿洛伊特和"精神分析"等项目。近十年来可以作人生现象的说明的精神分析法和首唱此法的勿洛伊特，竟不能在中华民国十五年出版的《哲学辞典》里，占半行的地位，真是咄咄怪事！

　　卷末有补遗九页，列安斯坦、杜威、杜里舒、华德生、罗素、铁陈纳六人的略传和著书，也很奇特，难道所遗的只这六人吗？最可笑者，补遗中所用的名辞，有在全书中找不出解释来的，如在华德生项下说"华德生，行为派心理学之领袖也"，铁陈纳项下说"铁陈纳美之构造派心理学家也"。我把"行为派心理学"和"构造派心理学"二名辞，在全书中找了许久，终于未见，而本文中又不说明，似乎还须有补遗之补遗才行。其他如罗素项下的"中立一元论"和"占有冲动""创造冲动"等名辞，也是在全书中未见过的。

　　● 此文为夏丏尊在《一般》杂志"介绍与批评"栏目发表的对樊炳清编《哲学辞典》的评介，题目为编者所加。

为甚么新出的《哲学辞典》如此不完备呢？有一次,我从自己的旧书箱里寻出日本朝永十三郎的《哲学辞典》(明治三十八再版)来一相对查。其中如"中庸""物自体""物理学""直觉说"等项下,两方的文字,完全一样,我才恍然大悟,原来这书虽号称新编,是以二十多年前的日籍为蓝本翻译过来的。怪不得没有"勿洛伊特"和"精神分析",怪不得连安斯坦、罗素、杜威等名辞要列入补遗中了。

我对于这新出的《哲学辞典》表示不满如上。

（原载《一般》第 1 卷第 3 号,1926 年 11 月,署名:丏尊）

读中国历史的上帝观

无论何种宗教,要他能在本土以外的地方成长滋荣,必须有一种解释,与那地方的传统思想相沟通才行。中国的外来宗教,前有佛教,后有基督教。佛教的所以能在中国浸润发达,半由于道家思想的媒介,半由于佛教的著述。他们能把中国传统的思想和佛教关系加以论究,遂形成了中国的佛教。基督教在欧洲,曾有过一种所谓经院哲学者,给与欧洲思想与希伯来思想的联络,而在中国,则除了替本国作侵略先锋的假牧师空口狂赞上帝,及带来了些粗浅的科学知识以外,似毫未曾有过思想上的努力。基督教的基本经典的《圣》书,绝非中国式的,教徒虽在手中各拿一本,教会虽印成了廉价本逢人分赠,但试问读了配胃口的有几人?不论他是教徒或非教徒。因此,基督教在中国,除了给人们以异族侵略的恶感、盲目的迷信,及高大洋房的甚么青年会、病院、学校等物质的建筑外,绝无精神上的建筑可说。佛教早已是中国的佛教了,而基督教还是外国的基督教,虽然他们口口声声说上帝也爱中国人的。

我是一个对于宗教无信仰而只有趣味的人,宗教上的书,也欢喜浏览涉略。但看了基督教会所出的书,总觉得贫弱可怜,不值一看。这次见到基督教文社所出的几部书,令我对于中国的基督教徒的眼光,为之一变。尤其是王治心氏的《中国历史的上帝观》,是我所认为能补从来中国基督教空虚的缺憾,值得介绍的。

这书,认中国哲学上的"道""天""中""性""理""心",以及佛说中的所谓"真如"等种种基本的观念就是上帝的别称,把这种观念一加以拟人的修饰,就是上帝。书中把中国古来诸家的所说引了与《圣经》的文句两

相比较,论其异同,虽然看去也有牵强附会之嫌,但却能自圆其说。举例来看,如:

　　视之不见名曰夷,听之不闻名曰希,搏之不得名曰微。此三者不可致诘,故混而为一。其上不皦,其下不昧,绳绳不可名,复归于无物。是为无状之状,无物之象。是谓恍惚。迎之不见其首,随之不见其后,执古之道,以御今之有,能知古始,是谓道纪。(《老子》)

　　上帝说我是"阿拉法",我是"俄梅戛"(《新约默示录》)(见五六,五七页)

　　道生一,一生二,二生三,三生万物。(《老子》)

　　人法地,地法天,天法道,(《老子》)

　　天下万物,生于有,有生于无,(《老子》)

　　太初有道,道与上帝同在,道就是上帝。这道太初与上帝同在,万物是藉着他造的,凡被造的没有一样不是藉着他造的。生命在他里头,这生命就是人的光。(《约翰福音》)(见六六页)

　　百工为方以矩,为圆以规,直以绳,正以悬,无巧工不巧工,皆以此为法。……故百工从事,皆有法所度,今大者治天下,其次治大国,而无法所度,此不若百工辨也。然则奚以为治法而可?故曰莫若法天。(《墨子法仪》)

　　当皆法其父母奚若?……当皆法其学奚若?……当皆法其君奚若?……天下之为父母者,为学者,为君者众而仁者寡,若皆法之,是法不仁也。法不仁,不可以为法。(《墨子法仪》)

　　所以你们要完全,如同天父完全一样。(《马太福音》第五章)

　　你们既是上帝所疼爱的儿女,就应该效法他。(《以弗所书》)(见一一六,一一七页)

　　故唯明乎顺天之意,奉而光施之天下。《泰誓》曰:文王若日若月,乍照光于四方,于西土。(《墨子天志》)

　　你们是世上的光,应当这样照在人前,叫他们看见你们的好行为,便将荣耀归给你们在天的父。(《马太福音》)(见一一八页)

这种比较的对照,很足使所论不落空玄。可惜,这种比较对照只限见于上半部,后半部尽述中国哲学思想的变迁梗概,看去只是觉得在看中国哲学史,与基督教毫无关系似的,这是全书中一个很大的缺点。

本书虽未完善,然不失为中国基督教界的新收获,教外的人拿来当作中国哲学史的参考书看,也不无益处。佛教徒曾用了他们的学说解释过中国的典籍,中国的思想,也因受了佛学的刺激,另辟了一新涂径,换了一新面目。基督教徒似已在"反对基督教"声中觉醒转来,觉到信仰不是可以"执途人而语之"的东西了。文社的几部新书,就可认作这表现,我希望他们能更在这方面努力。

(原载《一般》第 1 卷第 4 号,1926 年 12 月,署名:丏尊)

两个美国留学生著的两部天书

友人某君寄了两本新出的书来，说是曾化大洋一元，读了可以下酒的。一看，果然不是寻常，恍如获读天书，不但可以下酒，并且可以喷饭。不敢独饱眼福，爰介绍给大家赏鉴，和大家共叹一声"观止"。

二书都只薄薄的几页，且用四号字印，本文不过三四千字，定价是一元和六角。虽非一字千金，在现在的出版界中，似乎要算是最有价值的书了。两位著者似乎是好友，替换敲背，交互作序，应成一的《社会讲义》有萧远序，萧远的《政书》有应成一序。据《社会讲义》中萧远的序文："余与彼同学三次矣初读于上海青年会继续于圣约翰大学又读于威斯康辛"及《政书》中应成一的序文："远公先生蹑革履披毡裘乘风破浪负笈于美洲从彼邦政治学家游尽得其说"，则二书著者的学历很是明瞭，确是由国内大学毕业再到美国留过学的。大概一定是括括叫的甚么"士"罢。应成一在《社会讲义》自序里说："余在沪校授社会学者一载学者病其琐碎未能豁然贯通请余综其要理约而言之……"那末这二书至少有一种是上海某大学的讲义，著者之中至少有一个是上海某大学的教授了。

以上把二书的著者介绍完了，闲话休题，且说正文。

一、应成一的社会讲义

一看这书名，已经令人莫名其妙了。"社会"与"社会学"是两种东西，"社会学"可以有"讲义"，"社会讲义"，直是一个不通的名称。这姑且不去说他，且让我把书中内容来介绍。

全书八页,分为八章,目录如下:

每章长的约三百字上下,短的约二百字左右。着墨不多,章章句句都是奇文。书是《社会讲义》,那末就举"第三章社会",来示个一斑罢。

第三章 社会

个人形也社会相也无形无相无相无形人受形而成形形不可见可见者相故我无我有政治之我有经济之我有宗教之我有家庭之我有一切社会之我我之见于社会者社会非我也无社会不能有我有社会不能有我社会常欲去我之我而为社会之我夫我之我尽千万变而不能穷犹人之相尽千万变而不能穷也今欲专其一相而泯其千万相其势不能势不能非我屈彼则彼屈我我屈彼则叛之彼屈我则齐之齐之以法令齐之以礼乐齐之以教育齐之以道德齐之以风俗使人生于是长于是死于是忘其非此而更无我也则社会定然而社会不可定也相成则成形形又生相相又千万卒不可得而究诘故曰至人执气圣人执形常人执相

这真是古今稀有的妙文,比佛经还要奥妙圆融了。

二、萧远的政书

本文共十三页半,分十篇,目次如下:

璇玑玉衡篇中（法律）

璇玑玉衡篇下（伦理）

瑶函宝笈篇上（教育意）

瑶函宝笈篇下（教育策）

轮回浩劫篇上（宗教法）

轮回浩劫篇下（宗教术）

裁璧穿珠篇上（艺术用）

裁璧穿珠篇下（艺术化）

　　看了这篇目，已恍如到了甚么宫殿或是仙境里，令人生满目琳琅之感了。待我再来介绍他的内容。《政书》是讲政治的书，就请看他的第二篇《璇玑玉衡篇》上：

璇玑玉衡篇上（政治）

　　天地有阴阳之气阴阳之气浸则生五行或金或木或水或火或土阴阳之气和是生万物唯人在焉是人者禀五行之气和而生者也故曰治天下者不因五行之气不因阴阳之气而以和气治之是先天之化固有胜于后天之治也客有创自由主义之说者从者如云客有创共产主义之说者从者如云客有创社会主义之说者从者如云岂其术足以惑群学足以感众人心因乱思治因治思乱乱成治治成乱是其先天之和气有以动其形夺其气故俯首帖耳听其指挥断脰裂躯死无怨悔是故反对自由主义者反对共产主义者反对社会主义者加以斧钺临以桎梏杀戮屠诛惨酷备至而不能解其群散其众非有先天之和气而凝结之其心能巩固如此乎孟子曰天时不如地利地利不如人和人如是国家之创社会之成不在天时不在地利而在人和也古圣王先哲之定天下也莫不因其和气阜其财丰其物以和其身教之礼乐射御书数以和其心诛恶殛凶以和其类是治天下之术乱天下之术亦在和阴符经曰禽之在气可为创社会国家者方针

　　文字的奇妙，不下于前书，奇妙的中国政治界，也须有一天会用得着这奇妙的政治学说哩！

　　因了上面的介绍，二书的内容，想阅者已能窥见一斑了罢。二书装钉相仿,厚薄相仿,文章的奇妙也相仿,真是"无独有偶",这二位著者,真不愧为好朋友！萧远序应成一的《社会讲义》说:"余前曾作政论今应大又作社会讲义不知者将曰薰犹同臭知者将呵呵大笑曰二难并矣。"我虽非"知者",也不禁"呵呵大笑曰二难并矣"！无以名之,名之曰天书！

　　谨敢介绍这二书于一般人:大家看哪！这是括括叫的美国留学生的著作！这是从美国学来的社会学,政治学！而且有一种还是上海某大学的讲义！大家看哪！

（原载《一般》第 1 卷第 4 号,1926 年 12 月,署名:默之）

人生哲学[1]

冯友兰著　商务印书馆出版
纸面三四二页　定价一元一角

　　全书分为十三章,第一章为绪论,第二章至十一章列叙古来中外各家的人生观,加以批评解释及比较。最后两章名曰"一个新人生论",为著者自己对于人生的见解,就全书说,也就是结论。

　　本书能以中外古典为根据,用浅显的话来作比较论断,而所论断却都不涉附会,不流于空虚,颇得深入浅出之旨。结论的"一个新人生论",指示人生在诸方面应取的态度,暗示着各理圆融的人生方向,尤有一读的价值。

　　在近来已出版的同性质的书中,这部可算是好书了。当作高中教本,当作简略的哲学史参考书,都是很好的,敢为介绍。

（原载《一般》第 1 卷第 4 号,1926 年 12 月,署名:丏尊）

---

[1]　此文为夏丏尊在《一般》杂志"介绍与批评"栏目发表的对冯友兰《人生哲学》的评介,题目为编者所加。

1927

"中"与"无"

我在数年前，曾因了一时的感想，作过一篇题曰《误用的折中和并存》(见《东方杂志》十九卷十号)的文字，对于国人凡事调和不求澈底的因袭的根性，有所指摘，对于误解的"中"的观念有所攻击，但却未曾说及"中"字的正解。近来读书瞑想所及，觉得"中"可与老子的"无"作关联的说明的。不揣浅陋，发为此文。

先把我的结论来说了罢："中"与"无"是同义而异名的东西，是一物的两面。"中"就是"无"，"无"就是"中"。

"中"字在我国典籍上最初见于《易》的"时中"，《论语》有"允执厥中"，说是尧舜禹相传的话，可是《尚书》里却不见有此。《洪范》说"极"而不说"中"，"极"义似"中"。其"不偏不党，王道荡荡，不党不偏，王道平平，无反无侧，王道正直"几句，似乎亦就是"中"字的解释。把"中"字说的最丁宁反覆者，不用说，要推子思的《中庸》了。

尧舜禹的是否历史上实有的人物，《洪范》的真伪，以及《中庸》的是否为子思所作，老子的所谓"无"，是否印度思想，这样烦琐的考证学上的议论，这里豫备一概不管。姑承认"中"与"无"是中国古代的两种的思想，如果不承认，那末说是世界上曾有过这两种思想，也可以。因为我所要说的只是这两种思想的异同，并不想涉及其史的关系。并且"中"的观念，也不是中国独有的。

事实上，"中"字在佛教的典籍里比儒书用得更多。我们只要略翻佛乘，就随处可见到"中"字。天台宗的所谓"空""假""中"三谛，法相宗于教相判释上以中道为最后之佛说，所谓第三时教，就是中道，都用着"中"

字。至于龙树的《中论》，那是专论"中"字的书了。

"中"是甚么？世人往往以妥协调和为"中"，这大错特错。"中"决不是打对折的意思，决不是微温的态度，决不是任何数目程度或方向的中央部分。"中"的观念，非把它作为一元的，非把它提高到绝对的地位，竟是无法解释的东西。

"中"是具否定的性质的，"未""不""空"等都与"中"相近似。"中"的解释，至少要乞灵于这类的否定辞。换句话说，"中"就是"无"。以下试就典籍来略加论证。

先就《中庸》说，"《中庸》谓喜怒之未发谓之中"，所谓"未"，已是否定的了。朱子把"中"解作"不偏不倚""无过不及"，这和《洪范》的"无偏无党""无党无偏""无反无侧"几乎是同样的话，也都用着否定辞。孔子称"舜执其两端而用其中于民"，赞之曰"无为而治者其舜也与"。又《中庸》用"诚"字来说明"中"字，而同时说"诚者不勉而中不思而得"。试看，"中"字与否定辞，关系何等密切啊！

不但《中庸》如此，《论语》亦然。"时中"二字见于《易》，孔子是"圣之时"者，又是主张中庸的，当然是能体得中道的人了。有人疑他不言不笑不取，子贡代为辩解了说："夫子时然后言，人不厌其言。乐然后笑，人不厌其笑，义然后取，人不厌其取。"这和四十九中说了几千卷的经的释迦，自谓"一字不说"，几乎是同样的风光了。至于《论语》中所载的尧舜禹相传的心法"唯精唯一允执厥中"，表面上虽没有否定语气，但实则"精"与"一"和"无"是同义语，是一观念的两面。朱子把《中庸》里的"诚"字解作"纯一不杂""精""一"义同于"诚"。世间种种的名相，原为分别起见，对它而有的，既精了一了，就除此以外别无所有，也就等于无，当然用不着再立别的名称了。

老子是"无"字的创说者。他在《道德经》里，反复说"无"，"无"就是他的根本思想，但也偶然有"中"字看见。如云"多言数穷，不如守中"。"守中"就是沉默，就是不说，就是"无"。老子的所谓"无"，不是什么都没有，乃是什么都有。他说："无为而无不为。""无"就是"自然"之意，随顺自然，不妄用己见，虽为等于不为。前面所说的孔子的"不言不笑不取"

和释迦的所谓"一字不说",都是和老子的"无"同样意味的话。《中庸》开端说"天命之谓性,率性之谓道","率性"就是自然。自然了,就无为而无不为。老子说"不自见故明不自是故彰",《中庸》也说"不见而彰,不动而变,无为而成",可谓一鼻孔出气的说法了。

就了以上所举的例证来看,说"中"就是"无","无"就是"中",似乎已不是牵强附会的事了吧。"中"的有否定性,到佛乘上更明白,"中"的否定性也因了佛家的说法才更澈底更明显。

龙树《中论》反复论"中",他在"中"字上加了"八不二字",叫做"八不中道"。所谓"八不"者,乃"不生亦不灭,不常亦不断,不一亦不异,不来亦不去"之谓。这是两边否定,所谓"是非双遣",比之于儒的"不偏""不倚""无过""无不及"和老的"不言之教""无为"之但否定一边者,不是更澈底了吗?不但《中论》如此,凡是佛典上的究竟语,无不带澈底的否定口气。佛家口里只有"否",没有"是",所谓"离四句,绝百非",如《维摩诘经观阿閦佛品》,维摩诘述其观如来的风光云:"不一相,不异相,不自相,不他相,非无相,非取相,……不此,不彼,不以此,不以彼,……无晦无明,无名无相,无强无弱,非净非秽,不在方,不离方,非有为,非无为,无示无说,不施不悭,不戒不犯,不忍不恚,不进不怠,不定不乱,不智不愚,不诚不欺,不来不去,不出不入,一切言语道断。"满纸但见"非""不""无"等字,这也不是,那也不是,横也不是,竖也不是,所谓真理者,毕竟只是个"无所得"的"空"的东西。

"中"是否定的,"中"就是"无"。为什么根本原理的"中",是否定的而不是肯定的呢?推原其故,实不能不归咎于我们人类的言语的粗笨。言语原是我们所自豪的大发明,人类的所以自诩为万物之灵,最重要的一种资格,就是能造言语。可是这人类所自命为了不得的巧妙的言语,在究竟原理上,竟是个无灵的东西。

言语原是一种符号,人类为了要达传授思想感情的目的,不得不用言语来作手段。但像有人自己招供"难以言语形容"的样子,这所用的手段,往往不能达豫定的目的,不,有时还会因了手段抛荒目的。大概世间所谓争论者,就是从言语的不完全而生的无谓的把戏。言语的功用在分别,分别是相对的。如说大,就有中、小或非大来作它的对辞;说草,就有木、花或非草来作它的对辞。至于绝对的东西,无论如何断不是言语所能表示的。把生物与无生物包括了名之为物,试问:再把物与非物包括了如何? 名之为什么?

绝对的东西,是"言语道断"的,无法立名。不得已只好权用比较近似的名称来代替。所用的名称是相对的,二元的,而其所寄托的内容是一元的、绝对的,张冠李戴,好比汽水瓶里装了醋,很是名实不符。恐怕人执名误义弄出真方假药的毛病来,于是只好自己说了,再来自己否定了。

"中"是个绝对的观念,叫作"中",原是权用的名称,名称是相对的,于是只好用否定的字来限制解释。"中"在根本上不是"偏""倚""过""不及"等的对辞,世人误解作折衷调和固错,朱子解作"不偏不倚""无过不及"也未澈底。"中"不是"偏",亦不是"不偏";不是"倚",亦不是"不倚";不是"过",亦不是"不过";不是"不及",亦不是"非不及"。龙树《中论》云:"因缘所生法,我说即是空,亦名为假名,亦是中道义。""中","空","假"是圆融一致的。这是他们有名的"三谛圆融"的教理。

同样,"无"亦不是"有"的对辞。澈底地说,"无"是应该并"无"而"无"之的。庄子就已有"无无"的话了。儒家释"中",老子说"无",都只否定一面,确不及佛家的双方否定"是非双遣"的来得澈底。

在究竟的绝对的上说,好像沉默胜过雄辩的样子,否定的力大于肯定。"中"与"无"是同义而异名的东西,可是,在字面上看来,"无"字比"中"字要胜得多。因为"无"字本身已是否定的,不像"中"字的再须别用"不""非""无"等否定辞来作限制的解释了。老在学说上比儒痛快,也许就在直接用了这否定性质的"无"字。神秀的"身是菩提树,心如明镜台,时时勤拂拭,勿使惹尘埃",所以不及慧能的"菩提本非树,明镜亦无台,原来无一物,何处惹尘埃"者,不是因为神秀是肯定,而慧能却以否定出之的缘故吗?

否定! 否定! 否定之义大矣哉! 我说到这里不觉记起易卜生的话来了,曰"一切或无"。又不觉记起尼采的话来了,曰"善恶的彼岸"。宁可被人诮我强牵附会,我想,这样说:"一切"就是"无"。"一切或无",是但否定一边的见解。"善恶的彼岸",是"是非双遣"。前者近于儒老的表出法,后者近于佛家的表出法。

(原载《民铎杂志》第 8 卷第 5 号,1927 年 4 月)

中国文学系学程说明书[①]

学术一端,本无国界之可言。然以民族,风习,语言,文字,地域,历史之不同,各国文学自有其各固有之特质。本系定名为中国文学系者以此。惟所谓中国文学,由广义言,其范围与国学或旧学相当,举凡一切中国学术,无不包含在内,意义至为广泛。本系创设伊始,但期适合时势之要求,作研究本国文学之准备。其范围若漫无涯际,则不但为本系所不敢任,且亦为时代之所不许。至于缀拾丛胜,专攻一艺,原为专门学者之事;然在本系则又有隘陋自封得少遗多之憾。谨与此漫无涯际之中,标下列三义,以示蕲向:

一、指示研究国学之相当门径;

二、培养文艺创作及批评之技能与知识;

三、造成国文教师及文化宣传者。

本此蕲向,故所定课程,力求普遍,不事偏深。前二学年但使学生收得关依广义的文学之基本知识为主。后二学年则拟视学生性之所近,作分途之引导。

本系学程,规定必修科一百四十学分,选修科二十四学分,第一二学年每学期至少须选修二学分,第三四学年每学期至少须选修四学分。全学程最低限度,为一百六十八学分。各学年课程之分配如表。

表中所列科目,因特别关系,得增设或变换。学生于表中所规定之选修科目外,选修别系课程,经主任认可,亦得充选修学分。

学生于第三学年起即须开始作专门研究,在第三四学年因其志趣如

---

① 此文系夏丏尊担任国立暨南大学中国文学系主任时所作。

对于某项必修科目愿为精深之探求,经主任认可,得抵充他项必修科目之学分。

关于毕业论文(或译文)之题材,须于第四学年开始提交主任或有关系之教授,受其审定与指导。其办法可参阅教务规程第四章第四十四条。

中国文学系学程表(本表已在改组特刊发表因数字有误植特订正重列于此)

教授	科目	一年级		二年级		三年级		四年级	
		上	下	上	下	上	下	上	下
夏丏尊	文选	每周时数 4(3)	每周时数 4(4)	每周时数 2	每周时数 2	每周时数 2	每周时数 2	每周时数 2	每周时数 2
黄季刚	诗选	2	2	2	2				
	词选					2			
	曲选						2		
夏丏尊	修辞学		2						
夏丏尊	国文法	2							
黄季刚	文字学	2	2	2	2				
	经学通论			2	2	2	2		
	史学研究					2	2		
	诸子研究					2	2	2	2
	校雠学							2	2
	考古学							2	2
方光焘	文学概论	2	2						
	小学研究			2	2				
	诗歌研究					2	2		
	戏剧研究							2	2
	☆西洋文艺思潮					2	2		
	文学批评								2

续　表

教授	科目	一年级		二年级		三年级		四年级	
		上	下	上	下	上	下	上	下
黄季刚	中国文学史	2	2	2	2				
	☆西洋文学史					3	3		
	中国通史	2	2	2	2				
	☆西洋通史			2	2				
	☆论理学	2	2						
	☆心理学	3	3						
	☆伦理学	2	2						
	☆西洋哲学史					3	3		
	美学							2	
	☆西洋哲学概论			2	2				
黄离明	中国哲学通论	2	2						
	中国哲学史			3	3				
	☆社会学			2	2				
	☆社会思想史					2	2		
	☆教育学							3	3
	☆国文教学法								1
	☆新闻学							2	
	英文	3	3	3	3	3	3		

教授	科目	一年级		二年级		三年级		四年级	
		上	下	上	下	上	下	上	下
	☆英汉对译			2	2				
	☆日文或法文					4	4	4	4
	三民主义	1	1						
	军事学及兵操	2	2						
	科学方法			2	2				
	☆言语学							2	2
总计	每周授课时数	31	31	30	30	29	29	23	22
	每周必修时数	24	24	22	22	15	15	12	12
	每周选修时数	6	6	8	8	14	14	11	10
	每学期必修学分计总	23	23	22	22	15	15	12	12

　　附注　　凡有☆符号者系选修凡选修必修每学期每一小时作一学分计算但括弧内所注明之学分数不在此例

第一学年

必修科目

教授	科目	上		下	
		学分	每周	时数	学分
夏丏尊	文选	4	3	4	3
黄季刚	诗选	2	2	2	2

续　表

教授	科目	上		下	
		学分	每周	时数	学分
夏丏尊	国文法	2	2		
夏丏尊	修辞学			2	2
黄季刚	文字学	2	2	2	2
方光焘	文学概论	2	2	2	2
黄季刚	中国文学史	2	2	2	2
周传儒	中国通史	2	2	2	2
黄建中	中国哲学通论	2	2	2	2
叶崇智	英文	3	3	3	3
康选宜	三民主义	1	1	1	1
林思温	军事学及兵操	2	2	2	2
		24	23	24	23

选修科目

教授	科目	上		下	
		学分	每周	时数	学分
汪三辅	论理学	2	2	2	2
谢循初	心理学	2	2	2	2
黄离明	伦理学	2	2	2	2

选修本学期至少二学分

（原载《暨南周刊》第 1 期,1927 年 10 月）

1928

知识阶级的运命

一

近来阶级意识猛然抬头，有种种的阶级的名称，其中一种叫做知识阶级。

知识阶级是甚么？如果依照了唯物的社会主义论者的口吻来说，世间只有"勃尔乔"与"普洛列太里亚"两种阶级，别没有甚么可谓知识阶级了的。我国古来分人为四种，叫做"士农工商"，知识阶级，似乎就是古来的所谓士。但古来的士，人数不多，向未成为一阶级，并且，古代封建制度倒坏已久，现在要想依照士的地位来生活，断不可能。任凭你讨老婆用"士婚礼"，父母死了用"士丧礼"，父亲根本地不是大夫，你也没有世禄，将如何呢？

知识阶级的正体，实近于幽灵，难以捉摸。说他是无产者呢，其中却有每小时十元出入汽车的大学教授，展览会中一幅油画要售数千金（虽然大家买不起，从无销路）的画家，出洋回国挂博士招牌的学者。说他是资本家呢，其中又有月薪十元不足的小学教师，被人奴畜的公署书记，每几字售一个铜板的文丐。知识阶级之中，实有表层中层与底层之别，同一教育者，大学教授（野鸡大学当然不在其内）是上层，小学教师是下层，同一文人，月收版税数千元或数百元的是上层，每千字售二三元的是下层，上层的近于资本家或正是资本家，下层的近于无产阶级或正是无产阶级。

就广义言，不管上层与下层都可谓之知识阶级，就狭义言，所谓知识阶级者实仅指下层的近于无产阶级或正是无产阶级的人们。因为在上层的人数不多，并不足形成一阶级的。

为划清范围计，姑且下一个知识阶级的定义如下。

所谓知识阶级者，是曾受相当教育，较一般俗人有学识趣味与一艺之长的人们，学校教员、牧师、画家、医师、新闻记者、公署职员、文士、工场技师，都是这类的人物，现在中学以上的学生，就是其候补者。

二

"儒冠误人"，知识阶级的失意，原是古已有之的事。可是古来知识阶级究曾有过优越的地位，"万般皆下品，唯有读书高"，太远的事且不谈，二十年以前，秀才到法庭，就无须下跪，可以不打屁股的。光绪中叶，"洋务"大兴，科举初废，替以学堂，略谙 ABCD 粗知加减乘除，就可睥睨一世自诩不凡，群众视留学生如神人，速成科出身的留学生，升官发财，爬上资本家的地位者尽多。当时知识阶级（其实有许多是无知阶级）的被优遇，真是千载一时的了。"重赏之下，必有勇夫"，于是学校渐以林立，做父兄的不惜负了债卖了产令子弟求学，豫备收一本万利之效，做子弟的亦鄙农工商而不为，鲫鱼也似地奔向中学或大学去。官立学校容不下了，遂有许多教育商人出来开设许多商店式的中学或大学。三年以前，只上海一区，就有大学三十八所，每逢星期，路上触目可见到著皮鞋洋服挂自来水笔的学生。懿欤盛矣！

但世间好事是无常的，知识阶级的所以受欢迎，实由于数目的稀少，金刚石原是贵重的东西，如果随处随时产出，就要不值世人一顾了。全国教育诚不能算已发达，中等以上的毕业生，年年产数当不在少数，单就上海一隅说，专门或大学毕业生可得几千，全国合计，应有几万吧。这每年几万的知识阶级，他们到那里去呢？有钱有势的不消说会出洋，出洋最初是到日本，十五年前流行的是到美国，现在则一致赴法兰西了。出洋诸君一切问题尚在成了博士回国以后，暂且搁在一边，当面所要考察的是无力镀金、留在本国的诸君的问题。

不论是习农的习商的习工的或是习甚么的,在中国现今,知识阶级的出路,只有两条康庄大道,一是从政,一是教书。不信,但看事实!中国已有不少的农科毕业生了,试问全国有若干区的农场?已有不少的工科毕业生了,试问够得上近代工业的工厂有几处?至于商业,原是中国人素所自豪的行业,但试问公司银行中的店员,是经理股东的亲戚本家多呢,还是商科毕业生多?于是乎,知识阶级的诸君,只好从政与教书了。从政比较要有手腕,教书比较要有实力,那末无手腕无实力的诸君怎样呢?

友人子恺的《漫画集》中曾有一幅叫做《毕业后》的,画着一西装少年叉手枯坐,壁间悬着大学毕业证书。这虽是近于刻毒的讽刺,但实际上这样画中人恐到处皆是吧。

民十三年上海邮局招考邮务员四十人,应试者逾四千人,我有一个朋友曾毕业于日本东京高师英语部的,亦居然去与试,取录是取录了,还须补候。这位朋友未及补缺,已于去年死了。去年之秋,上海某国立大学招考书记七人,而应试者至百六七十人之多,我曾从做该校教授的朋友某君处看到他们的试卷与相片履历,文章的过得去不消说,字体的工整,相貌的漂亮,都不愧为知识阶级。其履历有曾从法政专门毕业做过书记官的,有曾在某大学毕业的,有曾在师范学校毕业做过若干年的小学教师的,我那时不禁要叹怆了说:"斯文扫地尽矣!"

三

找不着饭碗的知识阶级,其沉沦当然可悯,那末现有着位置的知识阶级,其状况可以乐观了吗?决不,决不!

先试就了现在知识阶级的出路从政与教书来说吧。除了法政学校,学校概无做官的科目,知识阶级的从政,原是牛头不对马嘴,饥不择食的事。大官当然是无望的,有奥援而最漂亮的够得上秘书或科长,其余的幸而八行书有效,也只好屈就为科员或雇员之类。姑不论"等因""准此"工作的无趣味,政潮一动,饭碗亦随而动摇。年前各军政机关的政治部被解散时,几百几千的挂斜皮带的无枪阶级的青年,立时风流云散,弄得不凑巧,有的还要枉受嫌疑,不能保其首领哩!教书比较地工作苦些,地位似也应安稳些,但实际,教育随政潮而变动,结果这里一年,那里半年,也会使你像孔子地"席不暇暖",还有欠薪咧、风潮咧等类的麻烦。其他,如新闻记者,如书肆编辑,表面上虽都是难得的差强人意的职业,实际却极无聊。百元左右的薪水,已算了不得,在都会生活中要养活一家很是拮据,结果书肆和报馆也许大赚了钱,而记者编辑先生们却只会日一日地贫穷下去。

现在中国知识阶级的状况,真是惨淡,实业的不发达,政治的不安,结果各业凋敝,而首当其冲的,就是那附随各业靠月薪过活的知识阶级,无职的谋职难,未结婚的求偶难,有子女的子女教育经费难,替子女谋职业难,难啊难啊,难矣哉,知识阶级的人们!

四

凡是一阶级,必有一阶级的阶级意识,知识阶级的阶级意识是甚么?这是值得考察。

有一次,我去赴朋友的招宴,那朋友是研究艺术的,同座有一位他的亲戚新由投机事业发财的商人。席间那朋友与商人有一段对话。

"你发了财了,豫备怎么样?"

"我恨得无钱苦,豫备从此也享些福。"

"有了钱就可享福了吗?"

"那自然,可以住好的,著好的,吃好的,要字画,要古董,都可立刻办到。你前次不是叹吴昌硕的画好,可惜买不起吗?"

"我劝你别妄想享福,还是专门去弄钱吧。"

"为甚么我不能享福?"

"享福不是容易的事,譬如住,你大概所希望的只是七间三进的大厦吧,那种大厦并不一定好看的。"

"那我会请工程师打样,还要布置一个好好的花园哩!"

"工程师所打的样子，究竟好不好，你要判别也不容易，即使那样子在建筑艺术上本是好的，也得有赏鉴能力的才会赏鉴。你方才说起吴昌硕的画，有钱的原可化几十块钱买一幅挂在屋子里。但在无赏鉴能力的人，无从知道它的妙处好处，只知道几十块钱而已。那岂不是只要在壁上糊几张钞票就好了吗？"

那朋友这番话说得那新发财的商人俯首无言，我在旁听了暗暗称快，为之浮一大白，同时并想到这就是知识阶级共通的阶级意识。

"长揖傲公卿"，"彼以其富，我以其仁，彼以其爵，我以其义"。知识阶级的睥睨富贵，自古已然。这血统直流到现在毫无改变。今日的知识阶级一方面因自己尚未入无产阶级，对于体力劳动者有着优越感，一方面又因了自己的知识教养与资本家挑战。"收财奴""俗物"，是知识阶级用于攻击资本家的标语，"穷措大""寒酸"是资本家用以还攻的标语。

五

这"金力"与"知力"的抗争，究竟孰胜孰负呢？在从前，原是胜负互见，而大众的同情却都注于知力的一方。往昔的传说小说戏剧中，以这抗争作了题材而把胜利归诸知力，把金力诅咒者很多。名作如《桃花扇》，通俗本如《珍珠塔》都曾把万斛的同情注于知识阶级的。

可是，现在怎样？

现在是黄金万能的时代了。黄金原是自古高贵的东西，不过，在从来物质文明未发达时，生活上的等差不如现在之甚，有钱的住楼房，无钱的住草舍，有钱的夏天摇有字画的纸扇，无钱的摇蒲扇，一样有住，一样得凉，虽相差而不甚远，所以穷人还有穷标可发。现在是，有钱的住高大洋房，无钱的困水门汀了，有钱的坐汽车兜风，房子里装冷气管，无钱的汗流浃背地拉黄包车，连摇蒲扇的余暇都没有了。有钱者如彼，无钱者如彼，见了钱怎不低头呢！知识阶级虽无钱，但尚未堕入无产的体力劳动者队里去，一方恐失足为体力劳动者，一方又妄思藉了甚么机会，一跃而为准资本家，于是转辗争扎，不得不终年在苦闷之中。他们要顾体面，要保持威严,体力不如劳动者,职业又不如劳动者的易得,真是进退维谷的可怜的动物。

因此,知力对金力的争抗,阵容不得不改变了。所谓"士气",已逐渐消失,我那朋友对那新发财的商人的态度,原是知识阶级以知力屈服金力的千古秘传,可是在现在究只是无谓的豪语而已。画家的画,无论怎样名贵,有购买力的是富人,文学者的作品如不迎合社会一般心理,虽杰作亦徒然。所以,在现在,一切知识阶级都已屈服于金力之下,一字不识的军阀,可以使人执笔打四六文的电报,胸无半点丘壑的俗物,可以令人布置幽胜的亭园,文士与亭园意匠师,同时亦不得不殉了"金力"的要求,昧了良心把其主张和艺术观改换面目。

现在的理想人物,不是名流,不是学者,是富人。官僚的被尊敬,并不因其是官僚,实因其是未来的富人。知识阶级的上层的所谓博士之类,其所以受社会崇拜,并不因其学问渊博,实因其本是富人(穷人是断不会成博士的),或将来有成富人的希望。如果叫《桃花扇》《珍珠塔》等的作者在现在,再写起作品来,恐亦不会抹杀了事实,作一想情愿的老格套,把美丽的女主人公嫁给名流或穷措大了。不信,但见当世漂亮的小姐们的趋向!

六

知识阶级的地位已堕落至此,他们将何以自救呢?他们曾"武装起来"了吗?他们的武器是甚么?

他们不如资本家的有金力,又不如劳动者的有暴力,他们的武器有二,一是笔,一是口。他们的战略,只是宣传。"处士横议",孟子也曾畏惧他们的战略,秦始皇至于用了全力来对付他们,似乎很是可怕的东西。但当时之所谓士者,性质单纯,不如现今知识阶级分子的复杂,当时的金力也不如今日之有威严,今日的知识阶级,欲其作一致的宣传,是不可能的,一方贴标语呼口号要打倒谁,一方却在反对地贴标语呼口号要拥护谁,正负相消,结果虽不等于零,效用也就无几。并且,知识阶级无论替任何阶级宣传,个人也许得一时的好处,对于其阶级本身,往往不但无益而且有损的。例如五四以后,知识阶级替劳动者宣传,所谓"劳动运动"者就是。但其实,那不是"劳动运动",是"运动劳动",如果有一日劳动者真觉醒了,真正的"劳动运动"实现以后,知识阶级的地位怎样? 不消说是愈不堪的。我并不劝人别作劳动运动,利害自利害,事实自事实,无法讳饰的。左倾的宣传得不到好处,那末作右倾的宣传如何? 知识阶级已成了金力的奴隶;再作右倾的宣传,金力的暴威将愈咄咄逼来,当然更是不利于其阶级本身的了。

知识阶级有其阶级意识,确是一个阶级,而其战斗力的薄弱,实是可惊。他们上层的大概右倾,下层的大概左倾,右倾的不必说,左倾的也无实力。他们决不能与任何阶级反抗,只好献媚于别阶级,把秋波向左或向右送,以苟延其残喘而已。他们要待其子或孙,堕入体力劳动者时才脱离这境界,但到那时,他们的阶级,也已早不存在了。

七

如果有人问知识阶级何以有此厄运? 我回答说:这是他们的运命! 不但中国如此,全世界都如此。法学士的充当警察,是日本所常有的。

友人章克标君新近以其所译的莫泊三的《水上》见赠,其中有一处描写律师或公署的书记的苦况的(一二○—一二四)摘录数节于下。

> 啊! 自由! 自由! 唯一的幸福,唯一的希望,唯一的梦幻,在一切可怜的存在中,在一切种类的个人中,在一切阶级的劳工中,在为了每日的生活而恶战苦斗的人们之中,这一类人是最可叹了,是最受不到天惠的了。

> ……

> 他们下过学问上的工夫,他们也懂得些法律,他们也许保有学士的头衔。

我曾经怎样地切爱过 Jules Vallès 的奉献之词:

"献呈给一切受了拉丁希腊的教养而饿死的人。"

晓得那些可怜的人们的收入么? 每年八百乃至一千五百法郎!

阴暗的辩护士办公室的佣人，广大的公署中的雇员，啊，你们每朝不得不在那可怕的牢狱之门上，读但丁 Dante 的名句：

"舍去一切的希望，你们，进来的人啊！"

第一次进这门的时候，只有二十岁，留在这里，等到六十岁或在以上，这长期间的生活，毫无一点变动，全生涯始终一样，在一只堆满绿色纸夹的桌子，昏暗的桌子边过去了。他们进来，是在前程远大的青年时代。出去的时候，老到近于要死了。我们一生中所造作的一切，追忆的材料，意外的事件，欢喜或悲哀的恋爱，冒险的旅行，一切自由生涯中所遭际的，这一类囚人都不知道的。

这虽是描写书记的，但对于大部分的知识阶级，如学校教师，如新闻记者，如书肆编辑，如官署僚友等，不是都也可照样移赠了吗？

现在或未来的知识阶级诸君啊，珍重！

（原载《一般》第 5 卷第 1 号，1928 年 5 月）

对了米莱的《晚钟》

——关于妇女问题的一感想

米莱的《晚钟》在西洋名画中是我所最爱好的一幅,十余年来常把它悬在座右,独坐时偶一举目辄为神往。虽然所悬的只是复制的印刷品。

苍茫暮色中田野尽处隐隐地耸着教会的钟楼,男女二人拱手俯首作祈祷状,面前摆着盛了薯的篮笼、锄镵及载着谷物袋的羊角车。令人想像到农家夫妇田作已完,随着教会的钟声正在晚祷了豫备回去的光景。

我对于米莱的坚苦卓绝的人格与高妙的技巧,不消说原是崇拜的,尤其对于他那作品的多农民题材与画面的成剧的表现,万分佩服。但同是他的名作如《拾落穗》,如《第一步》,如《种葡萄者》等等我虽也觉得好,不知是甚么缘故,总不及《晚钟》的会使我神往,能吸引我。

我常自己剖析我所以酷爱这画,这画所以能吸引我的理由,至最近才得了一个解释。

画的鉴赏法,原有种种阶段,高明的看布局调子笔法等等,俗人却往往执着于题材。譬如在中国画里,俗人所要的是题着"华封三祝"的竹子,或是题着"富贵图"的牡丹,而竹子与牡丹的画得好与不好,是不管的。内行人却就画论画,不计其内容是甚么,竹子也好,芦苇也好,牡丹也好,秋海棠也好,只从笔法神韵等去讲究去鉴赏。米莱的《晚钟》,在笔法上当然是无可批评了的。例如画地是一件至难的事,这作中地的平远,是近代画中典型,凡是能看画的都知道的。这作的技巧,可从各方面说,如布局色彩等等。但我之所以酷爱这作者,却不仅在技巧上,倒还是在其题材上。用题材来观画虽是俗人之事,我在这里却愿作俗人而不辞。

米莱把这画名曰《晚钟》，那末题材不消说是有关于信仰了，所画的是耕作的男女，就暗示着劳动，又，这一对男女一望而知为协同的夫妇，故并暗示着恋爱。信仰，劳动，恋爱，米莱把这人间生活的三要素在这作中用了演剧的舞台面式展示着。我以为。我敢自承，我所以酷爱这画的理由在此。这三种要素的调和融合，是人生的理想，我的每次对了这画神往者，并非在憧憬于画，只是在憧憬于这理想。不是这画在吸引我，是这理想在吸引我。

信仰，劳动，恋爱，这三者融和一致的生活才是我们的理想生活。信仰的对象是宗教。关于宗教原也有许多想说的话。可是宗教现在正在倒霉的当儿，有的主张以美学取而代之，有的主张直接了当地打倒。为避免麻烦计，姑且不去讲他，单就劳动与恋爱来谈谈吧。

劳动与恋爱的一致，是一切男女的理想，是两性间一切问题的归趋。特别地在现在的女性，是解除一切纠纷的锁钥。

"不劳动者不得食"，这虽是共产党的话，确是人间生活无可逃免的铁则。无论男女。女性地位的下降，实由于生活不能独立，普通的结婚生活，在女性都含有屈辱性与依赖性。在现今，这屈辱与依赖，与阶级的高下却成为反比例。因为，下层阶级的妇女不像太太地可以安居坐食，结果除了做性交机器以外，虽然并不情愿，还须帮同丈夫操作，所以在家庭里的地位较上流或中流的妇女为高。我们到乡野去，随处都可见到合力操作的夫妇，而在都会街上除了在黎明和黄昏见到上工厂去的女工外，日中却触目但见著旗袍穿高跟皮鞋的太太们姨太太们或候补太太们与候补姨太太们！

不消说，下层妇女的结婚在现今也和上流中流阶级的妇女一样，大概不由于恋爱，是由于强迫或卖买的。不，下层妇女的结婚其为强迫的或卖买的，比之上流中流社会更来得露骨。她们虽帮同丈夫在田野或家庭操作，原未必就成米莱的画材。但我相信，如果她们一旦在恋爱上觉醒了，她们的营恋爱生活，要比上流中流的妇女容易得多，基础牢固得多。不管上流中流的女性识得字，能读恋爱论，能谈恋爱，能讲社交。

但看娜拉吧，娜拉是近代妇女觉醒第一声的刺激，凡是新女子差不

多都以娜拉自命着。但我们试看未觉醒以前的娜拉是怎样？她购买圣诞节的物品超过了豫算,丈夫赫尔茂责她:

"这样浪费是不行的!"

"真真有限哩,不行? 你不是立刻就可以有大收入了吗?"

"那要新年才开始,现在还未哩!"

"不要紧,到要时不是再可以借的吗?"

"你真太不留意! 如果今日借了一千法郎在圣诞节这几日中用尽了,到新年的第一日,屋顶跌下一块瓦来,落在我头上把我磕死了……"

"不要说这吓死人的不祥语。"

"喏,万一真有了这样的事,那时怎样?"

赫尔茂这样诘问下去,娜拉也终于弄到悄然无言了。赫尔茂倒不忍起来,重新取出钱来讨她的好,于是娜拉也就在"我的小鸟"咧,"小栗鼠"咧的玩弄的爱呼声中,继续那平凡而安乐的家庭生活。这就是觉醒前的娜拉的正体。及觉醒了,出家了,剧也就此终结。娜拉出家以后的情形,是值得我们思索的。于是,"娜拉仍回来吗?"终于成了有趣味的一个问题。鲁迅先生曾有过一篇《娜拉走后怎样》的文字。

觉醒后的娜拉,我们不知道其生活怎样,至于觉醒以前的娜拉,我们在上流中流的家庭中,在都会的街路上都可见到的。现在的上流中流阶级,本是消费的阶级,而上流中流阶级的女性,更是消费阶级中的消费者。她们喜虚荣,思享乐。她们未觉醒的,不消说正在做"小鸟"做"栗鼠",觉醒的呢,也和觉醒后的娜拉一样,向那里走,还成为一个问题,还是一个费人猜度的谜。

上流中流阶级的女性,物质的地位无论怎样优越,其人格的地位实远逊于下层阶级的女性,而其生活亦实在惨淡。她们常被文学家摄入作品里作为文学的悲惨题材。《娜拉》不必说了,此外如莫泊三的《一生》,如勿罗倍尔的《波华荔夫人》,如托尔斯太的《安娜卡列尼那》等都是。莫泊三在《一生》所描写的是一个因了愚蠢兽欲的丈夫虚度了一生的女性,勿罗倍尔的《波华荔夫人》与托尔斯太的《安娜卡列尼那》,其女主人公都是因追逐不义的享乐的恋爱而陷入自杀的末路的。她们的自杀,不是壮烈的为情而死的自杀,只是一种惭愧的忏悔的做人不来了的自杀。前者固不能恋爱,后二者的恋爱也不是有底力的光明可贵的恋爱。只是一种以官能的享乐为目的的奸通而已。而她们都是安居于生活无忧的境遇里的女性。

在中国的历史上,有一对我所佩服的恋爱男女,就是司马相如与卓文君,我不佩服他们别的,佩服他们的能以贵族出身而开酒店,男的著犊鼻裈,女的当垆(虽然有人解释,他们的行为,是想骗女家的钱)。我相信,男女要有这样刻苦的决心,然后可谈恋爱,特别地在女性。女性要在恋爱上有自由,有保障,非用了劳动去换不可。未入恋爱未结婚的女性,因了有劳动能力,才可以排除种种生活上的荆棘踏入恋爱的途程,已有了恋爱对手的女性,也因了有劳动的能力,作现在或将来的保证。有了劳动自活的能力,然后对己可有真正恋爱不是卖淫的自信。

我所谓劳动者,并非定要像《晚钟》中的耕作或文君的当垆。凡是有益于社会的工作,不论是劳心的劳力的都可以,家政育儿当然也在其内。在这里所当继起考察的就是妇女职业问题了。

妇女的职业,其成为问题,实在机械工业勃兴家庭工业破坏以后。工业革命以来,下层阶级的农家妇女或可仍有工作,至于中流以上的妇女,除了从来的家庭杂务以外,已无可做的工作,家庭杂务原是少不来的工作,尤其是育儿,在女性应该自诩的神圣的工作。可是家庭琐务是不生产的,因此在经济上,女性在两性间的正当的分业不被男性所承认,女性仅被认作男性的附赘物,女性亦不得不以附赘物自居,积久遂在精神上养成了依赖的习性,在境遇上落到屈辱的地位。

要想从这种屈辱解放,近代思想家指出着绝端相反的两条路,一是教女性直接去从事家事育儿以外的劳动,与男性作经济的对抗,一是教女性自信家事育儿的神圣,高调母性,使男性及社会在经济以外承认女性的价值。主张前者的是纪尔曼夫人,主张后者的是托尔斯太与爱伦卡。

这两条绝端相反的道路,教女性走那一条呢?真理往往在两极端之中,能两者调和而不冲突,不消说是理想的了。近代职业有着破坏家庭的性质,无可讳言,但因了职业的种类与制度的改善,也未始不可补救于万一。妇女职业的范围,应该从种种方向扩大,而关于妇女职业的制度,尤须大大地改善。因为职业的妨害母性,其故实由于职业不适于女性,并非女性不适于职业。现代的职业制度实在大坏,男性尚且有许多地方不能忍受,何况女性呢?现今文明各国已有分娩前后若干周的休工的法令,日间幼儿依托所等的设施了。甚望能以此为起点,逐渐改善。

在都市中每于清晨及黄昏见到成了群提了食筐上工场去的职业妇女,我不禁要为之一蹙颎,记起托尔斯太的叹息过的话来。但见到那正午才梳洗下午出外叉麻雀的太太或姨太太们,见到那向恋人请求补助学费的女学生们,或是见到那被丈夫遗弃了就走头无路的妇人们,更觉得愤慨,转暗暗地替职业妇女叫胜利,替职业妇女祝福了。

体力劳动也好,心力劳动也好,家事劳动也好,在与母性无冲突的家外劳动也好。"不劳动者不得食",原是男女应该共守的原则。我对于女性,敢再妄补一句:"不劳动者不得爱!"

美国女作家阿利符修拉伊娜在其所著的书里有这样的一章:

> 我曾见到一个睡着的女性,人生到了她的枕旁,两手各执着赠物。一手所执的是"爱",一手所执的是"自由"。叫女性自择一种。她想了许多时候,选了"自由"。于是人生说:"很好,你选了'自由'了。如果你说要取'爱',那我就把'爱'给了你立刻走开永久不来了。可是,你却选了'自由',所以我还要重来,到重来的时候,要把两种赠物一齐带给你哩!"我听见她在睡中笑。

要爱,须先获得自由。女性在奴隶的境遇之中,决无真爱可言。这原则原可从种种方面考察,不但物质的生活如此。女性要在物质的生活上脱去奴隶的境遇,获求自由,劳动实是唯一的手段。

爱与劳动的一致融合,真是希望的。男女都应以此为理想,这里只侧重于女性罢了。我希望有这么一天:女性能物质地不作男性的奴隶,在两性的爱上,划尽那寄食的不良分子,实现出男女协同的生产与文化。

对了《晚钟》,忽然联想到这种种。《晚钟》作于一八五九年。去今已快七十年了。近代劳动情形,大异从前,米莱又是一个农民画家,偏写当时乡村生活的,要叫现今男女都作《晚钟》的画中人,原是不能够的事。但当作爱与劳动融合一致的象征,是可以千古不朽的。

（原载《新女性》第 3 卷第 8 号,1928 年 8 月,署名:丏尊）

1930

《中学生》发刊辞[1]

中等教育为高等教育的豫备,同时又为初等教育的延长,本身原已够复杂了。自学制改革以后,中学含义更广,于是遂愈增加复杂性。

合数十万年龄悬殊趋向各异的男女青年于含混的"中学生"一名词之下,而除学校本身以外,未闻有人从旁关心于其近况与前途,一任其彷徨于纷叉的歧路,饥渴于寥廓的荒原,这不可谓非国内的一件怪事和憾事了。

我们是有感于此而奋起的。愿藉本志对全国数十万的中学生诸君,有所贡献。本志的使命是:替中学生诸君补校课的不足;供给多方的趣味与知识;指导前途;解答疑问;且作便利的发表机关。

啼声新试,头角何如? 今当诞生之辰,敢望大家乐予养护,给以祝福!

(原载《中学生》创刊号,1930 年 1 月)

---

[1] 题目为编者所加。

《中学生》创刊号编辑后记●

这是本志与读者相见的第一次。在质上，在量上，都自以为可以不惭形秽，像个样子。

除了我们编辑者的几篇底子的文字外，苦心拉到的稿子不少。陶希圣先生的《对中国作如是观》，是堂堂的巨著，本期所载的只是一个开端，以后尚要继续下去。林语堂先生也答应我们每期有稿。刘大白先生原允为特撰稿子，因忙和病，只把旧稿加写了若干话寄来。虽非特撰，很可作学生团体组织的指针。下期当更求其专为我们写些。

叶绍钧先生的童话，默之先生的《谈吃》，都很富于讽刺性，薰宇先生的从数学来讲思想，殊见新颖，都值得一读。

"读者之页"一栏，因为第一期无从广征稿件，就只在我们关系较深的一个学校——立达学园里随便取了几篇，作个样子。以后希望读者多多投稿。又，从下期起，别设"答问"一栏，有想问的尽管来问。总之，本志是愿替诸君作发表机关的。

陈建功先生赵廷为先生皆特为本志撰稿，因收到迟了些，留到下期发表，先把题目豫告在这里。陈先生的题目是《数学与天才》，赵先生的是《六十分主义》。

大局依然如麻，有书可读，不可谓非幸事。愿诸君为国努力！祝诸君新年进步！

（原载《中学生》创刊号，1930 年 1 月）

● 题目为编者所加。

中学生劝学奖金章程❶

一、本奖金专为劝励阅读本志之高初级中学在校学生勉学而设，与一般含赌博性质之奖金不同。

二、奖金名额随中学生读者人数之多寡而定。每一千名读者设奖金额一名，五百名以上不满一千名时，亦作一千名计算。一万名以上设十一名，二万名以上二十三名，三万名以上三十六名，四万名以上五十名。五万名以上另定之。此项额数，于每年四月底就中学生定报单上揭算，在五月号本志上发表。

三、奖金每名赠送一百元，作为得奖人学费，其姓名于每年十月号本志发表。

四、本社组织中学生劝学奖金委员会，除本社职员外，另聘教育界名人为委员。

五、劝学奖金委员会之职权如下：

（一）奖金之保管及支付。

（二）得奖名额及得奖人之决定。

六、愿得奖金者，须填具志愿书，撰成本人略传一篇，黏附最近四寸相片，并抄送本学期各科成绩，经所在学校校长及训育主任之推荐，向中学生劝学奖金委员会提出，每校以三名为限。

七、得奖人之奖金，须于发表后一个月（远地以三个月为限）内由所

❶ 《中学生》杂志创刊当日，设立"中学生劝学奖金委员会"，夏丏尊、章锡琛、刘大白等9人为委员，发布《中学生劝学奖金章程》。

在学校之校长代具正式收据，向中学生劝学奖金委员会领取，专作学费之用。逾期不来领取，即移赠候补得奖人。

八、本章程如有未尽事宜，得随时修正，在本志上发表。

上海兆丰路安多里开明书店编译所、中学生杂志社订

本会委员姓名如下（依姓名笔画为序）

周予同　林语堂　夏丏尊　章锡琛　舒新城　叶绍钧　刘大白

丰子恺　顾均正

（原载《中学生》创刊号，1930 年 1 月）

"你须知道自己"

我向有个先写稿后加题目的习惯,此稿成后,想不出好题目,于是就僭越地借用了这句希腊哲人的标语。

中学生诸君,新年恭喜!

说到新年,不禁记起一件故事来了。从前日本有一个很有名的和尚,故意于新年元旦提了骷髅到人家门口去,叫大家杀风景。日本向有元旦在门口筑了土堆插松枝的风俗,叫做"门松"。和尚有一句咏门松的诗道:"门松是冥土之旅的一里冢。"一里冢者,日本古代每一里作一土堆如冢,上插木标,以标记里程的。和尚的诗,意思就是说一个人过了一年就离冥土愈近了。

咿呀! 新年新岁,理应说利市,讲好话,为甚么要提起这样的话来扫大家的兴呢? 但是照例地说利市,讲好话,也觉得没有意思。新年相见的套语,如"恭喜"之类,其中并不笼有真实的深意,说"恭喜恭喜",并不就会有喜可恭的。

我们无论做那一件事,都要豫想到着末的一步,才会认真,才会不苟。做买卖的人所要顾虑的不是赚钱,乃是蚀本。赌博的人所须留意的不是赢了怎样,乃是输了如何。日本的那位和尚在元旦叫人看骷髅,要大家觉悟到死的一大事实,其事虽杀风景,但实也可谓是一种最慈悲的当头棒喝。我根据了这理由,想在这一九三○年的新年,当作贺年的礼物,对诸君说几句看似不快而却是真实的话。

　　依学龄计算,诸君都是十三岁以上二十岁以下的志气旺盛的青年。诸君对于前途,所怀抱的希望不消说是很多的吧。恋爱咧,名誉咧,革命咧,救国咧,诸如此类离本题太远的希望,暂且不提。即仅就了求学而论,诸君的希望应就不小,由初中而高中,由高中而大学,由大学而出洋,由出洋而成博士等等,似都应列入诸君的好梦之中的。可是抱歉得很,我在这里想对诸君谈说的,却不是怎样由初中入高中入大学出洋等的好事,乃是关于不吉方向的事。就是:不能出洋怎样? 不能入大学怎样? 不能升高中怎样? 或甚至于并初中而不能毕业怎样?

　　就大体说,教育的等级是和财产的等级一致的。财产有富者中产者与贫困者三个等差,教育也有高等中等初等的三个阶段。在别国,这阶段很是露骨,尽有于最初就把贫富分离的学校制度。凡有资力可令子弟受中等以上的教育者,就可不令子弟进普通的国民小学。我国在学校制度上表面虽似平等,其实这财产上的阶段仍很明显地在教育的等差上反映着。不消说,小学校学生之中原有每日用汽车接送的富家儿与衣服楚楚的中产者的子弟的,但全体统计,究以着破鞋拖鼻涕的贫家小孩为多。到了中学,贫困者就无资格入门,因为做中学生每年至少须化二百元的学费,不是中产以下的家庭所能负担。做中学生的,不是富家儿即是中产者的子弟。至于入大学,费用更巨,年须三四百元以上,故做大学生的大概是富家儿,即使偶有中产者的子弟虱居其间,不是少数的工读生,即是少数的叫父母流泪典质了田地不惜为求学而破家的好学的别致朋友罢了。这样,教育的阶级,宛如几面筛子,依了财产的筛孔,把青年大略筛成三等。纵有漏网混杂别等里去的,那真是偶然的侥幸的机会。

　　诸君是中学生,贫困者已于小学毕业时被第一道筛子从诸君的队里筛出了。诸君之中,混杂着富者与中产者的子弟,但富者究竟不多,诸君的十分之九以上,可说都由中产家庭出来的吧。像诸君样的人,普通叫做中产阶级。中产阶级不至如贫困者的有冻馁之忧,也不致像富者的流于荒佚,在社会全体看来,实是最健全最有用的分子。诸君出自中产家庭,就是未来的社会中坚,诸君的境遇较之贫困者与富者,原不可不说是很幸福的。但是,可惜,这中产阶级的本身,已在崩溃中了。

中产阶级的崩溃,原是世界的现象,不但中国的如此。其原因不得不归诸世界产业革命与资本主义的跋扈。中国中产阶级的崩溃也不自今日始,而以近数年来为尤速。中国原无甚么大资本家,也无甚么大产业,中国人所受的完全是身不由主的全世界的影响。中国产业落后于人者不知凡几,而生活程度却由外人替我们代为提高,已与别国差不多了。这情形,诸君不必回去问那六七十岁的老祖父,但把诸君幼时所记得的物价与生活费用和目前的一相比较,就已可知其差数之不小了。加以连年的兵祸,匪灾,饥馑,失业,把乡村的元气,耗损几尽,随此而起的工价暴腾与农民的不得已的减租,更给了中产阶级以一道快速的催命符。

不信,但看事实!诸君的村里中,富起来的人家多呢还是穷下去的人家多?诸君自己的家况,只要没有甚么着香槟票头彩之类的事,还是一年好一年呢还是一年不如一年?诸君求学的用费,今年比之去年如何?诸君向父母请求学费时,父母是否比去年多摇头多叹息?再试每日留心报纸,是不是每日有因失业或困迫而自杀的?他们的大多数,是不是青年?

中国的中产阶级已在崩溃的途上,当世流行的一切青年的烦闷与中流家庭间的不宁,实都就是中产阶级在崩溃途上的苦闷的挣扎与呻吟。诸君是中产阶级,中产阶级的崩溃,就是诸君的崩溃。诸君之中有的已深深地痛感到没落的不安,正在挣扎与呻吟之中,有的或尚才踏入第一步,只茫然地感到前途渐就黑暗的豫觉,程度虽有不同,要之都已是在没落崩溃的途上的人们了。在这变动的期内,诸君的家庭尚能挣扎着令诸君入中学为中学生,不可谓非诸君之幸。不瞒诸君说,在下也是中产阶级出身,而且是一个做过二十年的中等学校教师的人。产是早已没有了,依了自己的劳动,现总算还着起长衫,在社会上支撑着中流人物的地位,可是对于儿女,却无力令其尽受完全的中等教育。一个是高小毕业就去作商店学徒了,一个是初中未毕业,即令其从事养蜂与园艺了,还有一个现在虽尚在中学校,但能否有力保其毕业或升学,自己也毫无把握。作了二十年中学教师却无力使自己的儿女受中等教育,每想到"裁缝衣破无人补木匠家里没凳坐"的俗语,自己也不禁要苦笑起来。

话不觉走入岔路去了，一笔表过，言归正传。

世间最难动摇的是事实，事实是不能用了甚么理论或方法来把它变更的。中产阶级的崩溃没落既是事实，我们虽然自己不情愿，也就无法否认。所谓崩溃或没落，原是就了全生活说的，若限在受教育的方面说，意思就是：诸君现在虽在中学为中学生，前途难免要碰到种种的障害。不能入大学，不能入高中，或并初中亦不能毕业，也都是很寻常的可有的遭遇，并非甚么意外的大不幸。诸君啊，先请把这话牢记在心里。

诸君读了我这番杀风景的议论，也许会突然感到幻灭，要发生绝望的不安了吧。如果如此，那不是我说话不得其法，就是诸君太天真烂缦太未经世故的缘故。我所说的自以为是一种真实，并没有一句是欺骗或恐吓诸君的话。并且，我对诸君说这一番话，目的原不欲漫然把暗云投入诸君的快活的心胸里，在诸君火热的头上浇冷水；乃是想叫诸君张开了眼，认识眼前的事实，更由这认识发出勇敢的新的努力，去适应目前或将来的环境，能在大时代中游泳而不为大时代的怒涛所淹没。

那末怎样好呢？反正能否毕业能否升学都靠不住，就退学吗？或者赶快去别觅可以吃饭的职业吗？诸君的父母家庭，有的为了贪近利，有的为了真是负担不住了，也许早已盼望诸君如此了吧。家庭环境各各不同，原不好一概而论。若就大体说，诸君还是未成年者，在成年以前，最好能受教育，把青年生活好好地正则地度过去。诸君能在中学为中学生是应感谢的幸福，不是可诅咒的恶事。有书可读且读，但读书的态度，却须大大地更改。

第一所希望于诸君者，就是要快把从来的"士"的封建观念先行划除。中国古来封建时代称读书人为"士"，这士的制度已在几千年以前消灭了，而士的虚名仍历代相沿，直至现在，虚名原已不存了，而士的观念仍盘根错节地潜伏在一般人的心中。诸君的父母令诸君入学的动机，诸君自己求学的态度，乃至学校对于诸君的一切教育方法和设施等等，老实说，有许多地方都还是脱不尽这封建思想的腐气的。一般人误信以为在学校毕业了就可得到一种资格，就可靠文凭吃饭，这种迷信，的的确确是因袭的封建的恶根性。中国近十余年来的变乱，原因当然很复杂，但如果全国没有整千整万的毫无实学实力只手捏文凭的冒充的士，来替人摇旗呐喊，来替人造作是非，局面决不至糟到如此。我常以为中国最要的事情是裁士，而裁兵次之。要化士为工，化士为商，化士为农，化士为兵，除了少数有天分的专事学问的学者外，无一人挂读书人的空招牌，而又无一人不读过书，无一人不随时自己读着书，中国的前途才有希望。

第二所希望于诸君的是养成实力。诸君如果真能把从来以读书为荣的封建观念打破了，就能发见求学的新目标——就是觉悟到为养成实力而求学了。说到现在的学校教育，可指摘的处所实在很多，学校本体，除了到期给诸君以文凭外，能否给诸君以知德体三方面的真实能力，原属一个大大的疑问。如果有人说我这话太轻视了现在的学校与教育者，那末让我来自己招供吧。前面曾说，我是曾做过二十年的中学教师的，自问也不曾撒过滥污，但却不敢自信曾有任何实力给予学生过。学校教育的靠不住，原因很多，这里无暇絮说。但无论如何，学校究是为青年而特设的教育机关，从来学校教育的所以力量薄弱，也许由于学生的求学态度的不正。诸君果自己觉醒，对于学业及生活不再徒讲门面，要求实际，把一切都回向于实力的养成上去，则我可以保证诸君能相当地收得实力的。

了解了以读书为荣的错误，知道了实力的重要，在环境许可的期间，利用诸君的青春去作将来应付新时代的豫备。有能力升学出洋固好，即不能升学或毕业，也比较容易以所养成的能力找得相当的职业。中产阶级只管没落，自己能在新兴继起的阶级中做一个立得住站得稳的人，不做新时代的落伍者：这是我所希望于诸君的总归宿。

圣书里的先知们，有的警告人说：末日快到了，有的警告人说：天国近了，叫人豫备。"山雨欲来风满楼"，中产阶级已岌岌可危了，今后到来的世界从社会全体看来，是天国或是末日，学者之间因了各人的见解，原不一其说。但无论是好是坏，要来的终究要来，所以我们也不得不先有所豫备。豫备的第一步，就是对于自己所处的地位与时代的觉醒。

中学生诸君啊，记着：我们的地位是中产阶级而时代是一九三〇年！

新年之始，乌老鸦似地向诸君唠唠叨叨说了这一大串杀风景的话，抱歉之至！最后当作道歉，让我再来真诚地向诸君祝福吧：

　　中学生诸君，新年恭喜！

　　　　　　　　　　　　　（原载《中学生》创刊号，1930 年 1 月）

答问一❶

　　［问］　时间和空间，作何解释？（福建泉州周玉书）

　　［答］　时间和空间，就是中国旧来所谓宇宙（上天下地曰宇，即空间，古往今来曰宙，即时间）。（尊）

　　［问］　敝人是一个在去年因家庭经济所挞鞭而失学的中学生。很想来寻找个半工读的学校续读，然不知像学校林立的上海，南京，广州，有没有半工读的学校可进？（新嘉坡侨星校正威）

　　［答］　待查。上海现有劳动大学，得免费肄业，先请直接函询详细情形。（尊）

　　［问］　我很想学科学，但拿起科学书看，便觉乏味，不知怎样可引起我的兴趣？（浙一中初三下锦涛）

　　［答］　兴趣原有种种的分别，普通所谓兴趣者，常发生于"情"，而科学却属于"知"的学问。科学的兴趣，就是求知的兴趣，一自然现象，一种学说，一个定理，如果你能周详地加以追究，逐渐触类旁通，就自然会有兴趣起来。科学的趣味，不在书本的字面上（如诗歌小说），在你自己的心向上，研究的历程上。古来科学家中尽有一生钻研一自然现象或一原则，乐此不疲的人哩。（尊）

　　［问］　苏轼的《水调歌头》："转朱阁，低绮户"，这两句的"主词"是"人"，还是"月"？又"低绮户"中的"低"字应作何解？（广东新会李励志）

　　［答］　二句主词当然为月，"低"字与"下"字意相近，看下文"照

---

　　❶　答问一系列（一至六）为夏丏尊在《中学生》杂志"答问"栏目对读者提问的回答，题目皆为编者所加。

孤眠"就可知了。词中把形容词作动词用的倒很多,附举数例,以供
参考。

  把酒留春春不住,柳暗江头。(胡仲了《浪淘沙》)

  烟迷楚驿,月冷蓝桥。(孙惟信《夜合花》)

(尊)

(原载《中学生》第 3 号,1930 年 3 月,署名:尊)

受教育与受教材

　　自从我在《中学生》创刊号上写了那篇《你须知道自己》以后,就接到了不少的青年的来信。有的自陈家庭苦况,有的问我中学毕业后的方针,有的痛诉所入学校的不良,问题非常繁多,欲一一答复,代谋解决,究不可能。没法,只好就诸信中寻出一个比较共同的问题,来写些个人的意见当作总答。

　　我在创刊号那篇文字里,曾劝中学生诸君破除徒以读书为荣的"士"的封建观念,养成实力。这次所接到的来信中,差不多都提及到这实力养成的问题。关于这,我实感到有答复的责任。至于答复得好与不好,且不去管他。

　　先试就实力二字加以限制。我的谈话的对手是中学生,所谓实力,当然不是甚么财力,权力,武力,也并不是学士或博士的专门学力,乃是普通一般的身心上的能力。例如健康力,想像力,判断力,记忆力,思考力,忍耐力,鉴赏力,道德力,读书力,发表力,社交力等就是。

　　这种能力,虽是很空洞,很抽象,却是人生一切事业的基础。犹如数学公式中的 X,诸君学过数学,当然知道 X 的性质。X 本身并无一定价值,却是一切价值的总摄。只要那公式是对的,无论用甚么数目,代入 X 中去都会对。上面的各身心能力,本身原不能换饭吃,成学者,或有功于革命,但如果没有这诸能力,究竟吃不成甚么饭,成不了甚么学者,或有甚么贡献于任何革命事业的。

　　这身心诸能力,原也可从自然环境或职业去部分地获得,例如滨海的住民常善泅泳,当兵的自会富于忍耐力。但人为的有组织的养成机关,不得不推学校教育。所谓教育,就是能力给与的设计。学校就是为施行这设计的而特造的人为的环境。

专门以上的学校,为欲使学生直接应世,倾向常偏重于专门的知识技术的传授。专门以下的学校,所传授的不是可以直接应世的知识技术,其任务宁偏重于身心诸能力的养成,愈是低级的学校愈如此。所谓课程也者,无非施行教育作用的一种材料而已。专门以上的课程,收得了也许就可应世,就可换饭吃,至于专门以下的学校课程,收得了仍是不能应世换不来饭吃的。不信,让我举例来说:诸君花了不少的学费,费了不少的光阴,好容易瞭解了几何中西摩松(Simson)线的定理或代数中的二项式,记得了蒲公英鲸鱼的属类与性状。假如初中毕业时成绩第一。但试问这西摩松线的定理解答和关于蒲公英鲸鱼的知识,写出来零折地卖给谁去? 怕连一个大钱也不值吧。又假定诸君每日清晨在早操班上"一二三四"地操,一日都不缺课,操得非常纯熟,教师奖誉,体育成绩优等。试问这"一二三四"的举动,他日应起世来,能够和卖拳头的江湖朋友一样收得若干铜子吗? 以上不过随举数例,其实诸君所学习着的各科,无不皆然。

诸君读到这里,也许又要感到幻灭了,且慢且慢。西摩松线二项式和蒲公英鲸鱼的知识,虽不能卖钱,但因此而表现的推理力记忆力等等是终身有用的。又,幸而能升学,进而求更高深的科学,这些知识当作基础也是有用的。"一二三四"操得好,虽不能变铜子,但由此锻就的好体格和敏捷,忍耐,有规则等的品性,是将来干任何职业都必要的。"功德不虚",诸君用几分功,究竟有几分益处在,断不至于落空。

由此可知,中等学校教育的课程,只是一种施行教育的材料,从诸君方面说,是借了这些材料去收得发展身心能力的。诸君在中学校里,目的应是受教育,不应是受教材。重视书册,求教师多发讲义,囫囵吞枣似地但知受教材,不知受教育,究是"买椟还珠"的愚笨办法。

诸君读了我上面的话,如果以为是对的,那末希望诸君注意二事。

第一,要自觉地从各科目摄取身心上的诸能力。我上面所说的话,原只是普通教育上的老生常谈,并非甚么新说,照理,教师们都该知道了的。他们应该注意到此,应该利用了教材替诸君养成实力,不应留声机器似地徒把教本上的事项来一页一页地切卖给诸君。但现在的学校实在太乱杂了,一年之中可换三四个校长,前学期姓张的先生来教诸君的地理,后来归姓胡的教,这学期又换了姓王的。在这样杂乱无序的情形之下,说不定诸君的教师之中没有不胜任的分子。又,教育是教师与学生合作的事,教师虽施着正当的教育,学生如果无接受的热心,也不会有好结果,故诸君须有养成身心诸能力的自觉才好。一个代数方程式,同级的人都能解,你如果解不出,这事本身关系原不大。但在一方面说,就是你的记忆力或思考力不及人,不到水平线,这却是大事。冬天早操屡次赶不上,这事本身原不算得甚么有碍,但由此而显现着的你的这惰性,如果不改革,却是足为你终身之累的,无论你将来干甚么。

第二,对各科目要普遍地学习。近来中学生之间,常有因浅薄的实用观念或个人的癖好,把学习的科目来偏重或鄙弃的事。有的想初中毕业后去考邮局电报局,就专用功英语,有的想成文人,就终日读小说。无论那一校,数学都被认为最干燥无味,大家对了都要皱眉的科目。体育科,则除了几个选手人员外,差不多无人顾问,认为可有可无。图画音乐等科也被认为无足重轻的东西。这种倾向,由能力养成上看来,真是大大的错误。因了学科的性质,有的须多用些功,有的可少用些功,原是合理的。又,现制中学的高中,已行分科制,学生为了将来所认定的方向,学习要偏重些某方面,也是对的。我所指摘的只是普通一般的中学生的对于学科的偏向,尤其是对于初中部的学生。你想毕业后去考邮局或电报局,并不是坏事,但除了英语的知识以外,多带些知识趣味去,就是说,在记忆力忍耐力等以外,多养成些别的能力去,不更好吗?你想成文人,也好。但多方面的能力修养,将来不会使你的文人资格更完满吗?

中学原只是普通教育,其中的学科,都是些人类文化的大略的纲目,换言之,只是一种常识,在综合地养成身心的能力上看来,不消说是好材料。次之,在有升学希望的人,当作豫备知识,也自有其意义。至于要想单独地拿了一种去换职业,究竟是毫无把握的。将来情形变更,也许不能这样断言,至少在现制度是如此。任你怎样地去偏重,结果所偏重的依然无用,而在别的方面却失去了能力养成的普遍的机会,只是自己的损失而已。

一家商店,常有一种东西是值得买,而其余是不值得买的。例如杭州西湖上的菜馆里,醋溜鱼是好的,而挂炉烧鸭就不好。虽然门口也挂着"挂炉烧鸭"的牌子。我们如果要吃醋溜鱼,就到杭州西湖边上去,如果要吃烧鸭,那末上北京菜馆去。不然,就会找错了门路。学校犹如商店,在中学校里,所可吸收的是普通的身心能力,不是可以直接应世的教材。如果要买应世实用的教材,那末将来进专门大学去,或是现在就进甲种实业去,急于考邮局电报局的,还是进英文夜校去。

中学校的性质如此,是借了教材给与能力的,诸君在中学校里,试自己问问:"我在这里受教育呢,还是在这里受教材?"

(原载《中学生》第 4 号,1930 年 4 月)

答问二

〔问〕　何谓名教？内容如何？其历史又如何？（苏州中学邓达章）

〔答〕　名教者，就是以"名分"来范围人的行为的一种政策。中国古来关于这"名"字，注重的学者不少，尤其是儒家。孔子的政见，第一是"正名"，"君君臣臣父父子子"，就是他的标语。（尊）

〔问〕　《旧约圣经》之 Genesis 与 Exodus 的对译本（见贵志答问栏），系何书局出版？并定价若干？（温岭 T. Chen）

〔答〕　《圣经》有英文本，有中文本，由上海北四川路协和书局可以买到。对译本也许没有，你把中文与英文的买来对看就好了。价目因装订及大小不同，可函询该书局。（尊）

〔问〕　今浙江台属各县，草帽非常兴旺，出口很多，每日约有数万元之巨。然内地未见戴带，不知行销于何地？有说：外国妇女戴的；有说：是外人作礼物赠送。但我终不能明白。请回答！（前人）

〔答〕　据我所知，上海近年专有一种草帽营业（不消说背后是有外国人的），备了上等原料叫内地妇女织作草帽运往外国去。此项草帽价值很昂，专销外国。其所以要叫中国内地妇女织作者，完全是因为内地妇女工资低廉的缘故。浙东各处近年都有这项草帽工作，余姚尤多，据说每年全县可得工资数百万元云。（尊）

（原载《中学生》第 5 号，1930 年 5 月，署名：尊）

悼一个自杀的中学生

　　近有一个朋友从八月五日的北平《民言报》上剪了这条记事给我们，问我们对于这严重的事实有甚么意见可说的没有？

　　昨日下午五时余，阜城门外笮桥护城河内，突然发现男尸一具，漂浮于水面。比经该管西郊警察署闻讯，即派夫役打捞上岸，检视该男尸身穿灰黄色茧西服、黑皮鞋、平顶草帽，年约二十余岁。复由其身上搜出名片多张，上印石惠福，住清华园蓝旗营房村一百三十二号等字样。该警署以石惠福必系死者之名，遂即派警传唤其家属。迨至翌日清晨，地方法院派检察官聂秉哲、书记官黄鹤章、检验吏张庚堃，率领司法巡警前来相验时，突有一年老人，偕一少妇，手持书信一封，哭泣而来，当即向死者抚尸痛哭。经检察官讯问，其名唤石印秀，年六十二岁，此同来少妇，系伊儿媳，死者系伊长子。彼昨日声言赴外四区署投考巡警，乃不期彼投河自杀，本日接其邮寄来函，竟系绝命书一封，伊全家正在惊愕之际，适巡警传唤，始知其在该处投河自尽等语，并持书信呈验，复又抚尸痛哭不已。比经检验吏相验毕，遂准其尸亲备棺装殓抬埋。惟已死者之绝命书中，述其系一中学毕业生，因谋事未遂，其父令伊投考巡警，彼乃愤而自杀，情词极为凄惨。兹觅得录志于下：

　　"亲爱仁慈的老父：中学毕了业，上大学念不起书，找一个小事做，挣钱养家，这些话不是你老人家说的吗，现在怎么样呢？虽然毕了业，没有好亲戚援引，阔同乡的帮助，就是一名书记也找不到。念书为的做事，挣钱养家，现在不能挣钱，不能养家，这岂不愧死人吗？

当巡警已(也字误植)是职业之一,看哪,北平人穷了不是拉洋车,就是当巡警,但是我绝不愿意去考巡警。违背父命,是不孝,不孝之人,应当排除社会之外,所以我自杀以赎不孝之罪。这封信到了我们家中时候,我已在那碧波荡漾中麻醉了。儿福绝笔。"

在大众没有出路的现今,自杀已成为普通的出路了,全国不知道,上海每日报纸上差不多没有一日无人自杀,而且大概都是青年。社会人士每读了悲惨的遗书,和可以令人酸鼻的记事,不曾表示甚么,除了没有眼泪的法官写几个"验得某人委系自杀身死,遗尸着家属具领棺殓"大字以外,并不闻政府有甚么意见。

自来普通青年的自杀,其原因或由于失恋,或由于思想上的烦闷,或由于放逸的结果。自杀尚是可悲的事,他们的自杀在旁人看来,常觉其中多少夹杂着享乐和好奇的分子,因之感动也常不能强烈。石惠福君,是因中学毕业无职可就而自杀的,是一个严重的中学生出路问题。石君已矣!继石君而自杀的不但难保没有,而且恐怕一定要有。我们对于这深刻的中学生的苦闷现象将怎样正视啊?

关于中学生的出路,本志曾悬赏征文,在第六号发表过许多答案了。其实,中学生的出路成为问题,是我国特有的现象。现今全世界差不多没有一国不碰到失业的致命的灾难,然其所谓失业者,都是曾经有业过的工人商人,或是大学专门学校的新毕业生,至少也是中等职业学校出身的人。他们都已具有职业的素养而竟无出路,故称为失业。至于无力升学的普通的中学毕业生,虽无职业,亦并不列在失业者之内的。普通中学教育,所授的只是一种生活能力的坯材,不是某种生活方面的特殊定形的技能。普通中学的毕业生,只是一个身心能力较已发达了的人,并不是有素养的工人商人或其他的职业者。他们能升学的须由此再进求职业的知识,无力升学的,也当就性之所近,力所能及,觅得一种事做,从事于实际的职业的陶冶。用比喻来说,既成的职业者和职业方向已决定了的专门大学的毕业生是器物,而中学毕业生尚是造器物的原料,器物因有一定的用途,销路有好有坏,至于原料,用途不如器物的有一定限制,销路应较器物自由。故就一般情形而论,中学生的出路问题,照理不如一般失业问题的紧迫。如果中学生的出路,要成问题,那末高小毕业生的出路,也要成问题,甚而至于初小毕业生的出路也都要成为问题。那就成为全体国民的出路问题,不是中学生的出路问题了。

说虽如此,却不能适用于中国。中国的中学生确有出路问题,而且问题的严重性不下于一般的失业问题。石惠福君的自杀,就是证明。石惠福君的自杀人已知道,此外不知道的恐怕还有,将来也许陆续会有这种不幸发生,至于一时虽不自杀,而用了潦倒颓废的手段慢性地在那里自杀的青年,其数更不堪设想哩。

中学生的出路何以在中国成为问题,而且如此严重:其原因当然很多,世界的、国际的,及社会的,政治的原因,现在不提,且就中学教育及学生本身,加以考察。

先就中学教育说:

中国的教育制度,是模仿别国的,可是模仿来的只是一个形式,内容却仍是"之乎者也"(现在改作"的了吗呢")式的科举式的老斯文。在中国求学叫做读书,不论其学艺术、学医药、学工业,甚至于学体操,都叫做读书。普通的中学无工场,无农场,即使有了农场与工场,也不劳动,只是当作一种教师时间的切卖所而已。除了几张挂图、几架简单的理化仪器以外,彻头彻尾是书本(而且只是教科书)的教育。先生拿了书上堂下堂,学生拿了书上班退班。腰间系一条麻绳与小刀,带起有边的帽子,提着木棍,就是童子军;挂幅中山像,每周月曜向他鞠三个躬,静默三分钟,就是党化教育;各处通路钉几块"大同路""平等路""三民路"的牌子,就是公民教育。十月十日白相一天,每次下课休息十分钟,先生口口声声"诸位同学",校工口口声声"少爷小姐",三年毕业,文凭一张。如要升入高中,再这样地来三年。这是普通中学教育的实况。中学校的墙壁上或廊柱上虽明明用了隶书或是魏碑写着"打破封建制度"的标语,其实中学校本身就是封建制度的化身,而且还是封建思想的养成所。试问这成千成万的"诸位同学"和"少爷小姐"走出校门,除了有老米饭可吃,或是有钱升学的,叫他们到那里去呢? 当然是问题了。

以上是就中等教育的精神说的,让我们再就了中学校的制度来看。中国在中学制度上曾行过双轨制,一方有纯粹的中学校,一方别有甲种实业学校。自学制改革以后,取消双轨制,于纯粹的中学校中,附带各种职业科。可是改革以来,高中于文理二科以外,除了设备不必大化钱的师范科商科等外,不闻附有别种门类的职业科。今则且并正统的文理二科亦许不设,得改为混沌的普通科了。至于初中的职业预施,更无所闻。

学校原该使各阶段可以独立。中国的学制从系统图上看去,似乎也可以言之成理,划分自由。可是这张系统表却是一张不能兑现的支票,实际是高小为初中的预备,初中为高中的预备,高中为大学的预备(大学呢,又是出洋的预备)而已。下级各为上级的预备,在下级终止的就做了牺牲,这牺牲以中学一段为最惨酷。因为就时期说,中学时代是青年期与成年期的交点,一遭蹉跎,有关于其终身。就经济状况说,中学生兼有富者小康者与微寒者三种等级,富者且不提,小康者与微寒者是大都无力升学与出洋的。不及成器,半途而废,结果也是毕生受害。

就实际情形看来,中国的中学校本身已在暴露着空虚与破绽,已在自己种毒的途上了。它一壁无目的地养成了许多封建式的"诸位同学"与"少爷小姐",一壁除了升学以外不豫计及他们的去路。这种教育真值得诅咒。老实说吧,中学校自己已在那里自杀了,中学校毕业生石君的自杀,可以认作中学校自杀的朕兆的。

再说学生。

从理论上说来,学生思想行为的如何,能力的优劣,大半该由教育者或学校负责的。这话的确度,在实际上也许要打折扣,尤其不能适用于中国。中国的教育界内容既空虚,而且变动极多。我所居的附近有一个中学校,成立不过七八年,在我所知道的中学校中,比较要算变动很少的,可是也每年总有大部分的教职员更动。那里一路植有杨柳,我于学期之末,眼见交往初熟的知人带着行李走了,总要黯然地记起"年去岁来应折柔条过千尺"的词句来,同时感到现今教育界的不安定。觉得在这样传舍似的教育界，即使有热心肯对学生负责的教育者，责任也无从负起。一个学生从入学起至毕业止，难得有始终戴一个人为校长，一门功课由一个教师授完的。据一个从济南来的朋友说，山东于最近半个月内更换了三个教育厅长，真是"五日京兆"了。我想，教育厅长如此，那末校长与教员的变动的剧烈，恐怕要如洗牌时的麻雀牌了吧。

话不觉说得太絮烦了，但我的意思只在借此一端说明中国教育界的不能负教育的责任而已。除了不安定以外，中国的教育界缺点当然还多，这里不备举。在这种不能负责任的教育的环境之下，学生自身如不自己觉醒，真是危险之至。自己教育在教育上原是很重要的事，而在中国的学生更加重要。

第一要紧的是时代与地位的自觉。关于此，我在本志的创刊号曾一度论及。现在学校的环境里，很有许多可以贻害青年的东西，足使青年堕入五里雾中，受其迷醉。现在的学校差不多谈不到身心的锻炼，全体充满着虚伪的空气。明明是初步的学习，却彼此号称"研究"；明明是胡闹，却称曰"浪漫"；饭厅有风潮了，总是厨"役"不好，工人名曰"校役"；甚么"诸君是将来的中坚分子"咧，"努力革命事业"咧，"读书可以救国"咧，诸如此类的迷药，尽力地向青年灌注。试问，青年住在这幻想的蜃楼里，一旦走出校门，其幻灭将怎样啊。石惠福君的宁自杀不当巡警，实是千该万该。因为巡警不是"中坚分子"，做巡警不好算"革命事业"，也不好算"救国"的。

中学生在中学校里"研究"了三年或六年，大家都想作所谓"中坚分子"，都想做所谓"革命事业"，都要尽所谓"救国"的天责，于是本已困难万分的中学生的出路，更增加其困难性，除了有"好亲戚援引，阔同乡帮助"的幸运儿以外，恐怕只有石惠福君所走的死路一条了。

因为石惠福君的遗书里有关于他父亲的话，我顺便也在这里向作父母的人说几句话。

使子女受教育，原是父母的责任。可是现今理想社会还未实现，财产私有制度尚未废除，甚么都要钱，教育费为数又大。当你未送子女入中学校以前，你须得摸摸你的荷包看。万一你觉得财力不够使你的子女于中学毕业后更升学，你就须把送子女入中学的事，加以踌躇考虑。为你计，为你的子女计，与其虚荣地强思使门楣生色，也许还是不入中学，或不升高中，以高小或初中毕业的资格直接去谋相当的职业为是。

培植子女，在普通的家庭看来，是一种商业的投资。"念书为的做事，挣钱养家"，这不单是石惠福君父亲的话，恐怕是一般父母的话吧。这种素朴的投机的心理，虽可鄙薄，也大足同情。但现在已不是"万般皆下品唯有读书高"的时代了，教育的投机事业，未必稳定。纵使有大大的本钱，把子女变成了学士或博士，也未必一定能挣钱养家。至于本钱微小的，一不留心，反足使子女半途而废，其害自更甚了。卢梭以为富人之子应受教育，至于穷人之子不必受教育，可由环境去收得教育。故他在《爱弥尔》里所处理的理想的孩子就是一个富者之子。这原是一种偏激之说，但在现代经济制度之下，特别的在现在中国的教育情形之下，是值得一顾的话。中学生毕业后无力升学，穷于出路，这也许大半是父母当时茫茫然使子女入中学之故。做父母的应同负责任。中国的中学校的各阶段不能独立，名为可附带各种职业科，而其实只是空言。在这状态未改正以前，我敢奉劝中流以下的家庭父母勿轻率地送子女入中学校。

以上是我因闻石惠福君之自杀而感到的种种。我和石君未曾相识，不知其家庭如何？境况如何？精神上有无疾病？曾从那一个中学校毕业？是初中，抑是高中？只是凭了友人所寄来新闻记载，当作一个抽象的中学生问题加以考察而已。话虽已说得不少，在读者眼中，也许只是照例的旁观论调，等于我在开端所说的"验得某人委系自杀身死……"的法官口吻，亦未可知。但我自信并不如此。

还有，我所说的只是消极的指摘，别无积极的改进方案。这也许会使读者不满。积极的改进方案，原该想的。可是我非其人。教育部、各省教育厅，都设有管领中等教育的官吏，想来都在考案着。请读者拭目以待吧。

(原载《中学生》第 8 号，1930 年 9 月，署名：丐尊)

答问三

[问] 姚鼐《复鲁絜非书》中"抑人之学文,其功力所能至者,陈理义必明当,布置取舍繁简廉肉不失法,吐辞雅驯不芜而已。"廉肉二字,宜作何解,请注明之。(上海秦本鉴)

[答] 廉有轮廓骨格的意思,肉有内容质料的意思,"廉肉不失法"即文字骨肉相称,外形与实质合法之意。(尊)

(原载《中学生》第 8 号,1930 年 9 月,署名:尊)

答问四

　　[问] 《文章作法》,第一〇一页与一〇三页中所节录之《复堂日记》及古人书札三节,读之颇爱,不知二书何处出售。(松江高材)

　　[答] 一、《复堂日记》系《半厂丛书》之一部,浙江官书局有售,二、书札见《历代名人小简》,商务有售。(尊)

　　(原载《中学生》第 9 号,1930 年 10 月,署名:尊)

1931

动物界的无线电

　　动物的行动真有令人不可思议者,如鸠的传书,候鸟的旅行,夜鸟的在暗中搜捕昆虫,蝶类的追逐数里以外的异性。关于这等不可思议的现象,有些学者以为它们的感觉特敏,有些学者则别于理性及感觉以外,提出本能二字来加以解释。

　　近来法国科学者乔治·拉可蒲斯奇教授,对于这动物界的不可思议的现象,唱着一种大胆而新奇的学说。据他所说:一切动物都放着短的以太的波,同时一切动物都具有着摄受这波的收音装置的。因了这电波的放送与摄受,故动物能感知远方的事物。

　　教授对于其所主张的学说,曾举着一件有趣味的事实。他曾把传书鸠带到某无线电台旁去放,见鸠非常狼狈,只管在四周回绕。行之好几次,都如此。因为无线电把那鸠所依凭的波扰乱了。教授因这实验的结果,断定鸟类的所以能找到昆虫,实乃昆虫所放的波足以招致鸟类的缘故。

　　从前法国博物学者亨利·恢勃尔关于雄蝶追逐远方的雌蝶的事,曾作过种种的实验,结果谓是由于臭味的感染。说虫类对于臭味的感觉特敏。拉可蒲斯奇对于恢勃尔的实验,亦曾反复行之,认雄蝶的行动与臭味毫无关系,实由雌蝶的细胞(电池)所发送的一种电波吸引着雄蝶的缘故。他曾用化学药品把那种细胞杀死,臭味虽仍存在,电波的发送既停,雄蝶也就不趋近了。有许多甲虫,寻获腐肉而食。据这新学说,则甲虫的所以能寻获腐肉,并不由肉的臭味,乃由于腐肉的微生物有一种电波发送,把甲虫诱引来的。

那末动物的发信装置究在那里？据拉可蒲斯奇教授所说,认有生命的细胞都会放射电波,细胞的中心里有着用不传导体绝缘的带圈的传导线。它能当作蓄电器,又可当作那因了振动发生电波的电气回路。又据拉可蒲斯奇的新说,各种有生命的细胞,都各有其特具的波长。因了那种显微的蓄电器的振动而生的短波的能,原是极其少量的,但却是非常高度的东西。虽感受性极弱的受信器,也就能发出生理的影响来。

那末,对于这显微镜的蓄电器引起振动的电气能,究从何处来的呢？这所需的电气能原不多,只要少许一些就好。拉可蒲斯奇教授以为这是由宇宙间所放射的能来的。他信空间无论何时,常充满着一切波长的电波——大概由远的星发来——的微弱的放射。

又,动物的身体中受信机是甚么？究在那一处呢？据教授说,高等动物或鸟类,应该在耳部的半圆形管中,至于昆虫,应该在触角上。昆虫的触角与无线电机的天线,很相类似。

在高翔的飞鸟,于上述之受信机外还须有探测方向的装置。它们因了飞上飞下以及身体与大气的磨擦,增减其受电量,借以调节其受信机的电气力量。据教授所说,传书鸠或其他的飞鸟当其开始飞行决定方向时,所以必先略事回旋者,就为了此。他又认动物的尾上也有着无线电的机构。凡有尾的动物,常摇动其尾以使自己电化。这尾能收集电波,也能传导电波,全备着通信的效用。

拉可蒲斯奇的主张,颇新奇而大胆。科学者之中,不少赞成的人。但尚未公认为定说,拉可蒲斯奇自己也承认只是一种便于说明动物现象的假说,尚须继续加以实证哩。

（原载《中学生》第 12 号,1931 年 2 月,署名:默之）

答问五

［问］ 自修日文至少须多少时期后方能看浅近的文艺书了？（胡一民）

［答］ 日文似易而实难。文艺书更难阅读。但如能刻苦自修，每日用功一二小时，三年以后，也许能看得懂文艺书了。（默）

［问］ 请介绍几份适于中学生看的日本杂志。（潘继伯）

［答］ 日本小学生杂志很多。但据我所知，却没有专供中学生看的杂志。至于英语理科等分科的杂志却不少。详细可问内山书店杂志部。（默）

［问］ 我现在夜校中读的是《中日对译日语会话宝典》《现代日本语会话文法》和日本文部省的《寻常小学国语读本》第七册，在最近的将来都将读完了，可不知有什么相当的而合于自修的书可以给我读？（朱志明）

［答］ 读甚么书好，很难为代定。还是请问你的日本文教师。（默）

［问］ 本埠各学校对日文特别注重的是那校？（朱志明）

［答］ 只有日本人所办的同文书院及北四川路底的日语学校。（默）

［问］ 有没有英和对译或中日对译的读本，小说，和杂志？并在何处可以买到？（朱志明）

［答］ 中日对译的书，尚没有。英和对译的书，日本很多。可写信问上海内山书店。（默）

［问］ 松本龟次郎除著有《言文对照汉译日本文典》外尚著有《日本口语文法》，不知沪上何处出售？定价若干？（该书是否附有汉译？）（韦

沈)

　　〔答〕　该书附有汉译,定价约日金三元。可向上海内山书店购买。

(默)

(原载《中学生》第 14 号,1931 年 4 月,署名:默)

关于职业

　　暑假快到,诸君之中有许多人将在初中或高中毕业了。有钱的不消说正在预备升学,境况不裕的却不得不就此与学校生活告别,各自分头奔向社会中去找寻出路,谋糊口之所。"去干甚么好呢?""有没有可干的事呢?"这两个问题,恐早已占领着诸君心的全部了吧。

　　"去干甚么好呢?"这是职业的选择问题。"有没有可干的事呢?"这是职业的有无问题。

　　关于青年的职业,我们平常所听到的有两种议论,想来诸君也曾听到过。

　　一派人这样说:"职业是神圣的,而且是终身的大事。青年于未就职业以前,须考察社会环境,审度自己个性,参酌将来的希望,仔细选择。"

　　这番议论原不是毫无理由的话,可是按之现今实际,却不免是一种高调。"审度自己个性","参酌将来希望",这种条件在眼前有许多可就的职业的人,也许可作参考。现在还是用人尚未公开、私人可以滥用的时代。假如诸君之中有这样的一个幸运儿,父亲居政界要位,叔子是商界首领,母舅是大工厂主,未婚妻家有一个大大的农场,各方面汲引有人,他无论到那一边去,都不愁跑不进。对于这样的人,第一种高调是值得倾听的。可是在大多数的一般人看来,这番议论只等于空洞的说教,等于一张不能兑现的美丽的支票而已。

　　又有一派人说:"中国困处在帝国主义的资本主义之下,产业落后,国内即有产业,亦被握于帝国主义走狗或资本家之手。无业、失业,都是帝国主义与资本主义的罪恶。我们要有职业,就应该起而革命,赶快打倒帝国主义与资本主义,否则就无法解决职业问题。"这番议论有着事实的根据,当然不能说是不对。可是也是一种高调。革命不是一旦可成就的大事,而且要大多数人都不事生产,以革命为专业,也究不可能。未来是未来,现在是现在,未来的合理的自由社会虽当悬为目标,群策群力地求其实现,现在的生活的十字架却仍无法不负的。

第一派议论偏重于职业的选择,第二派议论偏重于职业的有无,结果都有有方无药的毛病。职业问题的纠纷,实起于这职业的有无与选择两问题的错综。职业的有无,原是第一问题,但我们不能说中国人都没有职业。试看,种田的在种田,做工的在做工,做店员的在做店员,他们境况虽不甚佳,何尝没有职业?就大体说,职业是有的,可是自诩为士的读过几年书的学生,都不把这种职业放在眼里,他们要选择,愈选择,职业的途径就愈狭小,结果就至走投无路了。

诸君是中学生,除师范部出身的已略受关于小学教师的职业陶冶外,大部分在职业方面尚未有一定的方向。诸君出校门时,社会未曾替诸君留好一定的交椅,为工为农为商都要诸君自己去为,自己去养成。这在诸君是一件困难的事,但也是一件自由的事。困难的是甚么职业都外行,要从头学起;自由的是甚么职业都可为,并不受一定的限制。犹之婴孩初生,运命未定,前途亦因而无限。

现在让我来平心静气地提出几条可走的方向供诸君参考。据我所见,普通人的职业的来路不外下列几项,诸君所能走的方向当然也不出这几项:(一)独立自营,(二)从事家业,(三)入工商界习业,(四)入公私机关作月薪生活。

(一)独立自营 如果能够,这是最所希望的。农业也好,商店也好,工业也好,随自己性之所近,于可能范围内以小资本择一经营之。如嫌无专门知识,不妨先作短时间的见习,然后从事。想从事园艺者,可先入农场;想从事化学小工艺者,可先入化学工厂(此种见习并不以月薪为目的,机会自可较易谋得)。无论国内国外,大实业家大都是由小资本经营发迹的。独往独来地经营一种事业,生杀予夺,权都在我,较之寄人篱下的官吏及事务员,真不知要好若干倍了。

（二）从事家业　　现在已不是职业世袭的时代,农之子原不必一定为农,工之子原不必一定为工,商之子原不必一定为商,并且时代变迁得很快,祖先传来的家业,也许已有不能再维持的。但如果别无职业可就,而家业尚可继续的时候,那末从事家业也未始不是一策。因为是家业的缘故,体质上天然有着遗传的便利,业务上的知识也无须外求,一切工具设备又都是现成的,尽可帮同父兄继续干去。一面再以修得的常识为基础,广求与家业有关的知识,加以改进。如果是农家,那末去设法图农事的改良;如果是商家,那末去谋销路的扩张。可做的事正多,好好做去,希望很是无穷的。

（三）入工商界习业　　入工商界习业,就是俗语的所谓"学生意"。普通的所谓职业,大都须从"学生意"入门,因为职业上所需要的是熟悉该项职业一切事情的人——即所谓内行人,欲投身于某职业的,当然须从学习入手。入工商界习业须有人介绍与担保,不及前二项的自由,在学习的时候,普通还须受徒弟待遇,但国内真正的工人与商人,却都由此产生。普通一店或一厂的领袖人物最初就是学徒,他们熟悉了该项情形,中途独立自营,自立基业的也很多。

（四）入公私机关作月薪生活　　这是近代知识分子最普通的出路,自学校教师、公司银行的职员、工厂的技师,以至官厅的政务人员,都属这一类。到这条路去的人,不必自出资本,不必经过学徒生活,但大多数却须有较专门的知识技能。中学毕业生除小学教师外,非有人援引,未必就跑得进。即能勉强挨身进去,也只是书记等类的下级职员而已。

以上四项,为一般人可走的职业的方向。"独立自营"与"从事家业"二项,是各走各路,不必你抢我夺,无所谓就职难的。普通的所谓就职难,实在"入工商界习业"与"入公私机关作月薪生活"二项——尤其是"入公私机关作月薪生活"一项。因为入工商界习业,尚是作学徒,收容虽有定额,最初地位较低,竞争不烈,方面也广,只要投身者肯屈就,大概尚不难安排;至于公私机关则为数有限,职员的名数,薪水的总数又有一定,竞争自然利害了。

诸君出校门后,投身职业,该向那一条路跑,原不能一概论定,一条路有一条路的难处，一个人有一个人的志愿，断难代为决择。不但别人难以代为决择，恐诸君自己也无法决择。在现在的情势之下，一切须看条件。要独立自营，至少家里须有小资本；要从事家业，至少家里先要有老业；要入工商界学业，至少在工商界要有能介绍的亲友；要入机关领月薪，也至少要有人援引；此外各门还要有能相适应的特种品性（好品性或坏品性）。不过，就大体说，诸君为生活计，总须走一条路，而且事实也非逼迫诸君去走一条路不可。现世尚谈不到机会平等，只好各人走各人的路，"君乘车，我戴笠"，"君担簦，我跨马"，有的乘车，有的戴笠，有的担簦，有的跨马，从前有此不平，现在仍有此不平，无法讳言。

在现今，甚么都只好碰去看，尤其是职业。今日在职业界吃饭的人，其职业大概都是碰来的。他们有的在某公司办事，有的在某工厂中为事务员，有的在某衙门里作官吏，有的在某处办农场，但我相信他们当初并不曾有此预期，只是因了偶然的机会，经过几次转变，达到现在的地位而已。

但诸君不可误解，把"碰"解作不劳而获的幸运。要碰，先须有碰的资格。没有资格，即有偶然的机会在你眼前，你也无法将它捉住，至少在无权无势要靠能力换饭吃的大众是如此。某商店须用一个管银钱的店员，你如果是没有金钱信用的人，就无资格去碰了；某机关要请一个书记，你如果是文理不通、字迹潦草的，就无资格去碰了；某公司要找一个能担任烦剧事务的职员，你如果是身体怯弱的，就无资格去碰了。身体、品性、知识，都是碰的条件。中学校教育原不是教授职业技能的，但在身体的锻炼、品性的陶冶、知识的修养（这原是普通教育最重要的目的，可惜现在的学校却不一定能够做到）。各点上看来，却不能说与职业无关。诸君对于校课如果曾作了正式的学习，不曾马马虎虎地经过的，那末即对于以后就职业说，也可以说不曾白化了学费的了。

诸君出校门以后，就利用了在校中锻炼好了的身体、陶冶过的品性、修养来的知识去碰吧。一面还须把身体、品性、知识继续锻炼陶冶修养，以期不失未来的新机会。万一不凑巧一时碰不到职业，请平心反省，是否自己没有碰的资格？倘若自己觉到资格不够，就应该努力补修。如果自问资格无缺,所以碰不到职业,完全由于没有机会,也只有再去碰而已。实情如此,有什么别的话可说呢!

(原载《中学生》第 16 号,1931 年 6 月,署名:默之)

怎样对付教训

暑假已完,新学年就此开始,诸君将出家门,即有亲爱的父母向诸君作种种叮嘱,"保重身体"咧,"爱惜金钱"咧,"勿管闲事"咧,"努力用功"咧,……这么一大套。才进校门,在开学式中又有校长训话,教师训话,来宾训话,又是"革命勿忘读书,读书勿忘革命"咧,"打倒帝国主义"咧,"以学救国"咧,"陶冶品性"咧,"锻炼身体"咧,"谨守校规"咧……那么一大套。

不管诸君要听不要听,总之现在是诸君整段地要受教训的时期,各种各样的教训由父母师长各方面袭来,要求诸君承受遵守。诸君如果把这种教训左耳朵进右耳朵出,随听随忘,那也就罢了,倘若想切实奉行,就有许多问题可以发生。我原不敢说诸君之中没有马马虎虎把父母师长的教训视如马耳东风的人,但却信这种人极其少数,大多数的中学生诸君都是诚笃要好的青年,对于父母师长的教训,只要力所能及,都想服膺实行的。对于这等好青年,我敢来贡献关于教训的意见。

第一,须辨别教训的真伪。

教训会有伪的吗?尽有尽有!有一篇短篇小说(忘其作者与篇名)中,写着下面样的故事:

甲乙两个工场主同时在其工场中提倡节俭:A是甲工场的工人,B是乙工场的工人。

A听了甲工场主的节俭谈,很是信服,切实奉行。最初戒除烟酒,妻病了也不给她多方治疗,结果成了鳏夫。为节俭计,不但不续娶,且把住房也退掉,独自住在小客栈里。后来觉得日食三餐太浪费,乃改为二餐,最后且减到一餐。

物价虽日趋腾贵,他却仍能应付,而且还能把收入的一部分去储蓄在工场里。也曾屡次以物价腾贵的理由去向主人要求加薪,主人总不答允。主人的理由是:他费用有限,现有工资已尽够他的生活。

有一天,他去访在乙工场做工的 B,一则想看看 B 的生活方法,二则想对 B 夸说夸说自己的节俭之德。

B 的样儿使他吃了一惊。B 在数年前是个比他不如的光蛋,现在居然已有妻与子,且住着不坏的房子了。他问 B 何以能如此,B 的回答是:

"我因为没有钱,才入工场作工。主人教我节俭,但是你想,穷光蛋一个大都没有,从何节俭起啊! 后来物价逐渐腾贵,我和大家向主人要求加薪,乘机就娶了妻,妻不久就生了子。一人的所得不足养活三口,于是又只好强求主人再加薪水。有了妻子,不能再住客栈或寄宿舍,才于最近自己租了这所房子。可是生活费又感到不足了,尚拟向主人再请求加薪呢。"

B 虽这样诉说着生活的艰辛,可是脸色却比他有血色得多。B 的妻抱其肥胖的小孩,时时举目来向他的黄瘦的脸看。他见了 B 的一家的光景,不禁回想起妻未死时的情形来。

诸君读了上面所记的小说梗概,作何感想? 就一般说,节俭原是一种美德,节俭的教训原是应该倾听的。可是上述梗概中的甲工场主所提创的节俭,却是一种掠夺的策略,他们所提出的节俭的教训,完全是欺骗的虚伪的东西。诸君目前尚不是工人,不消说这样的欺骗的教训暂时是不会临到头上来的,但如果诸君的校长或教师不替诸君本身着想,专以保持自己的地位饭碗为目的,或专为办事省麻烦起见,向诸君晓晓地提倡服从之德,教诸君谨守他们的所谓校规,则如何? 合理的校规原是应守的,但校规的所以应守,理由应在有益于学生自己和学校全体,不应专为校长或教师的私人便利,去作愚蠢的奴隶。前学期的校长姓王,教师是甲乙丙丁,这学期的校长姓张,教师是 ABCD,在现今把学校视作传舍的教育情形之下,作校长或教师的未必对于学生都能互相诚信,"谨守校规"的教训,也自然大不容易有效。但我敢奉劝诸君,合理的校规是应守的,只是要为自己和全体而守,不为校长或教师私人的便利而守。当校长或教师发出"谨守校规"的教训的时候,须认清其动机的公私。为了校长及少数教师想出风头,把学生作了牺牲,无谓地奖励不合理的运动竞技或跳舞演剧的把戏,近来多着呢!

对于教训须辨认其动机的公私,不管三七廿一地盲从了去奉行,结果就会被欺。但是有种教训,在施教训的人热心为诸君设想,并无自私的处所,而其实仍是虚伪的东西。这种出于热心而实虚伪的教训,实际上很多,举一例来说:诸君出家门时,父母叮嘱你们"努力用功"。"努力用功"是一条教训,这条教训出于诸君的父母之口,其中笼着无限的对于诸君的热情和希望,可谓决不含有甚么策略的嫌疑的了。可是这真诚的父母的教训,因了说法竟可以成为虚伪的东西的。

自古至今,为父母的既叫儿子读书,没有不希望儿子能上进,能努力用功的。韩愈有一首教子的诗题目叫做《符读书城南》的,中有一段云:

　　……两家各生子,提孩巧相如。少长聚嬉戏,不殊同队鱼。年至十二三,头角稍相疏。二十渐乖张,清沟映污渠。三十骨骼成,乃一龙一猪。飞黄腾达去,不能顾蟾蜍。一为马前卒,鞭背生虫蛆。一为公与相,潭潭府中居。问之何因尔,学与不学欤。……

这段文字,如果依照今日的情形改说起来,大意是说:"有两分人家各生了一个孩子,幼时知识相同,常在一块儿游耍,后来一个努力读书,一个不努力读书,结果一个成了车夫,受人鞭挞,一个做了大官,住在高大的房子里,何等写意。"诸君的父母叮嘱诸君"努力用功"究出何种动机,原不敢断言,但普通的父母对于儿子都无不希望儿子能"飞黄腾达",以为要"飞黄腾达"就非教儿子"努力用功"不可。韩愈是个有见解的名人,尚且如此教子,普通的父母当然不消再说了。

如果诸君的父母确由此见解对诸君发"努力用功"的教训,那末我敢奉告诸君,这教训是虚伪的。"飞黄腾达"是否应该?且不去管它,要想用了"努力用功"去求"飞黄腾达",殊不可靠。实际社会的现象不但并不如此,有时竟或相反。试看! 现今住高大洋房的、坐汽车的、作大官的,是否都是曾"努力用功"的人? 拉黄包车的是否都是当时国民小学中的劣等生? "努力用功"原是应该的,原是应有的好教训,但如果这教训的动机由于想"飞黄腾达",那结果就成了一句骗人的虚伪之谈。在韩愈的时代,这种教训也许尚有几分可靠,原说不定,但观于韩愈自己读了许多书还要"送穷"(他有一篇《送穷》文),韩愈以前的杜甫有"纨绔不饿死,儒冠多误身"(《奉酬韦左丞丈二十二韵》)的话,足见当时多读书的未必就享幸福,韩愈对于儿子已无心地陷入虚伪的地步了。至于今日,情形自更不同,住洋房、坐汽车、过阔生活的,多数是些别字连篇或竟一字不识的投机商人,次之是不廉洁的官吏(因为他们如果仅靠官俸决不能过如此的阔生活),他们的所以能为官吏也别有原因,并非因为他们学问比别人都好。大学毕了业不一定就有出路,中学毕业生更无路可走,没钱的甚至要想在小学读书而不能。今日的实际情形如此,如果做父母的还要用了韩愈的老调,以"飞黄腾达"的动机,向儿子发"努力用功"的教训,直是作梦。做儿子的如果毫不思辨,闭了眼睛奉行,便是呆伯,结果父母与儿子都难免失望。

那末"努力用功"是不对的吗? 诸君的父母不该教诸君"努力用功",诸君不该"努力用功"了吗? 决不,决不! 我不但不反对"努力用功"的教训,而且进一步地主张诸君应"努力用功"。我所想纠正的是"努力用功"的教训的动机,想把"努力用功"的教训摆在合理的基础之上。诸君幼年狼藉米饭时,父母常以雷殛的话相戒的吧。诸君那时年幼无知,因怕雷殛,也就不敢任意把米饭狼藉。后来诸君有了关于电气的常识,知道雷殛与狼藉饭粒的事毫不发生因果的关系了,那末,就可任意把米饭抛弃了吗? 我想诸君决不至如此。幼时的不敢狼藉米饭理由是怕雷殛,后来的不敢狼藉米饭,理由另是一种:米饭是农人劳动的产物,可以活人,不应无故暴殄。后者的理由比前者合理,"不该狼藉米饭"的教训要摆在这合理的理由上,基础才稳固。为想"飞黄腾达"而"努力用功",这教训按之社会实况,等于"怕雷殛"而"不狼藉米饭",禁不得一驳就倒的。"努力用功"的教训,须于"飞黄腾达"以外,别求可靠的合理的理由才牢固,才不虚伪。所谓可靠的合理的理由,诸君的父母如果能发见,再好没有,万一不能发现,那末非诸君自己去发见不可,决不该把虚伪的教训只管愚守下去。

教训本身原无所谓真伪,教训的真伪完全在发教训者的动机的公私和理由的合理与否。校长教师也许会为私人的便利发种种教训,父母为爱子的至情所驱,因了素朴见解也许会发种种靠不住的教训,诸君自己却不可不加以注意考察,审别真伪,把外来的种种教训转而置于合理的正确的基础上,然后去加以切实奉行才对。诸君应"谨守校规",但须为自己的利益(不仅是除名不除名、留级不留级等类的问题)和学校全体而守校规,不应为校长教师作私人便利的方便而守校规。诸君应"努力用功",但"努力用功"的理由须在"飞黄腾达"以外另去找寻,为发达自己身心各部分的能力,获得水平线以上的知识技能而"努力用功"。总而言之,教训有真有伪,诸君所应奉行的是真的教训,不是伪的教训。

第二,须注意于教训的彼此矛盾。

教训的来处不一,所关系的方向亦不一,对于一事,往往有的教训是这样,有的教训是那样,彼此矛盾,使人无所适从的。例如同是关于身体,父母教诸君"保重身体",学校教诸君"锻炼身体",父母爱怜诸君,所谓"保重身体"者,其内容大概是教诸君当心冷暖,不可过劳之类,而学校的所谓"锻炼身体",却是要诸君能耐寒暑,或故意要诸君多去劳动。"公要馄饨婆要面",诸君也许会感到矛盾,左右为难了吧。又如父母教诸君"勿管闲事",而党义教师却教诸君"打倒帝国主义",国语教师教诸君在自修时间中多读国文书本,体育教师却教诸君每日要多运动,诸如此类的事例,举不胜举,诸君现正切身受着,当比我知道得多,无待详说。

对于这种从各方面来的矛盾的教训,诸君将如何应付,如何奉行呢?唯一的方法是把两种矛盾的教训加以比较,综合与解释,设法使之统一。让我就上面所举过的例来加以说明。

先就"保重身体"与"锻炼身体"说,二者因了解释,可以彼此统一,毫无矛盾。人生在世不但有种种事须应付,而且境遇的变动也是意料中的事,断不能一生长沈浸在姑息的父母之爱中。为应付未来计,为发达能力计,都非把身体好好锻炼不可。如果如此解释,那末适度的锻炼即所以"保重身体",同时如果真正要"保重身体",也就非"锻炼身体"不可了。"勿管闲事"与"打倒帝国主义"亦可因了解释,使减除其矛盾性。凡对于某一事自己感到责任的,必是已有相当的实行能力的人。毫没有实行某事能力的人决不会对于某事感到非做不可的责任,除非是狂人。我们不责乞丐出慈善捐款,乞丐对于物质的慈善事业,当然也不会感到何等的责任。党义教师教诸君"打倒帝国主义",倘只是一句照例的空洞的口号,别无可行的实际方案,或有了方案而非诸君能力所及的,诸君对之当然不会发生何等责任,结果无非成了一个"言者谆谆听者藐藐"的局面,与"勿管闲事"的诸君的父母的教训,毫无冲突之处可说。如果党义教师的"打倒帝国主义"的教训确有方案步骤,而这方案步骤切合诸君程度,确为诸君能力所及,那末诸君对于"打倒帝国主义"非感到责任不可,既对于"打倒帝国主义"感到责任,那就"打倒帝国主义"对于诸君不是"闲事"了。父母为家庭小观念所囿,教诸君"勿管闲事",也许就是暗暗地教诸君不要去做"打倒帝国主义"等类的事。但诸君既明白自己的责任,知道"打倒帝国主义"是应做而且能做的事,不是"闲事",内心已无矛盾,尽可于应行时尽力去行的了。贤明的父母决不会禁止子女去干所能及的有意义的各种运动的。国语教师教诸君在课外多读国文书本,体育教师教诸君每日多运动,将如何呢?其实,各科教师都有把自己所授的科目格外重视的偏见,不但国语体育二者如此。对于这种教师的矛盾的要求,应以"整个的程度的水平线"为标准,自定取舍,中学是普通教育,诸君的精力有限,如果偏重了一方面,结果必致欠缺了别方面,对于前途,殊非好事。诸君对于各科须牺牲自己的嗜好与偏见,普遍修习。在终日埋头用功的人,体育教师的"多从事运动"是好教训,在各科成绩都过得去而国语能力特差的人,国语教师的"课外多读国文书本"是好教训。各科教师所发之教训原不免彼此矛盾,若能依了"整个的程度的水平线"为标准,自定取舍,奉行上就不会有甚么困难了。

（原载《中学生》第 17 号,1931 年 9 月,署名:丏尊）

答问六

［问］ 商界定阅贵志是否和中学生得到同样的利益?（顾同）

［答］ 除不能请求劝学贷金外,绝无分别。（默）

（原载《中学生》第 17 号,1931 年 9 月,署名:默）

其实何曾突然

——问题的解决要看资本主义的利害关系

日本在满洲经营已久,陆续投资至十五亿余元之多,当然是不肯白费心力的。此次对华出兵,日本报纸上已宣传得很久很久,而上海各报登载这消息,却在沈阳的日军开炮以后。大家都说"日本突然占领我满洲",其实何曾突然。

现在已是资本帝国主义的时代了,日本所要的是满洲的膏血,不是满洲的躯壳。日本吸去满洲的膏血已不少,还想多吸,独吸,故有此横暴行动。结果也许因了与别国的利益冲突,引起世界大战吧。

满洲事件,一方面是中国的大事,一方面是世界的大事。中国对于此次大事,除了"逆来顺受"、"政治手腕"、"和平抵抗"等等的所谓口号以外,不知最后准备着甚么?我虽是中国人,殊难悬揣。即使悬揣了也不会有甚么把握。问题的如何解决,要看世界方面的情形怎样了。但须声明,我的所谓世界方面的情形者,不是甚么"公理"之类的东西,乃是着着实实的露骨的资本主义的利害关系。

(原载《文艺新闻》第 29 号,1931 年 9 月 28 日)

悼爱迪生

发明之王

爱迪生(Thomas Alva Edison)于九月十八日晨死了。全世界突然失去了这发明的天才,真是一件不幸的事。

爱迪生真不愧发明之王,他所发明的东西自电灯、电车、电影、铁筋土、蓄音机以至那包糖果的蜡纸,范围之广,种类之多,为从来发明界所未有。据记载,他将自己的发明向美国政府登记,所得到的执照数目,自一八六八年起自一九○八年止,已有九百零九张,到现在不知又添加了多少了。又据一九二八年的调查,全世界的资本用在与他的发明有关的事业上的数目如下:

电车	六十五亿元
电灯	五十亿元
电影	十二亿五千万元
电话	十亿元
电力输送	八亿五千七百万元
电报	三亿五千万元
铁筋土	二亿七千一百万元
车辆工场	一亿九百万元
蓄音机	一亿五百万元
电动力	一亿元

电气装置	三千七百万元
无线电话	一千五百万元
蓄电池	五百万元

合计是一百五十五亿九千九百万元。他对于现代物质文明的关系，即此已可明白，他在二十世纪的地位，也即此就可知道了。

爱迪生的生平

爱迪生诞生于一八四七年。先世由荷兰移居北美，父亲是一个热心国事的志士，而且是有手腕的商业家，母亲是个女教师出身的女子。爱迪生幼年的时候，身体削弱，头脑却分外巨大，致使村中医生认为有脑病的孩子。因此之故，他虽到了入学年龄，未被父母送入学校去。后来虽曾入学，但不久即中止。在学成绩不良，被校长认为低能儿，他的母亲不得已乃亲自教他。他自经母亲慈爱的教导，就逐渐露出头角来，记忆力很强，甚么都非经过自己亲验不肯相信。六岁时，他从父亲看到鸡孵卵的事，忽然全家不见他的影儿了，后来在鸡舍中寻到他，原来他想自己去孵卵呢。他因了父母的熏陶，自幼酷好文学，读小说就成了他一生的嗜好。尤嗜嚣俄的作品，后来有人替他取绰号，叫他"嚣俄爱迪生"。

十岁以后，渐渐发生科学的兴趣，热心读理化的书，他不但就书中的实验一一切实试做，还要别出心裁去做那独创的实验。有一次，他和家里的小工人商量好了，把许多的沸腾散叫他吃下，他的用意是要看那药在人肚中发生了许多气体，会使人向空中飞腾不能。小工人几乎闷死了，结果他也受到父母的棒打。家里的一间地下室就做了他最初的实验所，把各种各样的瓶子都收来放在里面，用以装药，又恐防别人去翻动，每个瓶子上都记以"剧药"二字。他每日把大部分时间放在地下室中实验里。实验是要化钱的，从父母那里得来的零用钱究不够购买药品等等的用途，他于是想到火车上去卖新闻纸。他在十二岁那年就去请求在休隆市（Huron）与代托洛伊脱市（Detroit）间往来的火车中卖新闻纸，得了许可，不管母亲的反对，即去实行。

那火车全程只有三时间，一日往返一次。爱迪生携了新闻杂志果物等去售卖，待车的时候，就入附近图书馆去读书，或去寻觅药品器具，回来供他的实验。贩卖所获，每日有数元，他以每日一元给母亲，其余悉用之于实验上。不久，货车中一间没有窗的小房被许可由他占用了，这间小房不但作了他的货栈，还做了他的实验室。他从家中的地下室把各种瓶类移置其中，于贩卖之余，悠然地作他的实验。及南北战争起，他见新闻纸的需要激增，遂起独力发行地方新闻的野心。原来他早已从代托洛伊脱市上收到一架旧印机，连铅字移到了车房中了。小小的无窗的车房于是又做了报社。他发行了一种周刊，作稿排字印刷发行都出自十四岁的他手里。据说曾发行到四百份以上哩。新闻是有赖于电报的，他因了这新闻事业，就对电报特别生了兴味。当时的电报甚属幼稚，后来由他改良之处甚多。他贩卖，办报，实验，读书，多忙的生活使他的知识愈益进步。忽然奇祸来了，有一日，进行中的火车因了别的障碍，大大地震荡了一下，将他实验用的磷瓶打碎了，就发起火来，几乎要把车子烧毁了，火幸而救熄，车长大怒，把他赶下火车，把他的印机瓶类如数掷于车外，还给他吃了几下耳光。他一生因此得了耳聋的残疾。

他经此挫折，不减损其志气，仍发行新闻，埋头实验，尤热心于电报研究，至十六岁就在本地的电报局觅到一职位。一壁仍继续那地下室中的实验。不久，即改为车站电报局职员。他的发明天才即在这时候显露端绪了。车站电报局的职务在报告车子的行程，那路局为恐管理电报者懒睡误事，规定每小时须对邻站发一次"6"的数字电报。他因终日疲于读书与研究，竟夜不眠，苦难支持，于是考案了一个取巧的法子，他造了一个小齿轮装置于时计上，使它每隔一小时会自动地送电报到邻站。这机械颇灵妙，果真每小时会送"6"字的电报给邻站，可是邻站打来的电报却不见回电。结果被查出，大受谴责，未几又因失眠误事革职。

自是以后，他就离了故乡去漂泊了。遇到有职务可觅就做，没有就作旅人。当时美国正有内乱，电务人员皆忙于战事工作，故他得职不难，随处都能糊口。他在飘泊的数年中仍不怠于读书与实验，尤其在读书上获得了迅速的习惯，一二行的文字，一目即能瞭别无误。

后入波士顿电报局为技师,益注全心于电气事业,与电话发明者亚历山大·格拉亨·培尔(A. G. Bell)相知。不久即发明投票记录机,用此记录机,议院中投票时,即可不费人力立时正确地把票数揭出。他携了这机器去见华盛顿的院长,院长许为敏巧,但不表示赞成采用,因议会投票费时,乃反对派的一种武器,空耗时间有时反是必要的。这结果使他大大失望,但也使他得了一种大大的教训,他因此痛感到发明须以实际需要为限,于是愈倾心于电气研究。不久发明了一种商情报知机,由波士顿携到纽约求售。到了纽约则市场上已有相似的机器在先,无人顾问。他这时不但贫窭,而且负债不少,境况非常惨淡,好容易在某电气公司某到一职,得经理的信任,令其就商情报知机设计改良,盖那时南北战争才停止,各地尚留战后的影响,公债股分等价值升降甚巨,全市场充满了投机的空气,故需要与此有关的新机器。他用了种种努力,发明出一种机器,不但能报知商情,而且能将数字同时印录出来。以四万元把发明权让给公司经理,一向为贫困所苦的他至此才入好境遇。这时他二十二岁。

他得了这四万元的金钱,毫不去享乐,仍用在发明的事业上,他利用了这些钱广购从前所不能到手的器械与药品,自己经营起一个工场来,雇了若干助手,专心去代人考案各种各样的机件。他的发明的名声已远播四方了,豫定了条件来委托设计的人很多很多,他最忙时每日只睡三四次的半小时。他的助手逐渐增加,工场逐渐扩大,最有名的为曼罗(Menlo)公园的他的研究所,这公园为近世电气文明的诞生地,在世界文明史上值得记忆,如炭素传话机,蓄音机,电灯,实用发电机,电车等都是他在这公园发明的。一八七九年的除夕,电灯的发明完竣,他曾在这公园的树木上屋宇上装置了数百盏的电灯,任人观看,当时哄动全国,铁路局至于日夜开了好几次专车呢。后来,曼罗公园的研究所不敷他的使用了,于是再在橘山(Orange Mountain)建筑了一所规模宏大的研究所,分门别类,范围甚广,使用的人也愈多,在那里,所员出入须佩符号,有一次,他自己因未佩符号,竟至被守门者拒而不纳,其组织的复杂可以想见了。

欧战时他承美政府之委托,苦心为国效力,他的活动可分为二门类,一是供给必要的化学制品,美国在战前,有许多原料是有待于英德等国的输入的,战争既起,国际间供给断绝,如染料,苛性钾,石炭酸,煤胶,石蜡等皆为美国所一日不能无者,他都于短期间设法制成,或使增加产额。二是代作种种科学研究,谋战事上的便利,关于此项,发明之事件甚多,兹录他自己报告政府的项目于下:(一)因音响的距离测定大炮的位置,(二)在行走的船上因了音响探出潜水舰的所在,(三)在航行的船探知潜水舰所发射的水雷,(四)迅速转换船向,(五)保护运输船使避免潜水舰,(六)冲突防备装置,(七)从港内领出商船,(八)特制炮弹,(九)燃烧无烟煤的装置,(十)水电的改良,(十一)依海底浮标巡察海岸,(十二)用机关枪破坏潜望镜,(十三)用网防水雷,(十四)海底探望灯,(十五)用探照灯施高速度的信号,(十六)飞行机搜查法,(十七)迅速发见潜水舰的潜望镜,(十八)减轻军舰的摇动,(十九)从空中取窒素,(二十)潜水舰探查器,(二十一)迷失潜水舰的视力,(二十二)军舰用的特别反射镜,(二十三)新斥候法,(二十四)煤舱用防火机,(二十五)船中电话,(二十六)防锈法,(二十七)不受水烟障碍的距离测定器。这许多研究,可谓与他从来所关心的完全异其方面。欧战停止以后,他重行回到自己的事业,进行其研究工作。

爱迪生的发明法

爱迪生有独创的推理力,无限的想象力与旺盛的知识欲,更重要的还有实验的态度。他的实验所涉常非凡广泛,但不是为想侥幸才如此,乃是由绵密的注意使然的。他在要作一种研究以前,第一步必先准备充分的豫备知识,先去调查前人关于此事项已有过何等造诣,他对于前人所已获的成果并不即信,还须运用自己特殊的方法,施行种种实验。因之常发见新结果。

"爱迪生与人走着同一的路,结果常会到别人未曾涉足过的荒地里去。"他有一个多年的助手曾这样说。这个助手曾费了许多心力想制某种化合物,终于不成,可是爱迪生却以同样的方法,得到很满足的结果了。

爱迪生对于自己的行为常抱相当的自信,别人对于他的研究,任凭怎样批评,一概不睬。当他研究用铁筋土造建筑物的时候,许多人都以为铁筋土中所加的小石子必将在柔软的水门汀底沈聚,决难成功的。可是他却照了自己自己的考案好好地成功了。他常先把既定的事实摆在脑子里,然后再去运用他的丰富的独创力。

他必把自己研究所得的结果一一留记于笔记簿,把所笔记的交与助手,叫助手再把实验的结果一一记入,每日报告他一次或数次。他终日巡回实验所中的各室,指导监督,记忆力很强,全体助手所作的实验,他都能一一记得,宛如他自己去实验一样。实验用的笔记簿每册厚约二百页,从曼罗公园时代以来,已要以千数来计算了。这许多的笔记簿中,保存着他数十年的想念,设计,图稿等等的面影,以及部下所行的无数的实验。

他很看不起天才,他说:"所谓天才者,真正地说起来,无非是百分之一的灵感加百分之九十九的努力的意思。"又说,"所谓天才,就是努力忍耐与常识。"在他研究所二十年以上的某助手曾这样说:

"对于做一件事,能顺次发见各种各样的方法,这恐怕要推爱迪生为第一了。他把种种的方法一一去做,一个都不肯放过。"

在他与助手的对话中又有这样的话:"大家对于我的办法,都说我是实验家。在化学的研究上,这话也许对的。我一经把化学的结果描在脑里,就不惜用尽可能的各种方法,几百次几千次地实验。等到发见了可采用的途径,才舍去其他的方法,专向了一种方法迈进。这样,大概可以获得圆满的结果,我在这意味上似乎当得实验家的称呼。可是,关于机械就不行了。对于机械,除了依据一切精密的论理以外,别无其他方法的。"

他遇到结果不如他的期待时,也并不失望,留心在其经过中学得许多的事情。有一会,一个助手关于蓄电池作了几千次的实验,终于得不到满足的结果,不禁露出失望来。他说:"说到结果,我们不是已得到许多的结果了吗？我在这里面，已发见不适用的方法了。"又有一次，他想用油烟与焦油制造电灯球中的线丝，叫一个助手依了他的计划去做。过了好一会，助手拿了油烟与焦油的混合物到他面前来说："无论如何弄不好，用指去触就断了。"他问"你捏了多少时候了？"助手说："已捏到一小时以上。"他说："再请去捏几小时看，一定会成功的。"后来果真成功了。他不惜金钱与时间，甚么事都须做到最后一步为止。他平常不带时表，因为他的对象是研究，时间的多寡在他是无足重轻的事。

对于一事，他的设想常非常丰富，当他倾心于选矿事业时，因为要设计一种机器，画了三个图交代部下的技师。那图只是表示概要，并不完全画好的，技师向他诉述困难，认为依据这图无法造出机器。他也不和技师辩论，过了两日，自己对于要制造的机器作了四十八张的设计图，默然地摆在技师的桌子上。后来果真依据了其中的一图，把机器造成了。

爱迪生的为人

爱迪生的体格极好，到了八十多岁，元气犹很旺盛，眼虽已花，还炯炯有光。他不饮酒，烟草虽吸，但很有节制，食物极简单。据他所信，普通人食物实在太多，可以大大地减少。他常注意于自己的体重，从食物上加以调节，使体重永远保持平衡。他的衣服永远是老尺寸。有一个成衣匠替他做了二十年以上的衣服，据说未曾亲见过穿衣服的主人呢。

他喜读书，所读的范围很广。他尝自说："我不追想过去，只为了今日与明日生活着。我对于科学，艺术，企业及其他一切都有兴味。天文学，化学，生物学，物理学，音乐，哲学，机械学，甚么都读。只要是有关于世界的进步的，甚么学问都不憎厌。我读科学学会的刊物，读商业的新闻，又读关于演剧的东西，读关于运动的东西，我因此得以理解世界。我跟了世界大势走，但书籍给与我以各瞬间的慰乐，真当感谢。"

不以蓄财为乐，也是他之所以为他的特色。他幼时贫困，壮年以后钱财很多，如果积集起来，早已可成大富翁了。可是他随得随用之于研究上，把发明所得的金钱仍复用诸发明，在发明的时候，他决不吝惜金钱。

他与人交际率直而有礼仪,如果有值得议论的时候,不惜彼此辩论。他虽是个聋子,很能对他人的言语亲切地听受。他喜作高尚的戏谑,喜闻新奇的谈话,脸上时带微笑,有时且能大笑如小孩。

可是在执行业务的时候,即非常严格,助手有过失,也不甚深责,但如果那过失是由于疏忽的,那就要大发其怒,痛加叱责。事后即复释然。部下的人都呼他 old man,这称呼很可表示部下对于他的敬畏和爱戴。

(原载《中学生》第 19 号,1931 年 11 月,署名:默之)

1932

开明中学讲义社简章

第一条 名称 本社由上海开明书店股份有限公司创办,定名为开明中学讲义社。

第二条 宗旨 使有志上进之失学者,得于职务余暇,修习中学程度之各种学科;同时使在校就学之学生,获得课外修业补益校课之机会。

第三条 事业 特聘富有中学教学经验之各科专家,依部颁中学课程标准,编成浅明易解之讲义,按月颁发,俾社员循序自习。分初中、高中两部,先办初中部。

第四条 入社 凡具有完全小学毕业同等程度,有志修习中学各科课程者,不分年龄,性别,职业,均得依照入社手续,随时报名入社,由本社发给社员证,为本社社员。

第五条 讲义 每月发行一册,每册约二十万言。以三册为一卷,全部六卷。每卷内容相当于初中一学期之教材。除依照课程登载初中必修之各科讲义外,各册冠以"讲坛",指导社员独学自习之方法及立身处世之方针。末附"课外讲义"一种,对于部定课程所无而为社员投身社会所必需之各种学科,分请专家讲述,务求简要明显,适切实用。

第六条 批答 社员如愿将练习成绩、课内疑难由讲师批答者,须写记于本社所编之自习册。该项自习册,依照讲义程序,每科各分"练习","笔记","质疑"三项,按月印发。社员写毕送社,经讲师分别批答,评定分数发还。

第七条 试验 每修毕讲义六册,本社即按科命题,试验成绩,评定分数。但已将自习册按月送社评阅,并无遗漏者,得以其自习册之成绩为标准,免除试验。

第八条 奖励 每年六月,十二月,由本社将各社员平日或各期试验分数汇集发表,对于成绩优良者给予奖励。第一名奖现金三十元,第二名二十元,第三名十元,以下酌送书籍学用品。

第九条 毕业 修毕全部讲义试验及格后,即为毕业,由本社发给成绩证书。

第十条 纳费

一、社费 分一次缴纳及分期缴纳两种:

(甲)一次缴纳 计洋十八元,于入社时一次付清。

(乙)分期缴纳 共洋二十一元,计分六期:第一期六元,于入社时缴纳。以后每隔三个月为一期,每期三元。

分期缴纳之社员,如纳费延期时,本社得将其讲义停寄;俟延纳费用补足后,再行发给。但延纳至半年以上,并未来社声明者,本社得取消其社员资格;已纳各费,概不发还。

二、批答费 一次预缴计洋十八元,由本社按月发给自习册一本,但得按月零缴,将批答费付交本社经理处,领取自习册,每月洋一元二角。

三、试验费 每次一元二角。受验者可将款付交本社经理处,领取试卷。

四、邮费 凡预纳社费及批答费者,其讲义及自习册,概由本社每次挂号寄发,不另取费。但遇邮局增加邮费时,本社得要求照数补纳。

兹将应纳各费列表如下:

费用	缴费方法		邮区			
			国内各地	蒙古新疆	香港澳门	国外及南洋
社费	一次缴足		十八元	二十一元	二十二元五角	二十七元
	分期缴付	第一次	六元	六元五角	六元九角	七元五角
		第二次以后每次	三元	三元五角	三元九角	四元五角

续　表

费用	缴费方法	邮区			
		国内各地	蒙古新疆	香港澳门	国外及南洋
批答费	一次缴足	十八元	二十一元	二十二元五角	二十七元
	每月零付	一元二角	一元二角五分	一元三角五分	一元六角

　　以上各费,统以上海通用银元为准。各地洋价,照兑换上海通用银元市价折算。

　　外埠寄款,汇费均由社员任之。邮票代现,作九五折折算,每张以一角以下者为限。限于一地专用者不收。

　　第十一条　社员俱乐部　　为使社员联络感情、交换知识起见,每三个月编印"社员俱乐部"一册,除登载社员艺文、成绩、通讯外,并列讲师谈话、社务报告、社员消息各栏。分赠各社员,不另取资。

　　第十二条　出社　　社员不得中途要求出社,或将其社员资格让与他人承受。如有自愿出社者,其已经缴纳之各费,概不发还,或抵作他用。

　　第十三条　附则　　本简章如有未尽事宜,得随时修正,通告全体社员。

　　附告

　　本社讲义除发给社员外,如有志阅读者,亦可向本社经理处预定,全份十八册,国内连邮费只收洋十二元,国外邮费另加。其款须一次缴足,概不零售。

　　对于前项预定讲义之读者,不给社员证。

　　　　　　　　　　　　　　(原载《中学生》第 22 号,1932 年 2 月)

人所能忍受的温度

　　一到盛暑，到处听到"热杀了热杀了"的呼号，一到严寒，到处听到"冷杀了冷杀了"的呼号。热杀与冷杀的人，实际每年都有。究竟热到怎样程度会热杀，冷到怎样程度会冷杀呢？

　　在下等的动物或植物中，颇有能在很高的或很低的温度之中生活的。生物学者爱伦伯尔西氏曾在意大利耐泊利附近的伊西达岛的温泉发现过蓝藻，珪藻，纤毛虫在摄氏八十一至八十五度的热泉中生活着的事实。据说蓝藻类的植物，即在摄氏八十七度的温度亦能生活。又德国的可蒿博士曾发现细菌的胞子，有至摄氏百度亦不死的。

　　生物体中的主要成分，其一即为蛋白质。蛋白质在摄氏六十度至八十度之间已要凝结，那些生物何以至八十度以上尚能生活呢？这是学者间所尚未解决的问题了。

　　对于寒冷，据记录：有一种鱼能在摄氏零下二十度生活，蛙能在零下二十八度生活，蜗牛中有一种竟能在零下一百二十度生活。有一个名叫兰姆的学者，曾在摄氏零下二百七十三度（物理学上绝对温度）的寒液中发现生活着的纽虫，轮虫，及其他的原生动物。

　　下等动物是冷血的，它们能因周围的温度而变化其体温，故比较地能忍受高温度与低温度。至于人，身体的构造极其复杂，殊难顺应过高过低的温度。因之，其身体的温度常自相调节，使有一定。叫做体温。体温通常为三十七度左右，但因了身体的部分，并不平均。散热容易的部分，比较低些。鼻端的温度为二十九度至三十三度。耳壳为二十二度至二十四度。反之，肝脏等为三十八度至三十九度。

体温究由何来？为甚么是三十七度呢？原来一个成人欲保持其一日的生命，就需要二千四百"卡洛里"的热量，人在二十四小时中在体内生产这许多热量，结果体温就常为三十七度左右。这温度大都由筋肉中及肝脏肾脏的新陈代谢的化学变化而起。运动时觉得体温增高者，就是因为运动时新陈代谢作用增进的缘故。至于肝脏等的生热，可以从血液来证明，血液流入肝脏，再由肝脏流出，由肝脏出来的血液比之未入肝脏前的温热。

体温因身体的部分而不同，又在一日之中亦有若干的变化，但在大体上，不论东洋人，西洋人，住在赤道附近的南洋人，以及住在零下几十度的寒地的爱斯克马人，体温都在三十六度至三十七度之间的。除了特别的情形以外，可以说是一定的。

外界的温度虽然变化，而体温能自己调节至某一定的程度，这是恒温动物的特征。下等动物并没如此的装置。人的头脑间，有一种"温度调节中枢"，这又分为温中枢与寒中枢二者，专司温度的高低，使常保持一定的度数。

外界温度过低的时候，（一）分布在皮肤中的血管就收缩起来，使其中流注的血液量减少，发散于身体表面的热量也跟了减少。（二）体内的营养分——特别是脂肪等，旺盛地燃烧，发出多量的热来。又，身体接触寒气，因了战栗的结果，筋肉中发生一种自然运动，也会生热。人在冬季的喜食肉类与瑟瑟地作寒态，就为了此。

反之，外界温度过高的时候，（一）皮肤的血管扩张，血液多量流注血管，把热旺盛地从身体表面发散。（二）汗的分泌量增多，因其蒸发，把热发散。

因有这样的调节，人体的温度得以保持平均。此外，还有补助这调节的方法，如冬日着毛裘，加项围，夏日着薄衣，携扇子等都是。这样，人因了自然的与补助的方法调节其体温，使之一定。但这所谓一定，究是有限度的，对于非常的高温度或低温度，情形自当别论。

在同一季节里，住在热带的人到温带地方来就觉得凉，住在寒带的人到温带地方来则觉得热。这并不是热带的人与寒带的人体温不同，他们的体温都在三十六度至三十七度之间的。体温相同而对外界的温度感觉各异者,实因人对于温度的感觉本来是比较的的缘故。我们试把左手浸在冷水里,右手浸在热水里,过了若干时候,再把两手齐浸入于温水之中,则左手觉得热而右手觉得冷了。人对于温度的感觉不同,可用此理由来说明。

又,同一温度,因了热的传导的难易,人的感觉也大有差异。例如,人对于同一的温度的空气与水,感觉就大不相同。空气在十八度时,对于人恰好,自二十五度至二十八度就觉温暖,二十八度以上则颇觉得热了。至于水,十八度时很觉得冷,自十八度至二十九度还觉得冷,三十四度至三十九度,对于人恰好,三十五度半以上才觉得温暖,三十七度半以上才觉得热。

空气一到华氏百度,大家就叫热,要想法避暑,其实华氏百度只相当于摄氏三十七度七,比体温相差不满一度。要是空气变了水,便毫没有什么。这样温度的浴水,我们浸在里面,并不觉得过热的。又,同是空气,因了干燥与潮湿,感觉也大不同。潮湿的空气,分外使人感到热。在热的时候,皮肤血管扩张,血液多量流动,汗汗的分泌旺盛。因了蒸发作用,体热得以发散,感到凉爽。可是,空气潮湿时,外界水蒸气的含量较多,压迫皮肤血管,汗的分泌因而困难,于是就格外觉得热了。黄梅天气的比伏天难熬,就因为这理由。人对于冷热的感觉,何等不正确啊!

人的体温有一定的调节,而对于温度的感觉又有种种差异。但这都是有限度的,外界的温度过高或过低时,调节就会失其效力,差异也无从说了。据可靠的研究,人的体温超过摄氏四十二度,就要热死,降到十九度以下就要冷死。人所能忍受的体温,只在四十二度与十九度之间。外界温度过高时,体温来不及发散,只管上升,结果中枢神经麻痹,至于人事不省,昏晕倒毙。温度过低时,那本来会收缩的血管因酷寒而麻痹,反而扩大,血液分外多量向血管集注,结果引起脑贫血,昏迷僵死。

(原载《中学生》第 26 号,1932 年 7 月,署名:默之)

《肺痨病自己疗养法》序

《红楼梦》中紫鹃替黛玉倒痰盒子，发见痰中有血星，吓得惊叫道"这还了得"。黛玉因为自觉喉间有些甜腥，早自疑惑，听见紫鹃在那里惊诧，心中觉到了八九分，不禁就冷了半截。

"这还了得"与"冷了半截"，这二语很足表现出一般人对于肺痨病的心情。肺痨自古被认为不治之症，只要说是肺痨，患者自己就会"冷了半截"，感到绝望，家人及亲友就会惊惶万分，叫"这还了得"的。

患者自己"冷了半截"，受病以后，凡事自暴自弃，挺身待死，旁人又"这还了得"地惊惶失措，主张百出，医药乱施。于是本来治疗不易的肺痨病，就真成了不治之症了。

中国是一个病国，病人之中除都市中的性病患者外恐怕要算肺痨病患者为最多。因了轻视感冒、随地吐痰等的旧习惯与生活紧迫、都市集居等的新条件，肺痨病遂以加速度的势力侵袭而来，无论是谁，自己虽幸而不染肺痨，家属亲友间往往难免有肺痨患者。"冷了半截"的绝望，自己也许可以侥幸避免，至于"这还了得"的惊惶，是常要感受的。——我就是常感到这惊惶的一个。我家里有人患着肺痨，亲友中肺痨病患者更很多。因此之故，我虽现在未患肺痨，却常关心于肺痨的事，遇到做医生的朋友，就去请教，如本书著者刘棨敬先生，即是我所常常就教的人。

本书以通俗的言语，替肺痨病患者说法，详述疗养上种种事项，对于患者亲属亦加以种种的注意。诸凡所述，无不简要易行，合乎法理。患者读之，可以从"冷了半截"的绝望中救出自己，奋发调养。亲属读之，亦得免除"这还了得"的惊惶，用了正常的注意，去照顾、看护患者。真是肺痨病患者及其亲属的福音。

　　肺痨病正遍行于国中,愿这福音普及于一切患者和患者的亲属。

　　　　　　　　　　　　二十一年九月　　夏丏尊识于沪寓

　　　　　（《肺痨病自己疗养法》,光达医院,1932 年）

1933

电子的话

我是再小没有的东西

"我是甚么？

"世界再没有比我更小的东西了。学者们把我的体重评定为 $9/10^{23}$ 克，地球的重量为 6×10^{27} 克，我和它比较起来，结果可得下面的比例式：

$$\frac{\text{地球之重量}}{1 \text{克}} = \frac{1 \text{克}}{\text{我的体重}}$$

我的体重，依此已可大略想像的了。再来设一个比喻吧，假定有一个蚊子流下一滴眼泪，假定那一滴眼泪是一个海，其中浮着一个岛，假定那岛的近水的滩上有无数粒的砂，又假定把那砂的一粒碎作千万小片，那末我差不多和其中的一碎片相等。

"但是要声明，我的体重，静止时与飞跃时不同。我善跑，跑到最快的时候，差不多可以赶得上光线。当我跑着的当儿，体重就增加。据爱因斯坦先生的计算，假定我静止时的体重为 m，每秒间行走的速度为 v，那末我的体重就成：

$$m = \frac{m_0}{\sqrt{1 - \dfrac{v^2}{c^2}}}$$

式中 c 是光线的速度，就是每秒三十万粁。所以，我的跑行的速度如果和光线一样，那末式中的分母就等于零，我的体重也就无限大了。

我的脚走虽不一定赶得上光线,但每秒二十万粁以上的记录是曾有的。这时我的体重就增加一倍半光景。不但我如此,诸君如果能跑得像我一样的快,体重也会增加,可惜诸君跑不快,那些世界竞技会里百米竞走的记录,在我看来,真是毫没有甚么。"

我是万能的

"你也许会说吧,'像这样的小东西,能作些甚么!'如果你这样说,那是大大的错误。我甚么都能做。天地间森罗万象,无一不有我的力量在内。每朝使诸君欢悦的阳光,就是我送来的;那使都市变成'不夜之城'的电灯与年红光,也是我的劳力。诸君当晚餐后借无线电收音机去求娱乐以前,先得向我道谢;当惊叹 X 光线的功效时,也不该忘记了我。诸君在理科教室里曾见到真空管中美丽的放电吧,那就是我们的舞蹈。学者们正在热心研究着的景线,也无非是我们活动的一种样式而已。

"我很小,唯其很小,所以能作非常微妙纤细的行动。试看,那景线的配列,何等美丽?说虽如此,我们也有不温和不柔顺的时候,那在阴黑的天空中纵横驰骤的可怕的雷霆,也是我们干出来的。

"极北终年不见阳光,满望是雪。有时那里的人与驯鹿都将入梦了,突然极光发生,天空染成五彩,人畜都欢喜起来。这就是我们从距离九千万哩的太阳里特来慰问他们的用光奏出的音乐。"

"如此说来,你倒会做许多惊人的把戏呢。你究有些甚么神通?"

我的神通

"神通?有,有。我的神通,并非像孙悟空的如意棒似的奇异不可思议,只是极平凡的东西,就是'电'。而且我所有的电并不多,就电磁单位来说,只是 $1.6/10^{20}$ 的分量。这样说,也许难以使你明白,让我再具体地说明。这里有一个百烛光的电灯泡,其所流着的电流为一安,每秒间在白热线的断面通过的电量为一库,这一库就是我所带的电量的 $6×10^{18}$ 倍。就是六十亿倍的又十亿倍。换言之,要使百烛光电灯泡发光,每秒需要六十亿倍乘十亿的我们负荷了电在白热线的断面中通过。如果地球上的人口数是二十亿,那就是全人口的三十亿倍。我们所有的电量的稀少,可从此想像而知了吧。

"你也许会觉得我们所有的电量的太贫弱吧。其实,我们已自觉带电太多了。如前所说,我们的体重是很小很小的,我们的荷电量和体重的关系如下式:

$$\frac{荷电量}{体重}=1.769×10^7 \text{ 电磁单位(C. G. S.)}$$

试与氢伊洪相比了看,氢伊洪体重与荷电量的比例约为 $1×10^4$,我们比之差不多要大一千八百倍。已是很富裕的电的所有者了。

"神龙要与风云际会才能施展力量,巨鲸要在深海才能发挥本领,我的神通力要置身在电场中才会显现。在没有电的场所,我原只是一个小小的平凡的微粒,一遇到电,就用了猛烈的势力活动起来了。并且我的速力在电作用着的时候不绝地增加,恰如落体在空中落下时因了重力逐渐增加其速度一样。

"学者们曾屡把我封入在真空的玻璃管中,在管的两端接施电极,用了高电压在我的周围制造强的电场。在这瞬间,我向了阳极跑行,速度的上腾与所加的电压成比例。假定有一长若干的真空管,其两端所加的电压为 V 弗,我从阴极出发向了阳极进行的速度为 v,可得下式:

$$\frac{1}{2}mv^2 = Vl \text{ 即 } v^2 = 2\frac{l}{m}V$$

这式子中,m 是我的体重,l 是我的荷电量。如前所说,$\frac{l}{m}=1.769×10^7$ 电磁单位,又,1(弗)$=10^8$ 电磁单位,代入式中,就得

$$v=6×10^7\sqrt{V}$$

故若 $V=1$ 弗,$v=6×10^7$ 秒糎。

"这速度比了从高山上掷石子到地时的速度,大小如何? 假定那高

山距地四千米,石子到地面的速度 v 可用次式计算:

$$v^2 = 2gs$$

$$v^1 = \sqrt{2 \times 980 \times 400000} = 2.8 \times 10^4 \text{ 秒糎}$$

就是,我的速度比这落体的速度要大二万一千倍。这不是惊人的快速度吗? 正唯其我有这样惊人的快速度,所以能作出可惊的行动,从四千米的高山上如果落下了一块一万斤的石块打在人的头上,将如何? 何况我的力量更非此可比啊。"

我的威力

"万一当我进行的时候有阻碍我的东西,我必把它击碎,管自迈进。如果对方是气体分子或原子,那就不论整千整万都要为我所牺牲了。不消说,击破多数的障碍物,在我自己也须剑折矢断,失去势力的。对方的原子、分子受损的状况怎样呢? 那情形有种种,用人来作比喻吧,有丧了两手的,有断了一足的,有的或只是脱骱的轻伤。这些原子、分子的受伤状态,通常有一名词,叫'电离'。人断了手足,是无法回复的,电离了的原子、分子遇到机会仍能回复。这回复叫'中和'。电离原子中和时会发光,年红灯所发的美光,实即被我们击伤的那些年红原子们回复时的现象。不但年红灯如此,一切东西的发光,都逃不了这原则,太阳的发光、电光、极光都是。"

我的住家

"你问我'住在哪里?'我早知你要问的,让我告诉你,宇宙间一切物体——固体,液体,气体,——都是我的住家。——不,这些与其说是我的住家,不如说都是我们所构成的。如果没有我们,宇宙间就没有一切物体了。我们几个或数十个各拥着强有力的王,作着非常牢固的家。人们把这称作'原子'。我们的家有些像都会建筑一样排列得很整齐好看，这叫做'结晶体'。只是一家或数家自由成组的叫做'液体'，散在如田野中的农家而且能自由移动的叫做'气体'。

"最后，让我来再告诉你我们的数目。我们最小的家，只是主从两个，一个是王，一个是我们。至于大的家，在一个强有力的王以下，平均约有数十个忠勇的我们。试就一块一立方厘米的铁来说，其中铁原子的数约为 10^{24}，我们的数比这更多数十倍。

"我是甚么？你知道了吗？"

"知道了，你是电子啊。"

（本篇根据万原一基《电子之卷》译述，该篇见《子供的科学》第十七卷第一号。）

（原载《中学生》第 31 号"科学特辑"，1933 年 1 月，署名：默之）

关于银

全世界不景气的结果，把久已在世界经济上失了地位的银重行捧出，至于作为本年夏间的世界经济会议的中心题目。银的复活成了全世界人的注意的焦点。在这时候把银的生产及消费等来加以吟味考察，想不是无意味的事吧。本文是根据两月前出版的 *Chronicle* 杂志及 *Economist* 杂志写成的。

一、银子产量及地位

战后十年来，新银的产出，平均为二亿四千万纯银盎斯。一九二一年至一九二五年，增产额为百分之二十二，一九二六年至一九二九年，增产额为百分之十四。银的主要来源在南北美，一九二九年新产银额约为二亿六千二百万盎斯，其中由北美来者为一亿九千三百万盎斯，由南美来者为二千八百万盎斯。银之大部分，由副产物而产出；从以银为主产物的矿石而获得的，约占全产额的百分之四十八，至于从含有百分之八十以上的银矿石获得的，仅占全产额百分之二十七而已。

在现今世界各国的货币制度上，银的地位只是辅助货币。以银为价值标准的国家如中国者，实际已不多见。中国至今尚在法律上用了某种形式禁止银的输出或输入，他国则否。有些国家，表面上虽仍用银为交换的媒介物，但实际在法律上已转取金本位的形式，并不把银作为价值的标准。如英领印度及波斯就是好例。

大多数的国家在货币上虽把银抑置于附属的地位,但在一方面,各国都需要各种小额的货币。银在性质上很能合这需要,因为银有耐久性,光耀动目,而且在世界的产量不过多也不过少,铸造上也甚便利。

二、各国自由银的限制

无论何国,其所需要的交换货币,都有一定限度。在这限度内,可自由改变其货币的性质,或使之为硬货,或使之为纸币。这货币的全部,或一部,可为商品货币,亦可为信用货币。各国以不影响货价水准为条件,得用卑金属来替代贵金属,把本来的白铜币改为红铜币,把本来的银币改为白铜币,或简直改为纸币。德国、法国、哥伦比亚、墨西哥、波兰、西班牙等最近都用此方法以为改革金准备之手段。又在大战时,各国因为银的缺乏的缘故,有许多国家都把卑金属货币或小额纸币来作银的代用,如荷兰,日本,海峡殖民地,法国,比利时,希腊等,都有过这样的例。

银币的发行,自有限制,因了硬货过重,处置不便,自然就起改用更便利的交换媒介的要求,这事可以美国的经验来证明。德国曾铸造了多额的五马克银币,使之流通,结果因了笨重不便,现正在想改以小形的硬货来代替。在已经惯用着银行纸币与支票的近代国家,其所需要的纸币,不能说没有限制的。

但是在别一方面,文化程度较逊的国家,人民对于银,远比纸币来得喜欢。在非洲亚洲的后进国及纸币易遭霉蛀的热带诸国,重银的风气更甚。阿拉伯半岛,阿富汗,阿叙利亚,英领埃及,苏丹,印度,锡兰,爱沙尼亚,伊拉克诸国,都属于这部类。

事实上不用银币的国家,有阿尔巴尼亚,亚尔善丁,比领刚果比利时,丹麦,芬兰,巴拉圭及土耳其。法国在本年三月中旬以前,全不流通银币,除了法领安南及本地治里(Pondicherry)以外,法国的殖民地亦无通用银币者。法国政府新近已发行银币了,其殖民地也许会渐流通银币吧。土耳其最近也有流通银币的计划。

三、废币银的卖却

一个国家当作货币所使用的银的分量，和其货币的银的成色，当然互有关系。大战以后，货币成色的减低，为一般国家所流行，因之就有多量的废币银卖却。货币成色的减低，目的在防民间私把货币熔毁。又有为一般的便利起见而变更其货币的成色者，例如德国于本年三月以来，就打算改铸五马克银币，收回旧五马克银币。其计划，将现存的五马克银币全部收回，改发行一种同等纯银量的小型的五马克币。从一八一八年至一九三二年，废币银的卖出于世界银市场者，为数约计有五亿四千一百万盎斯。对于银的供给，各国政府在大战后所保有着的过剩的存银，大有帮助。其中最大额的存银的保有者要推印度政府。此外如安南，缅甸，暹罗，法国，比利时，苏联，墨西哥，埃及诸国，也曾有多量的银卖却。于是，银市场因了各方废币银的抛售，不得不另谋去路了。

在最近的将来，有大量的银可卖却的国家，要推英领印度，英领西亚非利加，爱沙尼亚，德国，瓜地马拉，荷兰，暹罗及苏联等。捷克斯洛伐克与土耳其在铸造的用途上，被认为需银的国家，亚尔善丁正在推奖使用银币，中国，法国，伊拉克，新西兰，波斯，波兰，葡萄牙等，皆正在进行计划铸造银币。德国，安南，巴拿马，哥伦比亚，古巴等国，则最近已完成其铸造银币的计划。

四、银的需要与银价

银的需要，大体可分为三方面。（一）东洋方面中国印度的需要，（二）一般铸造上的需要，（三）美术工艺上的需要。一九二四年至一九二九年，五年间银的总供给量约为十四亿二千四百万纯银盎斯，其中销售于中国及印度者，合计为九亿四千万盎斯，即占全体的百分之六十六。

可知东洋的需要在银的消费额上占着重要的地位了。在一般铸造上,银的可怕的劲敌是镍(nickel),至于工业上的需要,因了消费者的购买力,及制品原料的改进和商业上的成本计算,也大有伸缩的余地。所以,银的销路如何,结果就只看东洋方面的需要如何,只看东洋方面能依了怎样的价格吸收市场上的银。供给的多少当然与银价的步调有影响,毕竟的归趋是银市场需要供给双方的平衡。关于这问题,让我来把数年来的现象加以考察。

最可注目的现象是银价惨落,而近年来中国及印度的需要也衰颓不振。一九三二年东洋所需要的银,不到消费总额的百分之二十三。这需要的减退,不消说是由于世界不景气,世界的不景气使东洋的输出在金的价格上发生了影响。中国与印度皆非产银的国家,他们对于银的购买力,全与金本位国购买他们的输出品的力量成比例。如果银价腾贵,而东洋的输出品的价格不随了腾贵,则中国印度结果将不但收银不多,反要增加银的输出吧。银的价格对于金的价格腾贵而一般货价不腾贵时,则用银的输入旺盛,而输出衰颓。结果为图国与国间贷借均衡,银的输出自然增加了。这种银的输出增加,当然就是供给增加与需要减退,更足使银的市场破其平衡。故欲保持银的地位,主张提高银的世界的价格,错误的。银的价格的提高,在一般物价腾贵时才值得欢喜。一般物价的腾贵,刺激世界贸易,用银国的输出品得了高价,才可以买收大量的银。银价的提高,即行之于物价腾贵以后也不妨。银的世界的价格的提高,不是用银国的利益,也不是产银国的利益:这事实已经被人认识了。

五、世界经济会议关于银的协定

本年的世界经济会议,根据银的主要消费及产出国印度,中国,西班牙,美国,加拿大,墨西哥,秘鲁及澳洲的八国组成银问题小委员会的决议,关于银的贩卖及生产,于七月二十二日签订协定。有效期间为四年,明年一月一日开始实行。这协定的大要:(一)限制印度政府的卖出,

（二）各产出国政府的买入，至少一亿四千万盎斯，——与印度政府卖却之量相等。西班牙与中国政府的卖却，另有规定，其中把因债务而卖出的银，特别除外着。这方案事实上可谓是用了银买入国政府的牺牲，供给四年中一亿四千万盎斯的人为市场，借以防止印度政府的一时把存银出卖。这协定对于将来银价稳定至某限度时怎样中止这制限，并无何种规定。又关于各政府怎样处置其所有的银，亦无何等的计议，能否发生若何效果，殊难逆料。协定的内容，真能提高银价与否，姑且不论，为维持银价而蕴积的存银，一旦协定期满，投出到市场时，就是酿成银的大洪水。这恐怖正威吓地深入在人心中，即使银价腾贵了，如果物价不随而同时并腾，中国方面的需要将更减退，协定所规定的方法，也许不仅不能使银市场的均衡回复，反足妨害其均衡吧。协定的最优的一点，在对于银限作小量的买卖，但银的难关，究竟还要看东洋方面需要的情形呢。

（原载《中学生》第 40 号，1933 年 12 月，署名：默之）

1934

恭祝快乐

　　新年在中年以上的人是易起感伤的，从来文人在新年所作的诗词如"元旦书怀""新年杂感"之类，都不免带有"时不我与""岁月如流"的愁情。小孩逢新年最快乐，巴不得新年快到，在小孩，新年是成长的里程，他们的欢迎新年，实由于无意识的成长的欲望，并非只为了新年可以着新衣吃糖果。

　　在快到二十岁的中学生诸君，对于新年的感想是怎样？用折中的说法来讲，当然是愁情与快乐兼而有之的了。可乐的是不久中学校就要毕业，不久就可升级，不久就可把某学科修毕，……可愁的是：年龄一年增大一年，自己的出路问题一年急迫一年，家庭对于自己负担能力一年不如一年……如果我的推想不错，诸君当这新年，除了几个有特别情形的以外，正在乐与愁交织的情绪之中了。国难正亟，内战又将难免，加以农村破产，百业凋零，全民族奄奄待毙。诸君在此环境之下，愁多于乐，是当然的事。不，诸君之中的大多数，也许只感到愁不感到乐，也未可知！

　　但愁思是无益于事而且可以害事的，快乐才是青年可欢迎的气象，至少须于愁思以外还有快乐。国家社会现状糟到如此，自有责任者在，无论任何巧辩的人，也决不能诿过于未满二十岁的中学生诸君身上。诸君对于国家社会的糟象，该愤恨，该留意，该预筹挽救的方法，却万不可一味地愁。对于自己的将来，该预备，该奋斗，也万不可一味地愁。

　　世界日日在变，变好变坏，既不一其说，也不得而知。诸君是要在未来的世界生活的，不可不早事豫备。未来的世界是个怎么样子，生活上需要何种本领，原不敢豫言，但有几件根本的资格，如壮健的体力，团体的合群力,明确的思考力,刻苦的忍耐力,敏捷的应对力,丰富的想象力,……是无论任何职业任何世界都必要的。不论你去作工、行商或做官都用得着。不论一九三六年世界大战不大战,国内目前内战不内战,都用得着。

当此新年,"恭祝快乐!"诸君须快乐,才能锻炼自己,豫备将来。无谓的愁思,是足损诸君的元气,为诸君之害的。

(原载《中学生》第 41 号,1934 年 1 月,署名:默之)

一个从四川来的青年

　　最近,我遇到一件不寻常的事。

　　新年开工的第一日,于写字台上停工数日来积下来的信堆里,发见一封由本埠不甚知名的某小旅馆发来的挂号信。信里说,自己是与我不相识的青年,因为读了我的文章,很钦佩我,愿跟我做事,一壁做工,一壁学习,特远远地冒险从四川冲到上海来,现住在某小旅馆里,一心等候我的回音。我看了这信,既惶悚,又惊异。自从服务杂志以来,时常接到青年读者诸君的信,像这样突兀这样迫切的函件却是第一次见到。我因为不知怎样写回信才好,正在踌躇,次晨又接到他的催信了。这次的信是双挂号的,信里说,他在上海举目无亲,完全要惟我是赖。又说,离家时,父母亲友都不以他为然,可是他终于信赖着我,不顾一切地冲到上海来了,叫我快快给他回音。

　　我想写回信,可是无从写起,结果携了原信跑到旅馆里去访他,和他面谈。他是一个十八九岁的青年,印象并不坏。据说:曾在四川某中学读过几年书,中途又改入商店,因川中商业不景气,仍想再求学。此次远来找我,目的有二,一是要我指导他的学问,二是要我给他一个职业的位置,不论甚么都愿做,但求能半工半读就是。我的答复是:我自惭没有真实学问可以作他的指导,半工半读的职业更无法立刻代谋。惟一的忠告是劝他且回故乡去,不要徒然漂泊在上海。他对于回故乡去似有难色,说恐见不得父母亲友。我苦劝了一番,且答应与他时常通信(即他的所谓学问指导),他才表示愿即日离开上海。据他说,有一位同乡在无锡某工厂里服务,上海既得不到位置,只好到无锡去改托同乡设法。我问他事前曾否与在无锡的那位同乡有所接洽？据说，毫无接洽，只好撞去看。我不禁又为之黯然起来，可是也无法叫他不到无锡去。"在无锡如果找不到事，还是赶快回故乡去吧。"这是临别时我最后劝他的话。傍晚他又送了一封信来，还赠我一瓶辣酱与一罐榨菜。信中说，决依从我的劝告，离去上海，明晨赴无锡去。

我凝视着放在写字台上的辣酱瓶与榨菜罐，不禁感慨多端：想起一二年前上海曾有好几批青年抛了职业与家庭远赴峨眉山学道，现在这位青年却从峨眉山附近的家乡，毫无把握地冲到上海来。两相对照，为之苦笑起来。我和这位青年未曾素识，对于他个人无所谓爱憎，只是对于他的行动，却认为非常识，可以说是对于现社会认识不足。

这位青年的投奔到上海来，据他自说，一则为了想"从师"，二则为了想"得职"。我的足为"师"与否且不管，即使果足为"师"，也是不能"从"的。在古代，生活简单，为师者安住在家里，远方仰慕他的负笈相从，就住在师的门下，一方面执弟子之役，一方面随时求教。师弟之间自然成立着经济的关系，可以不作其他别种的打算与计较。现在怎样？普通所谓"师"者，就是学校教员，完全为雇用性质，师弟之间的经济关系并没有从前的自然，并且教员生活甚不稳定，这学期在这儿，下学期在那儿，地位更动得比戏院里的优伶还厉害，叫青年怎能"从"呢？像我，是书店的职员，说得明白点，是被书店雇用，靠书店的薪水生活着的。住的房子只是每月出钱租来的狭小的一室，安顿妻孥已嫌不够，那里还容得"门下生"与"入室弟子"呢？"从师"的话，现今还有人沿用，其实现社会中早已根本不能有这么一会事，应该与"郊""禘""告朔"之类同列入废语之中的了。

至于得职，在现代工商社会中，方式可分为两种，一是聘任，一是雇用。聘任是厂店方面要求你去担任职务的，且提开不谈；至于雇用，最初大概要有介绍人或保证人。雇用之权，普通操在经理，一个陌生的青年突然对于厂店中的某个人，说要立刻在厂店中替他安插一个职位，当然难以办到。用自荐书来介绍自己，他国原有此种求职的方式，国内新式的厂店中也似乎正在仿行。可是不经对方同意，就突兀地奔投前往，是决不行的。这位青年投奔到我这里来,碰壁,投奔到无锡去找同乡,据我推断起来也一定会碰壁吧。理想社会实现以后不知道,在现社会的机构里,决不会让我们有这样的自由。

现社会的机构如此,这机构是好是坏,姑且不谈。我们应该大家先把它明瞭,凡事认清,不为陈套的文字所拘缚,不为传统的惯例所蒙蔽。学问在现社会中是甚么?"师"在现社会中是甚么? 今日职业界的情形怎样? 工厂商店内部的构造怎样? ……诸如此类的事项,在中学校的教科书里也许是不列入的,学校的教员们的口里也许是不提及的,可是却都是很重要的知识。

这位青年不顾一切远道投奔到上海来,其勇气足以令人赞赏,可惜,他对于现社会尚未认识得明白,其追求的落空,无异于上海青年的赴峨眉山求道!

上海青年赴峨眉山求道,大家都把责任归诸荒唐的武侠小说,峨眉山的道士倒是没有责任的。这位青年的从四川到上海来碰壁,责任者是谁呢? 这是一个值得大家考察的问题了。

（原载《中学生》第 42 号,1934 年 2 月,署名:丏尊）

春日化学谈

一、关于日光

每年到了三月,偏在南方低低地逼近了地平线运行着的太阳,渐渐升高了地位回归向北方来,万物也就从沉睡状态中苏醒了。春的恩惠,一言以蔽之,结果归着于太阳的赐惠加多。太阳不但给与我们以光明与温热,还给与我们以食物与能。

我们的食物中,有植物性的谷类和蔬果与动物性的乳、肉和卵。动物不能在自己体内制造食物,植物却有在体内制造自身所需要的养分的能力。这植物所制造的就是动物当作食物赖以维持生命的东西。

我们只要耕田下种,施以适当的栽培,就不难获得食物。这食物从何处来,怎样造成的呢? 不消说是由被根所吸收的土中的水分与无机成分,和被叶所吸收的空气里的炭酸气中的碳素造成的。由这些化学成分制成食物,是植物的叶绿素的功用,有叶绿素的叶子无异是食物的合成工场。说虽如此,仅是叶绿素还不够,根本的力量要推太阳。这些化学成分非加以日光的能,才会行合成作用,叶绿素只不过是捕集日光的能,巧妙地加以利用而已。这时日光的能变形了,在合成的物质之中潜伏着。植物为食物之根本,日光为植物合成工程上必不可缺的要素,可以说,我们是靠日光而生活着的。

空气中的炭酸气不多,只百分之零点零三光景。植物仅吸了这一点,合成上所需要的炭素已尽能供给了。因为叶吸收炭酸气的速度非常快速,最易吸收炭酸气的普通常推苛性钾的浓溶液,叶的吸收力可与相比。有些植物的叶,每一平方米的表面一小时可合成一克的淀粉。植物这样地合成醣类(淀粉、糖等)、合成脂肪、合成蛋白质,这三者都是人类必要的食物的主成分。此外如维他命之类,亦非动物所能制造,全是直接或间接由植物摄取而来的东西。植物的所以能供给这种重要成分,不消说又要归功于日光的能。人类可不依赖植物的有无机盐、水和氧,但蔬菜类含着丰富的无机盐,人类事实上仍多量取之于植物。

世间任何事物没有能就不会活动。例如电车利用了电能,把它转变为机械能而行驶;蒸汽机关与内燃机关利用了煤或汽油的能,把它的热能转变为机械能而旋转。人类和别的动物是从食物获得运动的能的。植物的叶制造我们的食物时,所吸收的日光的能,转变为化学的能,潜伏于新化合物之中。这食物一入人体里,被消化吸收了达到细胞,原来潜伏着的化学的能,重新再变形而出现了。变形的场所就是细胞,一部分变形为热能,使我们有一定的温度,一部分变形为机械能,使我们全身会活动。我们的一切动作与活动,都是食物中潜伏的化学的能的变形使然,而这化学的能,本来就是日光中光线的能。这样说来,我们的温热与活动,可以说就是日光的化身了。不但人类如此,一切生物所营的生活现象,直接或间接都与日光的能有密切的关系。

那个灼热的太阳,原是一个有六千度高热的大火球,其中当然没有我们通常所称的"生命",可是地上的一切生命却都是由它给与的。

二、关于植物

把土中的空气分析了看,其中有着炭酸气。这炭酸气的分量,在冬季是百分之零点五以下,一到春季就激增起来,三月中是百分之二,四五月最高,约百分之三以上,从七八月起又逐渐减少。又,大气中炭酸气的量,在春季亦见增加。这原因有二:一是由于植物的根在土中所行的呼吸旺盛;二是由于冬季入土的落叶因热而开始腐败分解,发出炭酸气来。腐败起于细菌的繁殖,炭酸气的发生结果可以说即是细菌的呼吸作用。

土中除使落叶腐败的菌类外,尚有许多菌类,都在旺盛地呼吸着。

种子通常呈假死状态,在寒冷而干燥着的时候,差不多是没有呼吸的。说虽如此,普通任何干燥的种子,仍含着百分之三点五至十三的水分,在平常的温度中亦营着呼吸,会放出炭酸气来。一公斤的大麦在一小时可出零点零四公斤的炭酸气,如果把其水分增至百分之三三,一小时可出八十三公斤的炭酸气。

呼吸可以生热,从空气取入氧素把体内的碳化合物燃了起来,结果就排出炭酸气。我们把木质就火燃烧,就发生热与炭酸气。生物的体内,也很平顺地营着这种作用。

只要遇到水分和温热,种子随时都能发芽。我们常见橘子的种子在橘子中发芽,新收获的麦穗因雨亦可有发芽的事。充分干燥的种子能长久保持其生命。据说,有人从印度五千年前的古墓里得了一粒麦种,播种下土,居然发芽,结了九个穗。那麦是和现代的麦异其种类的。

种子得了水分与温热,种子中所贮的淀粉就因糖化酵素转化为糖分去养胚。种子中的淀粉粒,在显微镜下,形状因植物的种类而不同,但其性质却是同样的。化学上的成分是$(C_5H_{10}O_5)n$,种子发芽的时候,原有的淀粉粒因糖化酵素的作用渐渐变为葡萄糖而流去消失,葡萄糖的化学成分,等于把淀粉分割成若干(n)个,加入一个水(H_2O)进去,就是$C_5H_{12}O_6$。我们平常嚼饭的时候,常觉到甜味,因这时唾液中的糖化酵素已在把淀粉转化为葡萄糖了。

植物的芽,不论是从种子发生的或春来新换的,都与种子同样需要日光和水分,只是养分的贮藏的场所和种子不同罢了。芽的养分贮藏在茎或根里。芽不能像种子地永生着,把植物置在冬季同样的低温度之中使不发芽,究能维持生命到几年?这事至今尚未有人实验过。种子如果充分干燥,即到零下二百度仍能不死,至于芽,普通在零下一百度即死。不消说,这时的芽是无法使它干燥的,又,就高温度说,种子能耐到六七十度,而芽则至四五十度即死。含水的淀粉在六六度时即成糊状,可是干燥的淀粉虽热至百七十度,亦可不起何等的变化。

新芽得着日光,获得了叶绿素,营其奇妙不可思议的化学作用,从水

（H₂O）与炭酸气（CO₂）造成甲醛（CH₂O），再由甲醛合成糖类，淀粉、脂肪或蛋白质。用光来从水与炭酸气造出甲醛，这已是人工所能办的了，但像植物的自由制造糖或淀粉、脂肪或蛋白质，在今日尚为人智所不及。

三、关于动物

普通在冬眠中的动物，差不多没有呼吸，也没有血液循环的。有毒的蛇，在冬眠中，即使咬人也无危险。春天到来，冬眠的各种动物才觉醒。最先觉醒的是蛙类，有些蛙类会在还冰冻着的池沼中产细长如丝的卵。动物从冬眠觉醒转来的时候，因为长久不吃东西的缘故，常用猛烈的行动去找寻食物。

动物活动的原动力，不消说是食物。食物的所以会使动物活动，实是酵素的功劳。动物体中，不论唾液、胃液、胆汁，都含有酵素，能以微妙的作用把食物来消化摄取。此外，那些营内分泌的各种内脏里，也各有特种的酵素，发挥各种各样的机能。动物在一方面能从各种东西摄取必要的养分，在他方面能把自己身体的旧组织废去改换新组织，也都是酵素的作用。

酵素种类甚多，它的构成元素，今日已经知道，至于其组列的形状如何，尚未明白。酵素自身并不会起任何作用，一与他物相遇，就能使起变化。每种酵素各有其特殊的对象物，唾液中名叫 Ptyalin 的酵素只能变淀粉为麦芽糖，对于脂肪或蛋白质是不起任何作用的。胃液中名叫 Pepsin 的酵素，只对于蛋白质有作用。胆汁中名叫 lipose 的酵素只能分解脂肪。酵素和生物相似，在温度三十八度时作用最活泼，热到八十度就丧失其作用。又，如果遇到了毒物，作用也就会死殁的。

"桃花流水鳜鱼肥"。不但鳜鱼，一切动物在产卵的时季，脂肪旺盛，滋味都较平时鲜美。可是，在产卵期内，动物往往有毒，不可不知。吃河豚的往往丧失性命，秋季食蟹亦常有中毒的事。动物在产卵期中，卵与卵巢等大概有毒，这是很适合于保存种族的目的的。不但动物，有些植物在嫩芽或根里也有毒，像马铃薯就是一个例。

四、关于微生物

草木逢春发芽开花，叫我们欢悦，可是植物之中有逢春不发芽开花，生活在我们看不见的地方为我们尽力的，如酵母就是。酵母是下等动物的一种，在显微镜下看去，呈圆形或椭圆形，大批集群着时候，发糟粕或酒类的气味。这菌类和普通植物不同，不在地上繁殖，要在培养液中才能旺盛地繁殖。酵母的种类不少，现在试单就酿酒时所必要的 saccha-romyces 属的酵母来说吧。

酵母的培养液中，须加糖类、氨、磷酸钾等，主要成分为麦芽（令大麦发芽为曲）。酵母繁殖时，在其圆形或椭圆形的母细胞上先生细小的突起，渐渐长大，长大到与母细胞同样的时候，即分立而成独立的细胞。细胞的分裂，在摄氏四度，须二十小时，在十三至十五度须十小时半，在二十三度须六小时半。酵母发芽所需要的温度最低可至零度，最高是四十度左右。

酒在太古时代已被发明，可是酵母的发见却在十九世纪。因了德法诸学者的研究，才知道酒的发酵主体是一种酵母。现在更进一步，知道酿酒酵母中含有名叫 Zymase 的酵素，这酵素对糖液发生了作用，才起酒精发酵。

酒对于人类于陶醉的快乐以外，曾给与以种种道德上、身体上的恶影响，可是酵母是无罪的。因了时代的进展与实际的需要，酿酒酵母为我们尽力的方面正多，可以说是我们的恩人呢。

石炭总有干竭的一日，液体燃料的石油汽油也是有限的东西，无法用人工来增加的。能用人工制造的燃料，现在只有酒精。酒精的原料甚多，如马铃薯、山薯、高粱、玉蜀黍、麦谷类都是。把这类含有淀粉的东西加入酸类，先使淀粉化糖，再加酵母发酵，就可取得酒精。这种酒精的原料本是我们重要的食粮，如果能利用废物或更廉价的原料来制造酒精，那末酵母对于人类的功绩将愈显出了。

酵母本身含有着蛋白质、磷、维他命 B 等，把它直接充作食物，也是很有价值的。历来曾有过许多考案，想把微生物转化为食粮。所困难的就是制造酵母先须用淀粉和糖类，这些原料本身就是贵重的食粮，并且酵母在培养上也有种种复杂的问题。这理想的实现，恐只好待之于将来了。

（原载《中学生》第 44 号，1934 年 4 月，署名：默之）

谈二十五史兼答稜磨先生

前几天《自由谈》刊载稜磨先生的一篇文字,题目叫做《从二十四史说起》,承蒙他提起了正在刊印中的"开明版二十五史"。他说我们的办法把这部庞大的东西印成少少的九本,无形中增加人读它的勇气;又说这部书的定价也算很便宜,其不图重利也可赞美。我们看了这些语句,深深感激他赞许我们的好意。

此外,稜磨先生似乎不很赞成我们的整部翻印整部发售的计划,他主张把全史分类改编,按类分售,以应付专门研究某一方面的人的需要;他发表了许多关于分类改编的可贵的意见,依我们想来,留心史学的人,对于他的意见一定会表示相当的同意。

分类改编的计划,我们早也有了,和稜磨先生的意见可以说大略相同。现在不先实现这个计划而先来翻印全史,有两个原因。第一,我们以为除了专门研究某一方面的人以外,自有需要把全史放在旁边随时参考的人;而各地的图书馆学校的图书室是为供应各个需要不同的人而设立的,尤其应该备有全史。第二,我们这个节缩版本特铸锌版印刷的办法是带一点尝试意味的,如果承蒙大家赞许,书卖得出去,我们就继续走这条路,再印旁的书;而全史的需要量似乎大一点,所以先来翻印全史,作为尝试。

我们的分类改编的计划是这样的:把各史的"书""志""表"依类汇集,使它各成一个系统。如果原书没有这些门类的,如《三国志》,我们就尽量采用后人补作的东西,如洪亮吉的《补三国疆域志》,洪饴孙的《三国职官表》,侯康、姚振宗的《补三国艺文志》,吴增仅、杨守敬的《三国郡县表》,周嘉猷的《三国纪年表》,周明泰的《三国志世系表》等。即使原有这些门类的各史,如果后人有精当的补正,如孙星衍的《史记天官书补目和考证》,章宗源、姚振宗的《隋书经籍志考证》等,我们也尽量采入。我们不但要像稜磨先生所说,把外国传;四夷传;匈奴传;西域传等编为专册,我们更要把各史的儒林文苑等传汇集起来,使它成为学术史和文学史的长编;那些虽然列在专传里的人物,而学术文章很有声名的,如宋史里的欧阳修和王安石等,我们也把他们的传分别收入。这样办法,在稜磨先生看来,也许要说一声"先得我心"吧。

末了说到廉价的问题。稜磨先生的意见,以为如果照现在流行的通俗小说那样排印装订,售价似乎还可以便宜。其实这是无法仿效的。通俗小说的销售以十万二十万计算,匀摊开来,售价当然可以极度低廉。我们的《二十五史》决不会有那么多的销数。并且,我们要求字体清楚,没有错字,所以用照相锌版印刷,用墨和装订也得相当地讲究;成本加重,售价自然不能和通俗小说相比。这一层,想来稜磨先生也能谅解的。

（原载《申报·自由谈》,1934 年 9 月 10 日）

《辞通》序

　　海宁朱丹九先生潜志暗修，不求闻达，盛年纂述，皓首无倦，丹铅在御者积三十年，成《新读书通》如干卷。其为书也，类聚联绵之辞，博究衍变之赜，凡载籍所传，音声之递嬗，摹写之沿讹，与夫通假引申之为用，靡不广搜毕罗而条贯之；将以通古今之邮，为学人省日力，故以韵为纪，制其樊溷。别择既严，立义尤确，洋洋乎固足以发简书之覆，示研修之途矣。乃写本略定，遂秘箧衍，初未尝以示人。其后朋好有传抄其一部者，始泄于外，而先生亦欲为桑榆之娱，颇有问世之意，于是写本稍出，士林交誉。虽然，当世称赏之者固众，而所以遇之者綦啬：富人自文其陋，欲购稿以窜己名。坊贾号为乃心文化，见其卷帙之繁，又不能无踌躇，遂屡加颠播而终且见格；甚有惮于一顾即托辞返稿者。十载以还，落落无合，先生之志亦既衰矣。十九年冬，余方主开明书店编译事，以友人之介，获睹全稿，欢喜赞叹，以为是诚读书为学之秘钥，颇思有以传之。而开明当事及编所同人亦交相敦督，佥以职志所在，讵容以费钜工艰遽自诿卸，遂定议以六千金酬朱先生积年之勤，而归其版权于开明。翌年春，即属专员主编校，遂厘全稿为二十四卷，易称《辞通》。自是厥后，昕夕点勘，无间寒暑，越三年，始溃于成。今出版有日，乌可无一言。爰书其遇合之大端如此，盖以见成书之难，即传书亦正匪易也。至其书体用之备，与属稿之繇，则详编例及自序，且诸家序跋具在，可无赘。

二十三年二月夏丏尊

（《辞通》，开明书店，1934 年）

1935

中国妇女应上那儿跑

　　我以为这问题不能凭任何人的见解来决断,完全须由社会情况去决定。

　　在现在的社会情况中,妇女们对于做家庭妇女或做职业妇女,自身也何尝有丝毫的选择自由? 农村破产的结果,逼得许多妇女们弃了家庭向外面跑,有的做女工,有的做帮佣,有的做妓女……在外面碰壁了,又只好跑回破碎的家庭里来暂躲。大多数的中国妇女实际情形如此,我们决不能说她们留在家里好,跑向外面去不好。也决不能说她们跑向外面去好,留在家里不好。

　　至于极少数的摩登少奶小姐,她们在家里是少奶小姐,在办事的机关里是“花瓶”之类,似乎谈不到“家庭妇女”或“职业妇女”的名词上去。应该划出算的。

　　如果有一个妇女来问我:“我在家里过不下去了,预备跑到外面去找事做,你觉得怎样?”我将毫不迟疑地回答她说:“好。”如果同时又有一个妇女来问我:“我在外面失业了,找不到事做,只好回到乡间去过苦日子,你觉得怎样?”我也将毫不迟疑地回答她说:“好。”

　　我不忍在严重的事实面前,轻率地发抒任何的戏论。

　　　　　　　　　（原载《妇女旬刊》第 19 卷第 1 号,1935 年 1 月）

五十年来中国名著之一斑

◆ **小说**

刘鹗：《老残游记》

曾朴：《孽海花》

李伯元：《官场现形记》

吴研人：《二十年目睹之怪现状》

鲁迅：《呐喊》

茅盾：《子夜》

◆ **诗词**

黄遵宪：《人境庐诗抄》

朱祖谋：《强邨语业》

◆ **词话曲话**

王国维：《人间词话》

况周颐：《蕙风词话》

王季烈：《螾庐曲谈》

吴梅：《顾曲麈谈》

◆ **科学研究**

章鸿钊：《石雅》

郭任远:《行为心理学》
陈兼善:《广东产鳗鳝鱼类之研究》

◆ **文法研究与修辞学**
马建忠:《文通》
严复:《英文汉诂》
杨树达:《词诠》
黎锦熙:《国语文法》
陈望道:《修辞学发凡》

◆ **声韵学**
刘半农:《四声实验录》
魏建功:《古音系研究》

◆ **文字学**
吴大澂:《字说》
　　又:《说文古籀补》
孙诒让:《名原》
罗振玉:《殷墟书契考释》
章炳麟:《文始》
郭沫若:《卜辞通纂》

◆ **古籍考订**
洪钧:《元史译文证补》
孙诒让:《墨子间诂》
王先谦:《汉书补注》
崔适:《史记探源》

◆ **法律源流**

　　程树德：《九朝律考》

◆ **政治思想**

　　孙诒让：《周礼政要》

　　孙文：《建国大纲》

◆ **时代思潮**

　　康有为：《大同书》

　　谭嗣同：《仁学》

　　邹容：《革命军》

　　刘师培：《攘书》

　　梁漱溟：《东西文化及其哲学》

◆ **沿革地理学**

　　杨守敬：《历代地理志图》

◆ **学术评论**

　　廖平：《今古学考》

　　康有为：《新学伪经考》

　　章炳麟：《国故论衡》

　　周予同：《经今古文学》

◆ **专门史**

　　屠寄：《蒙兀儿史记》

　　柯绍忞：《新元史》

　　夏曾佑：《中国历史》（上古迄隋）

　　皮锡瑞：《经学历史》

　　王国维：《宋元戏曲史》

梁启超:《先秦政治思想史》

又:《清代学术概论》

鲁迅:《中国小说史略》

胡适:《中国哲学史大纲》

又:《白话文学史》

冯友兰:《中国哲学史》

郑振铎:《插图本中国文学史》

杜亚泉:《博史》

黎锦熙:《国语四千年来变化潮流图》

◆ **宗教学**

弘一:《四分律戒相表记》

◆ **哲学**

冯友兰:《人生哲学》

◆ **金石学**

叶昌炽:《语石》

◆ **实地考察草录**

徐旭生:《西行日记》

◆ **读书法与工具书**

梁启超:《历史研究法》

陆文奎等:《辞源》

朱起凤:《辞通》

以上所列都凡六十六种。其入选之标准,俱依据下列之三项条件:

(一)具有独特之见解者。

（二）具有重大之发见者。

（三）开一时之风气，影响及于现在及将来者。

（原载《人间世》第 38 期"百部佳作特辑"，1935 年 10 月，署名：夏丏尊、王伯祥、叶圣陶、章锡琛）

1936

一个夏天的故事

　　这是希腊苏格拉底的轶事：苏格拉底曾当过兵，参与过战争。有一回，战后和许多兵士在旷野中行走，天气很热，大家已渴得难耐了。忽然在路旁发现一条小溪，清洌的水潺潺地流着。许多兵士都纷纷到溪边用手掬水，畅饮称快，苏格拉底却立着不去饮水。别的兵士奇怪了，问他："为甚么有这样的好水不饮？"他回答说："我正渴得难耐，想试试自己的克己的工夫究有多少，预备忍耐到不渴为止。"

　　一年四季之中，炎夏最为人所畏惧。一般人都把夏季看做灾难，要设法解消它、避免它，至于有"消夏""避暑"的名辞。俗语说"过夏好比过难"。夏季的苦难，原是很多的，容易生病唰，烈日如焚唰，蚊蚤叮咬唰，汗流浃背唰，热闷难熬唰，……历举起来，说也说不尽。这种苦难，如果照上面所举的故事说来，都可以作为锻炼修养的机会，而且都是最切实没有的机会。苏格拉底在西洋被称为千古的圣人，他的奋斗修养当然是无时无地懈怠的，这故事中所告诉我们的只是某一个夏天的事，而且只是关于渴的一件事。如果类推开去，应用是可以很广的。我们原不必一定希望成圣人，把这样的精神学得一二分，也就受用不尽了。

　　"怎样过暑假？"少年们的这类题目的文章，是我所常常见到的。文章里面大都"一""二""三""四"地分了项目，说着许多过暑假的豫备，读书应该怎样，救国工作干些甚么，修养该注意些甚么，各人都定得井井有条。在我看来，这些大部分都不免是抽象的空言。最要紧的是"在事上磨炼"。苏格拉底的故事，是"在事上磨炼"的一个好例。

　　这故事是我多年前偶然在某一本书上见到的，对我印象很深，每到夏天,更记忆起来。我有生以来,未曾尝过往庐山、莫干山避暑的幸福,自丢了教鞭改入工商界以后,连暑假的权利也早已没有了。每当苦热难耐的时候,就把这故事记忆了来消遣。这故事是我的清凉散,现在也来贡献给少年们。

（原载《新少年》第 2 卷第 1 期,1936 年 7 月,署名:丏尊）

关于职业问题答某青年书

××君：

你所提出的问题有许多。现在让我就职业一端来作答复吧。并不是别的问题不重要，因为从你的信中看来，你的烦闷重心似乎就在职业问题上，只要职业有出路，其它如家庭、婚姻等问题也许会宽松些。据来信，你的父母为了负担你在中学六年的学费，已精疲力尽，你自己也不忍再叫父母典质田宅，去勉强升学了。你年龄已二十岁，正想找寻一个相当的职业，苦于找不到出路为此烦闷。我不知你上代的职业，家庭的实况，以及亲戚中有无可帮助你的人；也无力量替你介绍机缘。我所能贡献给你的只是我个人近来对于职业的解见和感想。

第一，我觉得普通的学校对学生所施的职业指导太理想太空虚。关于择业标准，大家都以"合乎自己的兴趣"为条件之一，这话在原则上不能说不对，可惜是理想社会里的情形，和现世的实际相差太远了。就现社会说，职业和兴趣常是冲突的。譬如说，作画原是有兴趣的事，但如果以卖画为业，每日非作画几幅不可，就没有兴趣了；种花在赏花爱花的人是兴趣，在以花为业的园丁，其滋味等于车夫的拉车、成衣匠的缝纫。我有一个儿子，在中学读书的时候，喜欢摄影，后来有一位朋友介绍他到一家照相馆去学业，整年终日闷在黑房里任冲洗的职务，大感苦痛，终于改业了。任何职业，对于社会原有贡献，对个人则除了养活自己以外，大概无兴趣可言。从事某种职业，真正能愈从事愈有兴趣的虽不能说没有，可以说是绝少数的幸福者。在普通人兴趣的获得，倒在职业以外。有些医生丢开了显微镜去看自己所喜欢的文学书，有些银行员在星期日去作自己所喜欢的绘画,借以调剂业务上的疲劳,这是我们目前所见到的实在的情形。青年找寻职业的时候,把兴趣认作重要条件,这是大有商量的余地的。

第二,一般青年对于职业,眼光常局限于现状。他们一方面艳羡现在地位优越的人,一方面嫌恶自己职位的低劣。看见别人现在做着大官,或任着大商店的要职,很是眼红,有人介绍他去做小学教师、工场学徒或商店小伙,认为前途无出息,弃而不就。好高恶卑,原是常情,用不着非难。就实际情形说,职业是会流动转变的,除极少数的人以外,一生的职业大都要再三更变,以某种职业中的某种职务终老的人,并不多见。你试把世界上所谓成功者的履历,一一调查起来,不难发现其蜕化的痕迹。职位的蜕化升进,一方面靠机会,一方面也靠能力。能力是从事务上磨炼成就的,否则虽有机会也捕捉不住。

职业的更变在近来尤厉害,中国现在的社会情形瞬息变动,难得有百年老店,也难得有连任几十年的官吏或校长教师。你进商店做学徒吧,也许三年的学徒期限未满,店就关门了。你在学校里作教师吧,说不定不到一个学期,部里或厅里的长官变动了,校长换了人,聘书就此无效。至于在官署里服务,更是"五日京兆"。这原是不好的现象,可是不幸得很,俨然是无可讳言的钢铁般的事实。在这种狂风巨浪、变幻莫测的人间世,惟有随时留意毫不疏忽的人,才会运用着自己的舵和力量胆识去因风驶帆,抵抗汹涌的风波。

职业须合乎自己的兴趣,职业选定以后须终身从事,不要变更,这类教训,是一般教师口里可以听到的。我从前做教师时,也深信应该这样,也曾对学生作过这样的指导。可是现在看来,究是不合实际之见。一个青年投身到社会上去,其情形好像一滴水珠被排入在瀑流之中,这滴水珠也许流到溪沟,也许流入江河,也许流入洋海,在事前是自己无从预知的。惟一的使命就是流,不流就失其本来的意义,这是我现在的感想。

职业问题本是一个很严重的问题,不论大学生、中学生、小学生,乃至未入过学校的青年,都为这问题烦闷着。但我以为青年对于职业的见解未正确,也是使问题更增加严重的原因。在这产业落后、市面不景气、农村崩溃、内忧外患交迫的国内,找寻职业已经不易,再加以如上所说的误解,兴趣咧,一时地位的高下咧,苛刻地计较打算,结果,本来已难走的路,更一步行不得了。

说无职业可就吗? 社会上明明有着各种各样的职业,有许许多多的人在职业中过活,并且从事业家的口头上还时时听到人才缺乏的叹息。公私各事业机关也曾登了广告招考人员。普遍的话且不说,像你年龄二十岁,曾在高中毕业,据来信看来,文字很通顺,书法也清爽,(我未曾见过你,体格大概也强健的吧,)应该够得上职业界预选人员的资格。只要你能把对于兴趣和一时地位的高下的执着放松些,大概不至于会没有个人出路吧。我要告诉你,求职业的惟一方法就是"求",除"求"以外别无方法。烦闷根本无用,而且有害。

你如果求到了职业,那末我还要告诉你,于业务上磨练以外,还该利用余暇寻求进步,这所谓寻求进步,并不一定只限于读书、写字、作文、记账;自身体品性的锻炼乃至社会世界大势的认识都包括在内,请勿误解。在你的一生之中,必有无数的机会可以碰到,你得准备好了能力去应付。

唠唠叨叨地说了这许多,不知这些"老生常谈"对你会有些好处否?

(原载《申报每周增刊》第 1 卷第 32 期,1936 年 8 月)

上海教育实业两界对时局之表示

南京国民政府林主席,军事委员会蒋委员长,冯副委员长,外交部张部长钧鉴:

中日交涉已到严重关头,同人深信政府必能根据历次宣言,在决不丧权辱国原则之下坚毅折冲;惟窃有虑者,对方阴谋百出,以前之侵吾主权,略吾土地,无一不是用非法手段,造成事实,诱我默认。现在交涉尚未开始,而察绥接济匪军,汉(汉口)宜(宜昌)增兵设警,冀沪越界演习,丰台藉端占据,凡此种种,俱系越出国交常轨,包藏祸心,妇孺皆知。应请我政府一面迅提抗议,一面严令所属,苟有轨外行动,立以武力制止,遏未来之萌蘖,收已失之桑榆,万勿存投鼠忌器之心,贻噬脐莫及之悔。北平各大学教授主张勿丧权勿失土,同人绝对赞同!回忆去岁二中全会蒋委员长宣言绝对不订任何侵害领土主权的协定,并绝不容忍任何侵害领土主权的事实,我愿政府与全国国民一德一心,坚持勿渝!迫切陈词,惶痛无极。

王培孙	褚辅成	沙彦楷	方液仙	沈恩孚	穆湘玥	邰爽秋
欧元怀	夏丏尊	陈科美	项康原	项远村	蔡承新	朱绍文
黄炎培	潘文安	何清儒	王性尧	叶友才	李文杰	任士刚
唐英	江恒源	方剑阁	王佐才	黄质夫	贾丰臻	贾佛如
徐缄若	钱以振	罗又玄	任诚	杨卫玉	姚惠泉	赵祖慰
赵芝玫	杨大训	姜葆镛	吴训之	曹逸民	沈昆泉	孙遹声
严敬文	张泽之	朱忍之	曹振祥	康秋涛	唐则明	姚颂唐
程美和	邵怡厂	李万里	俞钟绍	陆经宗	沈锷	彭学修

盛艮山	曹辛汉	庚筹深	陈慰萱	陆继奎	查人伟	潘　莹
褚稼先	顾因明	程克猷	周宜之	毛振璿	吴　钧	濮剑渊
余炳成	王淡人	王谷愚	张德樑	吴承烈	徐文华	吴其仁
张绍徐	杨时英	周林五	丁衣仁	陶有衡	汪明义	赵侣青
周梦云	徐梦容	温崇禄	朱夏声	施养勇	沈光烈	端木禄增
金文鳌	赵　衡	苏长骏	谢向之	王介文	甘纯权	陆伯羽
吴拭尘	张雪澄	柳大经	吴宗文	吴友孝	王揆生	沈世琼
彭望芬	王纠思	胥仰南	郁占元	秦春芳	周绥和	蒋息岑
陶　志	杨作舟	杨维祎	黄熙庚	陈彦如	梁园东	白　蕉
黄泳佩	吴耀西	杨德征	王怀冰	杨拙夫	葛朗轩	蒋子展
陆厚仁	张惠洪	顾耀堃	王品端	高士光	徐潮春	王位天
徐敬仁	陈　文	黄逸羲	顾旭侯	侯叙根	汪壶君	乔轶事
张新伯	范庆涵	陆修铭	陈问新	张锡池	王仁夔	梁忠源
姜凤南	火　彬	王树衡	顾映川	王文清	任小松	章　同
李少甫	贾书田	潘　贯	俞铸成	赵霭英	金侠闻	黄竹铭
陈焕文	郑文汉	陈聘伊	田定庵	周仰汶	籍孝篪	王大鸿
周家骝	王肖坡	王禹图	陈家骤	王达刚	陈步高	陈卓人
滕仰支	黄觉民	蔡俊民	徐树声	华文煜	郑西谷	范吉生
宋作锷	顾祖葵	杨建勋	李思劲	刘小苍	何志学	胡　颖
金鹤皋	花士芳	贺晓帆	陈　容	王裕凯	蓝春池	杨耀麟
冯汉斌	林受禄	陆中逵	史典鑫	高芝生	杨汝淦	徐汝兰
徐兰荪	徐昌晋	孟　杰	孙浩恒	全增嘏	谌志远	孙绳曾
严蕖裳	郁康华	吴学信	欧阳达			

（原载《国讯》第 144 期，1936 年 10 月）

读大公报《沈钧儒等六人案杂感》后[1]

十二月二日《大公报》社评栏，登载《沈钧儒等六人案杂感》一文，举其要点凡四：主张本案应迅依法定程序，移法院办理，一也；被拘六人，其言论行动在社会上颇有一部分反响，值兹政府领导全国积极救国之时，应速了此纠纷，二也；政府应用宽容涵盖之政策，团结一切力量，以从事救国，三也；文化界救国运动，务宜使之合法化，而政府当局亦当在不碍军机之范围内，保障言论自由，四也。

沈案发生以后，已逾旬日。以沈君等六人均为著名之著作家及法律家，故此案极为社会各方面所注目。观于报载连日赴公安局探问者之众多，即可见之。然各方人士，对于本案甚少发抒意见。独《大公报》此文，最为持平之论。吾人读后，除十分赞同外，重有所感，敢进一言，供当局与国人之参考焉。

吾人所感，有一点与《大公报》记者完全相同，即认为法律尊严必须加以拥护是也。中国今幸已完成统一之局。然统一必以法治为基础，而后能求其巩固。就沈案而论，有罪无罪，在未经司法当局定谳以前，固不应妄加论评。然人民犯罪，审判程序，律有明条。约法并规定警察机关

---

❶ 1936 年，中日矛盾急剧上升，面对空前的民族危机，全国各界救国联合会成立，积极呼吁全国民众团结御侮。然而，国民党当局却以该组织行动未在官厅立案为由，将其定为非法活动。11 月 23 日，国民党当局在上海逮捕了全国各界救国会在沪的执行委员沈钧儒、章乃器等人，并在警察机关羁押多日。此事件引起全国文化界的关注，纷纷呼吁国民政府公开审理，公正审判。上海《大公报》记者 12 月 2 日发表评论《沈钧儒等六人案杂感》，呼吁国民党当局释放沈钧儒等六位抗日民主人士，夏丏尊、史国纲、潘文安等文化界知名人士随之发表《读大公报〈沈钧儒等六人案杂感〉后》，声援《大公报》记者的呼吁。

应于二十四小时内移送法院。故当局办理此案,原可不问被捕诸人之身份地位若何,而依照法律常轨,迅速办理,以免引起国人之误会。苟不然,政府当局,本无惩治之意,仅因沈等六人不明瞭政府外交政策,故欲乘机加以晓谕感化,则似亦可不必限制其身体之自由。盖沈等六人事小,而尊重法治精神,则其事大也。

其次吾人以为政府当局对于文化界应存爱护之念,沈君等六人均系知识分子,且在过去对于文化社会事业,亦不无微劳足录。此为一般人所周知。纵使沈君等忧时心切,偶或流于偏激,似亦不无可谅之处。我政府向以宽大为怀,对于汉奸叛贼,一旦悔悟,犹且许以自新之路。至若少数学者书生,言论行动偶越轨外,苟非蓄意反对政府,安见其不能为我当局所谅解而必欲置之图圄乎。若以沈君等组织救国会,未经许可,有干法纪,则加以劝导可也,加以警告可也,加以禁止亦可也。对于思想罪之惩罚,可避免则避免之。不拘细节,不还牙眼,吾人深信我贤明之当局,必有此广大之胸襟。

复次,吾国今已入自力更生之途。近顷边陲平乱,虽屡传捷报,而就国际大势,东亚现状,则来日大难,方兴未艾。此必有赖群策群力,方足以济时艰。值兹危难之际,全国上下更不可有一丝一毫之隔阂。战时人民有服从统一政府之绝对义务,而政府亦当尽可能集合一切人力物力,以共赴国难。报载闽省囚犯绝食助饷,足征人心不死,中国不亡,凡有血气,孰不感奋。沈君等六人均为当今才士,倘获早日恢复自由,俾在政府指导之下,献身民族复兴运动,为御侮前敌增加一分人力,亦即为国家民族保全一分元气,此则尤吾人所馨香祷祝者也。

凡此所言,其情其理,至为平凡,初非独得之见。惟读《大公报》社评以后,深有所感,情不自已,故不避谫陋,揭之报端。抑吾人与沈君等六人,或属旧友,或则并未相识,此次发抒管见,纯然为全局着想,决非为沈君等六人代任辩护,吾当局吾国人,其共谅之。

夏丏尊　史国纲　潘文安　倪文宙　姚惠泉　杨卫玉　张雪澄等

（原载《国讯》第 149 期,1936 年 12 月）

关于《月报》的谈话

甲　一个读者
乙　开明书店的一个店员

甲　恭喜新年！

乙　新年恭喜！先生是不是要选购几本新书？

甲　我要问一下，今年开明书店出版什么新刊物没有？

乙　是的。今年开明书店打算新出版的书籍杂志很多，我现在先介绍给你一种杂志。

甲　是《中学生》，还是《新少年》？

乙　是的。这两种旧有的刊物还是照常出版。今年却又出一种新杂志了，名称是叫作《月报》。

甲　《月报》这个名称，倒很特别。不知道是一种怎样的杂志？

乙　先生，你是敝店的老顾客。你知道开明书店出版书籍杂志，向来一点不马虎。不出则罢，要出一种新杂志，一定要有文化上的价值，而且和人家所出的，完全不同。实在说起来，《月报》不是一种杂志，而是全世界数千种报章杂志中的精华。

甲　一种刊物怎么能容得下数千种报章杂志的材料呢？

乙　不。这不是一种杂凑的刊物。这是从中国的、外国的，中文的、英文的、日文的、俄文的、德文的、法文的无数种定期刊物里面，把所有最精采的文字，挑选出来，一部分翻译，一部分转载，再加上一番编辑校订的工夫，然后编成一种杂志，这就成为《月报》。

甲　那么《月报》包含的门类一定很广了。

乙　是的。《月报》是一种包罗万有的综合杂志。这好比是知识的百货商店。凡是应时的、实用的、细巧的、坚实的,不论是道地土产,或环球货品,无所不备。所缺少的只有一件东西,就是品质低劣或于读者有害无益的那些文字。

甲　我还不十分明白,请你再把《月报》的内容说一点。

乙　在大体上,《月报》的内容,分作政治、经济、社会、学术、文艺五栏。每一栏都有一个详细明确的情报,把过去一个月国内国外的政治、经济、社会、学术、文艺消息,完全披露出来。有了这些情报,你可以不用看报纸,却能够知道比报纸所录更多的消息。

甲　情报以外还有什么?

乙　情报以外是各类的评论、意见、主张以及一切报道。这里面包括着各种派别的意见、各种方面的记载。宇宙之大以至苍蝇之微,几乎无所不包,但都是经过严格选择的,没有一篇你不爱看的文字。单就文艺栏来说吧,过去一个月中间所发表的最好的创作小说、最好的诗、最好的歌曲,都搜集在《月报》里面了。

甲　别的各栏也都如此吗?

乙　都一样。例如政治栏就包含国内外每件大事的评论和记载;经济栏包含了中外各国的最新的重要统计;社会栏登载着一切关于社会问题、家庭问题、宗教道德问题、教育问题等等的第一流的文字;学术栏里,凡是哲学、教育学、心理学、考古学、社会科学、自然科学、实用科学各类的文章都有着,而且都是经过精选的。不但内容空洞的文章不会入选,就是艰深晦涩的,也一概不登。

甲　是不是也有插画呢?

乙　当然。各种的漫画和插图,都是经过选择才搜罗进去的。

甲　照这样说,这倒是我所盼望的理想的杂志了。因为现在杂志的种类太多,其中大多数是专门杂志。如果都定一份,不但费钱,而且也没有这么多的时间去阅读。要选择几种呢,却非常困难。因为各种杂志各有所长而且也各有所短。现在《月报》出版,这困难问题就解决了。但是我想，内容这样丰富的杂志，定价一定不便宜，怕有许多人买不起。

乙　恰巧相反。《月报》定价的低廉，竟可以说在杂志界，创造了一个新纪录。用小五号排印的十六开本二百余页的刊物，每期一共有三十余万字的文章，你想零售是多少钱？才不过二角五分呢！定购全年，共计十二册，也不过二元五角。总之你用不到每天花掉一分大洋，就可以换得世界最新知识的无穷宝藏了！

甲　这样便宜，不是要亏本吗？

乙　是的。尤其因为目前报纸市价飞涨，二角半一本的《月报》，连纸张费都不够。但是敝店刊行《月报》，本来不是为图利，想借此给文化界尽一些力，所以也顾不得物价上的损失了。

甲　我还要问一下，这新刊物是那一位编辑的。

乙　这是由《月报》社共同负责编辑的。社长夏丏尊先生想来是早就知道的。此外并约定专家分栏担任编辑：政治栏编辑是胡愈之先生；经济栏编辑是孙怀仁先生；社会栏编辑是邵宗汉先生；学术栏编辑是胡仲持先生；文艺栏编辑是叶圣陶先生。这几位编辑也都是读者们所熟悉的人物，用不到介绍了。

甲　我相信这杂志一定要在民国二十六年的文化界放一异彩。因为就我所知，还不曾见过一种月刊杂志，请了这许多专家担任编辑。用不到再问了，我决定一份，而且还想多定几份，送给我的几个亲友。

乙　拿《月报》当作送亲友的新年礼物，是最好没有的。你的亲友一定会十分满意。现在请记着，《月报》创刊号的出版日期，是民国二十六年一月十五日。以后每期都是在每月十五日出版的。

（原载《中学生文艺季刊》第 2 卷第 4 号，1936 年 12 月）

1937

"自学"和"自己教育"

我为了职务的关系，有机会读到各地青年的来信和文稿。这些文字坦白地表示着诸位青年的生活、经验、思想、情感。一位在中等学校里担任职务的教师，他所详细知道的只限于他那个学校里的学生，可是我，对于各地青年都有相当的接触。虽然彼此不曾见过面，不能说出谁高谁矮，谁胖谁瘦，然而我看见了诸位青年的内心，诸位期望着甚么，烦愁着甚么，我大略有点儿理会。比起学校里的教师来，我所理会的范围宽广得多了。这是我的厚幸。我不能辜负这种厚幸，愿意根据了我所理会到的和诸位随便谈谈。

从一部分的来件中间，我知道有不少的青年怀着将要失学的忧惧，又有不少的青年怀着已经失了学的愤慨。那些文字中间的悒郁的叙述，使人看了只好叹气。开学日子就在面前了，可是应缴的费用全没有着落，父亲或是母亲舍不得"功亏一篑"，青年自己当然更不愿意中途废学。于是在相对愁叹之外，不惜去找寻渺茫难必的希望，牺牲微薄仅存的财物。或者是走了几十里地，张家凑两块钱，李家借三块钱，合成一笔数目；或者是押了田地，当了衣服，情愿付出两三分四五分的高利，以便有面目去见学校里的会计员。在带了这笔可怜款项离开家庭的时候，父亲或是母亲往往说："这一学期算是勉强对付过去了，但是下一学期呢！"多么沉痛的话啊！至于连这样勉强对付办法都找不到的人家，青年当然只好就此躲在家里。想找一点事情做做，东碰不成，西碰不就。那怕小商店的学徒、小工厂的练习生也行。然而小商店正在那里"招盘"，小工厂正在那里"裁员减薪"，于是每吃一餐饭，父亲叹着气，母亲皱着眉，青年自己更是绞肠刮肚似的难过：无论吃的是咸汤白饭，或是"窝窝头"，都是在吃父亲母亲的血汗呀！像上面所说那样的叙述，我看见得非常之多，文字好一点坏一点没有关系，总之宣露出现在青年的一段苦闷。

是谁使青年受到这样的苦闷呢？儱侗地说，自然会指出"不良的社会"来。我们很容易想像一个理想的社会，在这个理想的社会里，受教育是一般人绝对的权利，不用化一个钱，甚至为着生活上必需的消费，公家还得给受教育者津贴一点钱。而现在的社会恰正相反，须要付得出钱，才可以享受受教育的权利。那末给它加上一个"不良的"的形容词，的确不算冤枉。但是这样判定之后，苦闷并不能就此解除。理想的社会又不会在今天或是明天，无条件地忽然实现。在现在的社会里，要受教育就得付钱，不然学校就将开不起来，这是事实。事实是一垛坚固的墙壁，谁碰上去，谁的额角上准会起一个大疙瘩。这就是说，如果付钱成为问题的话，那末，上面所说的苦闷是不可避免的。你去请教无论甚么人，总不会给你一个满意的答复，因为无论甚么人的一两句话，不能够变更当前的事实。

不过要注意，上面所说的学和受教育，乃是指在学校里边学以及受学校教育而言。这只是狭义的学，狭义的受教育。按照广义说起来，学和受教育是"终身以之"的事情。离开了学校，还可以学，还可以受教育，而且必须再学，必须再受教育。威尔斯等在《生命之科学》一书里说得好："教育的目标是要使各个人成为善良的变通自在的艺人（因为环境在变迁，所以要变通自在），成为在那一般的规画中自觉能演一角的善良的公民，成为能发挥其全力的气象峥嵘、思虑周到、和蔼可亲的人格者。终其生都要有能受教育的适应性。旧式的那种阴晦的观念，以为人当在青年期之前把一切应该学的东西都学好，而以后只是用其所学，和多数的动物一样，那种观念是在从人的思想中消逝了。"可是我觉得，一班给"失学"两字威胁着而感到苦闷的青年还没有抛开那种阴晦的观念。住在学校里边叫做学，离开学校叫做失学，好像离开了学校，一切应该学的东西就无法学好了，其实那里是这么一回事！所谓"自学"或是"自己教育"，非但是可能的，而且是必须的。即使住在学校里边，也不能只像一只张开着口的布袋,专等教师们把一切应该学的东西一样一样装进来,也必须应用着自己的智慧和能力,思索这一样,练习那一样,才可以成为适应环境的"变通自在的艺人"。而思索这一样,练习那一样,就是"自学"或是"自己教育"呀。离开了学校,没有教师的指点,没有种种相当的设备,就方便上说,自然差一点。然而有一个"自己"在这里,就是极大的凭借。自己来学!自己来教育自己!只要永久努力,绝不懈怠,一切应该学的东西还是可以学得好好的。这样看起来,如果能把那种阴晦的观念抛开,建立"自学"或是"自己教育"的信念,那末,遇到付钱成为问题的时候,固然不免苦闷,但是这决非顶大的苦闷。本来以为"就此完了",所以认为顶大的苦闷。而在实际上,只要自己相信并不"就此完了",那就不会"就此完了",所以决非顶大的苦闷。

以上并不是勉强慰藉的话,而是对于学和受教育的一种正当观念。这种观念,无论在校不在校的人都是必需的。不过对于不在校的人尤其有用处,它能给你扫去障在面前的愁云惨雾,引导你走上自强不息的大路。

我知道有人要说:你不看见现在社会的实际情形吗?现在凡是新式的事业机关招收从业员,限定的资格起码要中学毕业生。工厂学徒哩,公司练习生哩,甚至大旅馆中同于仆役的"侍应生"哩,上海地方专以伴人游乐为事的"女向导员"哩,没有中学毕业程度的都够不上去应试。所以,读不完中等学校,就等于被摈在从业的希望的门外。一般青年因为将要失学而忧惧,因为已经失了学而愤慨,原由在此。一般父母宁愿忍受最大的牺牲,而不肯让儿女"功亏一篑",待要真个无法可想,那就流泪叹气,以为家庭的命运已经临到绝望的悬崖,原由也在此。

这种实际情形,我也知道得很清楚。按照理想说,岂但新式的事业,最好是无论甚么事业,从业员的资格都起码要中学毕业生,这样,事业上的效率一定会比现在大得多。不过到了这样情形的时候,进学校将纯是权利而不担甚么义务了。现在进学校,多少带一点"投资"的意味,既然担着付钱的义务,总希望将来能有连本带利的丰富的收获。我知道,这样想头,不止是多数父母的见解,更有许多青年也在或明或暗地意识着。

这并不足以嗤笑,在现在这样社会里,自然要产生这样想头,而照大家的眼光看来,要得到丰富的收获,惟有在新式事业中取得一个从业员的位置。同时,惟有新式事业需要有了相当的知识和训练的从业员,其他事业现在还没有这种需要。所以在新式的事业机关招收从业员的章程里,才有"资格——中学毕业生"这一条。所以每逢新式的事业机关招考的时候,前往投考的常常是那么拥挤,出乎主持人的意料之外。

但是有一点可以注意:在招收从业员的章程的资格项下,往往不单写着"中学毕业生",而再附加着"或有同等程度者"这样的语句。这说明了甚么呢? 第一,从这上边可以看出现在学校教育并不能和新式事业完全相应。新式事业所需要的是干练适用的从业员,但是根据着平时的经验,觉得拿得出毕业文凭来的不一定干练适用,所以宁愿把挑选的范围放宽,在"有同等程度者"中间也来挑选一下。第二,从这上边可以看出有了一张毕业文凭的,其被录取的机会并不特别多。他不但有同样有了一张毕业文凭的和他竞争,并且有"有同等程度者"和他竞争。这当儿,取得必胜之权的凭借不是一张文凭,而是货真价实的知识和训练。在"自学"或是"自己教育"上努力得愈多的人,他的被录取的机会也愈多。

就失学的人说来,这里就闪着一道希望的光。只管沉溺在苦闷之中,那惟有一直颓唐下去,结果把自己毁了完事。不如振作起来,在"自学"或是"自己教育"上努力。直到真个"有同等程度"的时候,直到真个有货真价实的知识和训练的时候,其并没有被摈在从业的希望的门外,不是和有了一张毕业文凭的人一样吗?

除了新式事业以外,还有许多的事业,如耕种,如贩卖,如小工艺的制作,细说起来,门类也就不少。这些事业,如果真没有办法参加进去做,我也说不出甚么话。我不能从事实上没有办法之中说出办法来。但是,如果有一点办法可以参加进去的话,我以为这些事业都不妨做。在一些教训青年的书里,说到"择业"的时候,往往有一套理论。事业要应合自己的兴趣哩,事业要发展自己的专长哩,还有其他的项目。其实这些都是好听的空话。一个人择业定要按照这许多项目,结果只好一辈子无业可做。事实上惟有碰到甚么就做甚么,只要那种事业不是害人的,例如当汉奸卖国、贩运毒品毒害人家。在碰到了一种事业的时候,你就专心一志去做。你能够抱着"自学"或是"自己教育"的信念,即使没兴趣的也会寻出兴趣来,即使不专长的也会练出专长来。同时你不必以此自限,这就是说,在你那事业所需要的知识和训练之外,更可以做其他的研修。这并不是游心外骛的意思。专力本业是当前献身的正轨,而别作研修是自己长育的良法,二者兼顾,一个人才会终身处在发展的程度之中。一朝研修有了相当的成就,而恰又碰到了另外一种事业,可以应用这种成就的,你自然不妨放弃了从前的事业去做另外的事业。那时候你还是专心一志地做,和做从前的事业一样。请想想,如果所有从业的青年都像这样子,社会上的各种事业不将大大地改换面目,显出突飞猛进的气象吗? 其时任何事业都像新式事业那样有着光明的前途,就从业员的收获说,也不至于会怎样不丰富。

以上的话,我以为不但对于给"失学"两字威胁着的青年有点用处,就是在校的或是从业的青年也可以从这里得到少许启示。诸位要相信,事实虽然是一垛坚固的墙壁,但在不超越事实的情形之下,觅取进展的途径,其权柄大部分还操在诸君自己的手里。能够"自学"或是"自己教育"的,在他前面等候着的往往不是苦闷而是成功!

(原载《中学生》第 71 号,1937 年 1 月)

"怎样过暑假"

　　每年暑假将到,总有许多少年朋友来和我商量怎样利用暑假的问题。他们提出问题的方式有两种,一种是自己毫无主张,叫我给他们指定工作范围的。对于这类的商量,我差不多不能回答一字。因为少年们的境遇情形和需要各各不同,我即使勉强替他们指定了工作,也未必就适合于他们,结果就回答不出甚么了。

　　还有一种是自己定好了一个目标来询问我的意见的:有的说打算到乡间去考察农村实况,或是帮助在农忙中的父兄,有的说打算做些平日喜做而无暇做的事情,有的说打算补习自己所不擅长的学科,有的说打算对于某一问题作一番研究,有的说打算把游泳学会,有的说打算到某地方去旅行,有的说打算读完某一部书,有的说打算把身心上某种缺陷矫正。诸如此类的意见,举不胜举。我对于他们的回答却只有一个字,"好"!

　　我的不回答和回答也许都会使问我的人失望,但我自信我的态度是诚实的,决不欺骗少年们,也决不是和他们开甚么玩笑。我以为凡事该实行,不该空言。甚么事情该做?甚么事情不该做?甚么是善?甚么是恶?如果从伦理学上讨论起来原是很琐屑麻烦的问题,可是在实践道德上却不必管这些,目标只是实行。凡是对国家社会或自己有益的事情,只要你能做,都不妨认定了去做,用不着问别人。别人即使替你漫然指出一个方向,于你也未必有用处。至于已经自己定好了方向的,更无请别人认可的必要。自己认为该做的就切实去做,做了再说。真正的问题难关要在做的当儿才会碰到,豫先凭空说这样,说那样,都是无益的戏论,等于把眼前现成的食物不吃,而只去空说那食物的滋味及营养价值如何如何。

我前面曾说过"凡是对国家社会或自己有益的事情都不妨认定了去做",对国家社会有益的,通常叫"利他"的行为,对自己有益的,通常叫"利己"的行为,这利他和利己的分别,也是很难划定的,也用不着多拘泥,多讨论。任何事情都是多方面的,利他和利己,尽可以不发生冲突,彼此调和。譬如说,本年暑假政府正提倡农村服务,劝大中学生们到农村去。这农村服务的行为,照普通的眼光看来,不消说是利他的,但从利己的立场来看,也并不会有冲突。你如果真能切实的去做农村服务的工作,你在工作以外必有许多收获,如社会认识力的增进,服务习惯的养成,身心的锻炼等等,都是于你自己终身有益的。又譬如说,利用暑假学习游泳,这似乎只是利己的行为了,其实也不然。因了学习游泳你可以养成强健的体魄,收得忍耐的习惯,此外还可有其他种种的好处。你是国家社会的一份子,你的好处,结果也就是国家社会的好处。凡该做的事情只要做,不论它是利他的,利己的,都有意义。

"季文子三思而后行,孔子曰:再,斯可矣。"怀疑犹豫,自古以来不知延误了多少事。尝见有些少年们,当暑假将到的时候,总是费尽心思去考量种种过暑假的方案,结果到暑假完毕还只是一个方案,未经实行方案而暑假早已飞驰地在他们打算考量中间过去了。这是多么可痛惜的事。

(原载《新少年》第 4 卷第 1 期,1937 年 7 月)

1944

我的随喜

在这末法时代,寺院早无一定的经济基础。大多数靠替人家做经忏法事以维持道粮,这原是不得已的事。可是流弊所及,足以破坏佛法。就江浙一带的寺院来看,凡是经忏多的寺院,几乎连早晚常课都不做。全寺僧众,专以替人荐亡及消灾延寿为务。今天替王姓做水陆,明天代李姓拜水忏,或替丁姓破血湖,什么都来,忘了自己是人天之师。寺中一切,亦在在迎合世俗的心理。房间陈设,华丽到像大旅馆。斋主要打牌,要喝酒,库房都可以供应。僧众出忏回向,就在酒气熏腾或牌声劈拍的客厅中去诵赞。经忏圆满以后,库房开出一篇细账给斋主。僧几众,筵席几桌,牌及筹码几付,酒几斤,连捐及小账,共计若干。斋主按账目开发,加给些茶房小账,就此在当家或知客师恭维声中走出寺门。这末一来,做斋主的以为亡人已得超荐,灾也可消,寿也得延了。寺院的僧众则以为已替人超荐过亡人,消过灾,延过寿了。彼此心安理得,恬不为怪。这情形从真正的佛法看来,多么滑稽可痛。

上海法藏寺因兴慈老法师的宏愿,改建净土道场,谢绝其他水陆梁王忏瑜伽焰口等法事。树立不准在寺内饮酒打牌的清规以来,于今一年了。当去年在报上见到该寺的宣言时,我就随喜赞叹。在这佛法衰颓的今日,居然有一教团高举正法的大炬,作狮子吼,真是伟举。可惜我们都是凡夫,不能听到大地震动天人赞叹罢了。当时也有人替这道场耽心,以为现在甚么都商业化,尤其是上海。法藏寺有这许多修持的僧众,流俗的经忏谢绝以后,也许会发生资粮的恐慌。可是事实不然。一年之中,我常到那里去看,见老法师每日讲经如故,僧众每日早晚修持如故,而藏经楼却在这一年中改建完成。最近普慧大藏经刊行会也借用该寺为办事之所,气象比从前更蓬勃了,足见老法师的愿力不小。

佛法无边。佛学上的数字,如恒河沙数。三大阿僧祇劫,比天文学上的数字还要大。资财的数目是有限有边的,唯有心的作用是无限无边的。佛法是心法。愿为第一。我们都是凡夫,所可依赖的只是自己的愿力。我在这里,谨以至诚愿兴慈老法师成就这个本愿。

(原载《觉有情》第 5 卷第 15、16 号,1944 年 4 月)

1945

珍重这胜利的光荣

抗战八年，同胞历尽了种种的苦难。现在胜利到来，突然获得解放，快乐可知。此次胜利，大家都归功于当局的善于应变与盟邦的协助作战。在我们佛教徒看来，只是业报的因果关系。大之如当局的得人与盟邦的协力。小之如原子炸弹，B-29 型飞机等等新武器的出世，无非是显现此因果关系的手段或方式罢了。

依佛法说，人以身口意有所行动，就是业。凡是业，在今世或后事都有报。行善业者感得善报，行恶业者感得恶报。而这所谓业，又有自业与共业之别。一个人自己所作的业，自己当然要受报，还可连累影响到其他的人，使他人也连带受报。举例来说，日本东条英机发动大东亚战争，结果身为战争罪犯，至于自杀，这是自业的报。但若就他的黩武思想的由来着眼而说，不得不追溯到明治末年以来，日本军国民教育、田中政策等等的因素，而与第一次大战以后的意大利、德国的法西斯思想，也当然有关系。许多外来的缘，叫东条踏上了大东亚战争的险道，至于把自己破灭，这是共业的报。因了这大东亚战争，受苦的人，不知究有多少，都受到共业的报。自业好的受苦较少较轻，自业不好的受苦较多较重。炸弹落到某一区域时，有些人被炸死了，有些人只是受伤，有些人竟无损害，只受到一次的虚惊。这种不幸与幸的事实，决非偶然，可用共业与自业来解释。共业是同样的，因各人的自业有好坏，所受的报就各各不同了。这业报的关系，在佛法是通乎三世，并不限于现世，非常复杂微妙，所谓"唯佛与佛方能决了"。我们没有宿命通天眼通的凡夫，当然无法懂得详尽，但其理是绝对可信，不能推翻。无论就个人说，就国家民族说，都可通的。

百年以来，我国因种种恶缘，受到外侮。甲午之后，日本所加于我的压迫欺陵，尤咄咄逼人，结局就是"八一三"之战。凡是活着的国民，上自八九十岁的老人，下至一二岁的小孩，因为是中国人之故，都各各受到屈辱忧患贫乏等等共业的苦报。现在胜利既到，这种由共业得来的苦报，当然可以解除，此后所得到的，应该是福报了。全国同胞正在兴高采烈，以胜利的民族自居，期待着过光明荣耀的生活，享受安乐的福报。

安乐是大家所希望的，但是危险也就在这里，祸福原是互为因果的两方面。依佛法说，有福须惜，享受福报不是一件好事。一个人因自业共业而受苦，犹之负债者偿还宿债。而享福好比向人借债，负债之责到偿清即止，而所借之债，则迟早必须清偿。日本自甲午之战以后，五十年来在东亚横行阔步，作了许多恶业，致有此次一败涂地之报。我国百年来的积弱，实为康乾时代以来过享了太平幸福、政治颓废的后果。这次转危为安，得松了一口气，其情形好比负债者还清了多年的夙债。债务是还清了，嗣后应该怎样，就是一个大大的问题。

我要告诉全国活着的同胞，在这大变乱的时代中，不知有许多人死亡了，我们幸而还活着，不受到惨酷的共业的恶报，足见我们都是多少在今世或夙世有善根的。我们现在已把夙债还清，不要再向人举债。要乘了胜利的光荣，做些于己于人有益的好事，不要去作恶事。

我更要告诉为文武官吏的执政的人们，你们现在主持执行着国家的事务，从你们身口意所造作的业，影响容易及到全体的民众。你们一言一动，所作所为，不只是你们的自业，容易成为他人的共业。佛经中关于护国，有一部仁王护国般若波罗密经，宣示着为政者护国的正法。而于说法以后，把这法托付与王公，不像在别的经典中把法托付与出家弟子。这可见护国的责任，大部分应该由执政者、当局者来负的了。往时民众所受的痛苦，论理往时的执政者，当局者不能逃其责任。往时因国步艰难，他们办事上有许多外来的障碍，易于为恶，难于为善，也许还有可以原谅之处。至于现在，情形大大不同，一切外来的束缚已经解放，在这难得的光荣之中，你们为政者如果还不好好地依照正义去干，恶行多而善行少,那实在太不成话,不特对不起民众,也太对不起你们自己了。

这次的胜利,真是难得的机会,大家珍重。

（原载《觉有情》第 7 卷第 3—4 号"护国成功庆祝特刊",1945 年 10 月）

好话与符咒式的政治

　　我想把目前的政治称为好话与符咒式的政治。目前的政治至少有这样的一面。为使读者明白起见,让我先来解释好话与符咒的意义。

　　人类抱有说不尽的愿望。愿望之中,有些是不能或不易实现的,如想"长生不老",想"风调雨顺"之类。世间所谓"一相情愿"者,就指这些而言。

　　这"一相情愿"的愿望有两种表现的方式:一是说好话,二是用符咒。"百年偕老""黄金万两"是好话;"姜太公在此""泰山石敢当"以及虎头牌,八卦牌之类是符咒。好话,《诗经》《书经》上已见,秦汉人在砖瓦上铜器上也有"长乐""未央""子孙永保用"等等的吉祥语,足见起源是很古的。符咒与原始宗教有关系,起源也许更古。

　　好话与符咒同是"一相情愿"的表现方式,其愿望的对象大概是人力以上的事:有的属于运命的支配,如"多福多寿多男子"、"指日高升"等类的愿望是;有的属于自然的威力,照一般人的见解是神鬼所使的,如祈雨、祈晴、辟邪等类的愿望是。至于自己力所能及的事情,就用不着好话或符咒。当工人拿起工具来工作时,当学生捧起书本来用功时,只知切实地做,去达到愿望,决没有玩这些把戏的傻子。

　　好话与符咒,因为其对象是人力以上的事情,其灵应与否,全无把握,所以也就没有甚么责任可言。做喜娘的于男女结婚时用好话骗钱,这对结婚的男女,后来即使反目,成了鳏寡,或是无子,她可不必认甚么过差。做道士的尽管替人家画消灾的符,念驱邪的咒,灵验时固好,不灵验时也没有甚么罪。不像一般人对于自己的工作,要自想办法,要负职务上的责任。

　　反过来说,我们对于自己的工作如果不想办法,不负职务上的责任,那么我们关于工作所表示的,全部就等于好话与符咒,虽有热诚也只是"一相情愿"的事。一个商人想营业发达,不从营业上切实想办法,那么他的一切表示就等于在口头上说利市,在壁上挂"万商云集"的幛轴,其功用决不可靠。

　　现在试用这眼光来看目前的政治。

　　政治的对象是人力所及的世间实务,原不是命运神鬼所支配的东西。为政不在多言,为政者所言的就是其所行的。为政者有政权在手,说得出的理应做得到,决不会象好话符咒似地没把握,可以不负职务上的责任。可是目前的政治情形,大有叫人哭笑不得之感。目前政治上的黑暗的坏的方面,如贪污、横暴、不法之类且不谈,即就其光明的好的方面看来,也大半叫人失望。为政者所发表的政见并非不好听,所颁布的文告也着实冠冕堂皇。若论其效果,大半不甚可靠,犹如好话与符咒一般。

　　试以近事为例吧。最近教育部当局飞到上海来视察,于学费高涨,中产人家的子女大多数被摈在校门外的情况之下,宣说要"扫除上海文盲"。这在教育当局自应有此愿望,但在现状之下看来,老实说有些"一相情愿"。他所发表的政见只是一句好话。又,前次负接收责任的最高当局在上海时,正值物价初度暴涨,人民叫苦,他有鉴于此,乃颁发一张大大的布告,贴在各处通衢的墙上,说叫商人自己抑平物价,一律恢复到九月十二日以前的价格,违者以扰乱治安论。布告是到处煊赫地贴着,物价却日日暴涨,而且越涨越凶。这种布告在我看来,就像道士的符咒,并不灵。自从整洁运动以后,这布告就被"整洁"得干干净净,不留痕迹,我们大家也把它从记忆中消失了。不但我们,也许连颁发布告者自己也忘了有这一回事了吧,不然为何毫无下文,让物价涨到像今日的地步。

　　一时期有一时期的标语,一个官有一个官的政见。话都是好听的,可惜结果没有效验,等于不灵的符咒。近来每当一官到任,于爆竹声中见到满街花花绿绿的标语时,我不禁要为之苦笑,记起"爆竹一声除旧,桃符万户更新"的老对句来。

最近的新标语是"建国必成","精诚团结","政治民主","中国工业化"等等,但愿为政者对于这些高明的政见能有几分实现,不使它再成为"一相情愿"的好话与符咒。

（原载《大晚报》,1945 年 11 月 25 日）

中国书业的新途径

　　全国事业经过八年的战祸，无一不受到巨大的创伤。胜利以后，亟待复兴。但所谓复兴者，不只是恢复原状而已，要较原状有所改进才对。笔者厕身书业，敢就本业发抒私见，供同业先进与全国关心文化事业之业外人士采择。

　　书业以传达文化、供给精神食粮为职志。书店之业务可分为二部，一是将有价值的著述印制成为书籍，这叫做出版；二是将所印制成的书籍流通开去，供人阅读，这叫做发行。就出版方面说，著述可收外稿，原不必一一由书店自己编辑。但一书店有一书店的目标，为便利计，皆设有编辑所。排印书籍原为印刷所之事，本无须书店自己兼营。但书店为呼应便利计，大都附办印刷所。就发行方面说，书店所制成的书籍，原可与别种商品一样，除门售外，批发给贩卖商销行到外埠去，不一定要在外埠自设分店。但书店为了要防止放账上的危险及其他种种原因，皆于总店以外在重要都市另设分店，故向例一家书店机构很是庞大。总店本身要具有编辑所、印刷所、发行所三部，总店以外，还要具有许多分店才算骨格完整，规模粗具。

　　书店的机构庞大如是，非有巨大资本不能应付。可是按之实际，书店的资本薄弱得很。在战前，全国最大的书店如商务印书馆资本只五百万元，中华书局是四百万元，其他的各书店只不过数十万元而已。以如是薄弱的资本，要想转动其全部机构，来实现文化上的使命，当然力有未逮。于是只好缩短阵线，大家把眼光集中于销路比较可靠而成本不大的书籍上。第一是中小学的教本，次之是不要稿费或版税的旧书翻印，行有余力,然后轮到别的新书。各家所出版之书籍,既互相重复,发行上竞争自然激烈,或用巨幅广告来号召,或违背同业定章,抑低折扣滥放客账来倾销,结果发行费用非常浩大,利润随而减少。

这种情形,于书店当然不利,而整个文化界也受到不良的影响。因为书店财力有限,所出版的十之八九只是些中小学教本与旧书,自无力来介绍日新月异的学术思想,也无暇顾及社会各方面的需要。譬如说,关于新兵器的书,关于台湾、硫球的书,关于内外蒙书,现在很需要,可是书店里不大多见。中国是以农立国的,可是任何农学部门都找不到一部像样得用的书。此外如音乐、绘画、雕刻、建筑、医药、航空、造船等门类,也都为了太冷僻太专门的缘故,不被书店所顾及。即使有人撰写好了稿子去委托出版,也大概会遭到拒绝。笔者有一位研究音乐的朋友,现为国立音乐院教授,他费了多年的光阴与气力写好了两部书,一部叫对位法,一部叫音乐史,自以为很有价值,想出版,遍询书店都不要。中国虽有许多家书店,而书籍的种类不多。除教本外,一般书籍的销数也有限,每一本书,销数好的不过几千,坏的只几百或几十。因为书店营业的目光偏在教本,无暇顾及一般的所谓“杂书”,并且推销上全靠门市与自设的几处分店,无力把书籍伸入全国各地去的缘故。若与他国相较,中国所出版的书籍在品种上、销行数量上都有落后之观。

以上所指摘的是书店过去的情形。今后是否将再这样继续下去呢?原来机构已大受损伤,有的已失去了印刷所,有的已解散了编辑所,至于各地的分店大都也已毁去了十之七八,如果要一一恢复旧观,恐各家书店都无此财力。试看仅仅几种国定教本,以七家书店来联合承印,犹嫌资金不足,要向政府贷款,书店财力之薄弱可知。第二,书店向以教本为主要营业,今则教本已改为国定,为教育前途计,我们也希望其永为国定。国定教本理宜由国家规定办法,让大家承印。从前由七家书店与教部订立契约,联合承印,是战争时期不得已的办法,此后情形改变,当然未必能够继续下去,在教科书以外,应该决定营业的方针。

情势如此,书业若重循故辙,前途将遭遇许多障碍。为今之计,亟宜另觅一条新途径。新途径是什么?即将原来机构改组,把出版机关与发行机关分立是。其办法大致如下：

一、以上海现有书店为发起人，在上海组织联合书店（假定之名）股份有限公司，资本十亿元（假定之数），任各方投资。

二、联合书店不出版书籍，但以发行为业务，在全国各省市各县设立分店，其普遍应如邮局。

三、现有各书店各自动改称为出版社。出版社专营出版事业，其资本可大可小。各出版社以所出版之书籍批发与联合书店发行，不自设总店门市部与各地分店。

四、联合书店营业以现款交易为原则，于收到各出版社所出之书籍时，即按批发折扣，以定价几分之几付给现款，余额按期结清。

这只是个大纲，详细办法与实际上的技术问题，无暇在本文中叙说。书业若如此改组，在出版与发行二方面有许多好处：

一、发行效力大可增加，假定一部新书每县销行十册，全国二千余县合计可销行二万册。印数既多，造货成本自廉，可使读者减轻负担。

二、推广费及管理费可以减少，无滥放回佣及吃倒账等流弊。

三、资金周转灵活。

四、任何著作者可纠合同志或独力以小资本经营出版社，依各自的兴趣刊行各门类的书籍，不必一定再委托书店出版。书籍的种类将因此大大增多。其委托书店出版者，亦可于成书时即取得版税。

五、营业统一，无垄断可言。书籍之销行与否，全视其内容与定价如何。各出版家将专在书籍的内容上成本上互相竞争，促成文化的向上。

仅就上面所举的几点来看，好处已经很多。为各家书店减轻原来笨重的负荷计，今后的发展计，为整个文化界的利益计，这条途径似乎平坦可行，是值得采取的。

也许有人要顾虑，以为书店发行部既化零为整，各家发行部的从业员将有失业之忧了。这层是不足虑的。联合书店将遍设各地，犹如邮局，所需要的人员比现在不知要多若干倍，原来的从业员决无过剩之理。也许还有人要顾虑，以为联合书店规模巨大，整个出版界或将为此一机关所操纵，对出版界前途不无影响。这亦不足为虑。联合书店本身不出版书籍,出版之事仍操在出版家手中。联合书店所得的只是百分之几的批发折扣,不致夺尽出版家的利益。联合书店资本既大,其股票势必在股票市场流通,艳羡联合书店的利润者,尽可购买其股票,取得股东乃至董事监察人之资格。

在抗战八年中,他业多有大发其财者,书业不但不发财,且损失极大,可告无罪于国家社会。胜利以后,书业被一班敏感者认为大有希望的事业。他们以为西南西北各省教育远较战前发达,且台湾、东北重新收复,营业范围可大加开拓,别种商品将来都有舶来外货与之竞争,而书籍则不致遭逢外来劲敌。不错,书业的前程确是远大的,问题就在书业自身怎样去迎合这远大的前程。

笔者怀此意见已久,平日言谈所及,知同业中亦不乏共鸣之士,整个正在着手复兴,改弦易辙,奋发向上,今正其时。笔者此文就算是一个公开的提议。

（原载《大公报》,1945 年 12 月 27 日）

1946

复大晚报记者书

记者足下:

承你不弃,来信要我写一篇星期专论的稿子。当前大局这样严重,内战岌岌可危,人民正被高物价压得喘不出气。许多朋友因为不满于胜利后的现状,都垂头丧气,有的甚至发狂。在这情形之下,像我这样病废了的老朽,有甚么话值得说给贵报读者听的呢?

我因为写不出稿子,只好磨墨展纸写信给你,希望你另请高明写稿,免致耽误你的事。一张纸头尚有余白,砚中的墨尚多余渖,本埠快信邮资要化法币七十元,觉得浪费了有些可惜,就附带写些我自己个人的近况在下面罢。我想报告你的,不是病情,也不是柴米油盐等类生活难的情形,乃是我近来宗教信仰的改变。

你前次来望病的时候,曾对我案头所供的一尊小小的观音像谛视了好一会。我那时正病着,因医生教我少说话,没有对你说甚么。我现在告诉你:这尊观音像已供了八年多了,八一三战事发生后就供的。方外友弘一大师曾经教我,有苦难时最好求观音菩萨,念观音菩萨的名号。战争起来的前一日,我从虹口故居匆卒逃避到这间屋子来,受尽苦楚。为了想在内心上求得解脱,不久就请到了这尊观音像,供在案前,晨夕与老妻焚香礼敬,念几句"南无观世音菩萨",习以为常。前年无故被敌宪兵部逮捕入狱时,数月前上海连日遭炸,附近十三层楼十八层楼屋顶敌人乱放高射炮时,以及这次患病时,我所惟一赖以自慰的,就是这观音名号的执持。法华经普门品云:"念念勿生疑,观世音净圣,于苦恼死厄,能作为依怙。"我感谢这位菩萨的保佑,在这八年里面,于苦难中施我以大无畏,安全地活到胜利到来。

胜利到来了,我仍归功于观音菩萨的慈悲,晨夕持念着观音名号。你知道,在佛像之中,菩萨与佛的装束样子是不同的。菩萨都有帽子或璎珞,如观音、地藏、韦驼、顶上都有帽子,而佛则只有些螺旋状的短头发。原来菩萨是入世的,不一定作出家人打扮。菩萨为接引世人着想,现身入世间来。他所给与世人的,也是些世人所希求的东西,如经中所说,观音菩萨能以种种的形状出现,世人可以向他求子,求利,求平安,求消灾免祸。这几年来,我礼敬观音,执持观音名号,朋友中知道的,常说我消极。我只对他笑笑,因为我自信并不忘记世间。唯其不忘记世间,才礼敬这位大慈大悲救苦救难广大灵感最与世间有缘的菩萨,执持他的万德宏名的。

近来我也有些改变,早晨仍念观音名号,晚间则在改念"阿弥陀佛"。你知道,念"阿弥陀佛"就是所谓净土法门,旨在求生西方极乐世界。照阿弥陀经上说,我们现在所住的这个世界是"五浊恶世",有苦无乐。阿弥陀佛所管领的极乐世界是"无有众苦,但受诸乐"的。要往生到那里去,第一要痛切地感到此世界的苦,没有丝毫贪恋。妙叶禅师曾说:"于此土声色诸境,作地狱想,苦海想,火宅想,诸宝物作苦具想,饮食衣服,如脓血铁皮想",修净土的人,对于世间的生活,即使在舒适的时候,也不认为可恋。洋房,汽车,金条,法币,高位,厚禄,珍味,锦衣,在他们不但不值一顾,而且加以鄙弃,一心向往着西方极乐,愿往生到那里去。这态度和礼敬观音,希求斯世福利,免除人间苦厄的,绝不相同。

我于这几年来执持观音名号。胜利到来以后,觉得世间情形越来越糟,生活越来越困难,太平的希望越来越渺茫。不禁大失所望,觉得斯世已不足贪恋,于是兼念弥陀,愿来世生在西方极乐世界之中,不再在此世界受苦恼。

拉杂写来,纸已将完。你是不信这些的。但在这封信里,你可窥见我近来的心情与对时局的态度吧。

　　专此奉复,即颂撰安。

　　　　　　　　　　丏尊顿首　　　十一月十一日

（原载《觉有情》第 7 卷第 21—22 号,1946 年 7 月）